タイムスリップしたら、また就職氷河期でした

南綾子

双葉文庫

タイムスリップしたら、また就職氷河期でした

2019年　9月

新宿駅構内のドリンクスタンドに、若者たちの長い行列ができている。通り過ぎて少しした後にふと、タピオカドリンクって、昔もちょっと流行ってたな、とうすぼんやりと桜井凜子《さくらいりんこ》は思った。ここ数年、川崎市にある自宅から自転車で通える勤務先以外、出かけることがほとんどない。だから、世の中の流れに全くついていけない。

それにしても、最近の若者はやけに地味な格好をしているな、とも思う。男の子はおおむね黒髪で、服装も全体的に黒っぽい。女の子も肌の露出は少なめで、どことなく、あどけないというか、子供っぽいようなファッションが多いように見える。

自分があのぐらいの頃は――高校時代、いわゆるコギャルブームの最盛期だった。みんな肌を小麦色に焼き、眉毛をボールペンで書いたみたいに細くして、下着すれすれの格好で街を歩いていた。地元小田原の女子校に通っていた凜子自身は、コギャルと呼ぶにはあまりに平凡で地味だったが、それでもまわりから後れをとらぬよう、親に頼み込んでポケベルを手に入れ、放課後には学校指定のハイソックスからルーズソックスに履き替えた。制服のスカートはウエスト部分をくるくる巻いて、無理やりミニ丈にしていた。

中高と女子校だったから、男子のことはよくわからない。とにかくあの頃の女子高生たちは、強気で怖いもの知らずで、そして妙に刹那的だった。この素晴らしい時間が通り過ぎたあと、一体何が待っているのか、誰もがつとめて考えないようにしていた、ような気がする。

待っていたのは、氷河期だった。

ドブネズミ色のリクルートスーツを身に着け、職を求めて街をさまよい歩く亡霊。それが我々の真の正体。「本年度新卒採用見送り」の連続。あれだけ世の中からちやほやされていたはずが、まるではじめから存在しないもののような扱い。知らなかったわけじゃない。みんな薄々気づいていた。上の世代を直撃していた就職難という嵐はやむ気配も全くなく、それどころか自分たちに向かって勢いを増しているらしい、ということは、大人たちからいろいろな形でほのめかされていた。

まさに氷河期、氷の上を歩いているように、凛子も採用試験につるりんことすべった。確かに状況は厳しかった。しかし、それは自分だけでなく、多くの人がそうだったのだ。今の自分は、自分自身による一つ一つの選択の積み重ねで存在している。その一つ一つの全てを間違えてきたような気がしている。

そして、あれから二十年近くを経て、たどり着いたのが、この場所。

「再就職支援セミナー説明会参加の方はこちら」

ビル一階の入り口にあった張り紙の前で、凜子はしばし立ち尽くした。もしやり直せるとしたら、どこまで戻れば今度はうまくいんだろう。


凜子が中学生のときに亡くなった父親の影響で、小さな頃から読書に親しんでいた。漫画や児童文学から、海外ミステリー、事件ノンフィクションまで。編集者という職業を教えてくれたのも父親だった。編集者の仕事は好きな作家に原稿を書いてもらい、最初の読者になることだと教えられたときは、そんな夢みたいな職業があるのかと驚いた。

高校二年で進路を決めるときまでは、編集者か作家で迷っていた。中高と文芸部に所属し、小説の公募新人賞に応募したこともある。しかし、物語を生み出す才能は、ほぼゼロだとあるとき気づいた。本作りの仕事に携わるなら、出版社に入って編集者になるしかない。そのためには、レベルの高い大学に入らなければならない。

高二の夏から、コギャルごっこはやめた。受験勉強に集中し、その努力が実って、都内有名私大文学部の指定校推薦を獲得した。

大学入学後はまわりと比べてもわりとはやい段階から、就職活動のことを意識して動いていた。マスコミ研究サークルにも入り、同じマスコミ志望の仲間たちと、企業研究や就活対策を熱心に行った。

それでも一年生の頃までは、有名私大というブランドが自分を助けてくれるだろう、と楽観視しているところもあった。出版業界には同じ大学のOB・OGがたくさんいる。人気上位の大手は無理でも、準大手や中堅どころなら、どこか拾ってくれるんじゃないか。しかし二年生にもなると、志望業種を問わず、上級生たちの惨状ぶりをいやでも耳にするようになった。

「何十社もエントリーして、面接の声がかかったのは、たったの二、三社」だの、「書類審査に通ったのはいいけど、面接が七次、八次と続いて結局不採用」だの。『女子の文学部』っていうのが、今一番まずい、どこからも相手にされない」という言葉もよく聞かれた。彼ら彼女らがリクルートスーツを着たまま、キャンパスを茫然とうろついている姿をしょっちゅう目にした。まるで幽霊のような顔で。自分はあんなふうにはなりたくない、なるべくはやく内定をとりたい、と強く思っていたのに、しかし一年後、凜子も全く同じ顔の幽霊となって、オフィス街やキャンパスをほっつき歩いていた。

凜子が大学四年生だったのは、2000年。その年、大学の求人倍率がついに「1」を割った。

多くの出版社が、そもそも採用自体を見送っていた。募集しているところでも、相当数を絞っている。

サークルの仲間たちは、他業種に乗り換える者、大学に残ると決めた者、早々に「フリーターになる」と宣言して、就活自体を放棄した者などさまざまだった。大手企業の一般職に的を変えた女子も多かった。が、事務系などの一般職は、短大卒と比べると、どうにも分が悪かった。現に短大や専門学校へ進んだ高校の同級生たちは、凜子より一、二年はやく就活していたが、比較的苦労せず内定を得ている印象だった。凜子より三歳上の姉の祥子も、いわゆる〝お嬢様〟短大に進み、学校推薦であっさりと大手メーカー一般職の内定を得た。

「だって四大卒だと卒業する頃、二十二歳でしょ？　歳取りすぎだよ」

「女なんてすぐ結婚してやめちゃうんだから、高卒や短大卒とったほうが長く働かせられてお得なんだよ」

姉と母からそんな言葉を、百億回は聞いた気がする。理解も納得もしたくなかった。

しかし現状は、まさに二人の言葉通りなのだった。女が社会に出るのに二十二歳は遅すぎる、という考えが、まだ当たり前に残っている時代だった。

姉と母親を見返したい、という気持ちもあった。三年の秋、就活が本格化する頃、対象を出版社だけでなくマスコミ全体に広げて、可能な限り資料請求し、指がとれそうなほどエントリーシートを書き、一次試験に進めたのは三社。面接までいったのは二社。手応えを感じられた瞬間は皆無。二次、三次と進んでいくのは、体育会系の男子か、テレビ局を本命にしている美人の女子、そして、芸能人や政治家、経営者や大企業重役の子息などの、強力なコネ持ちたちだった。

季節が春から夏に変わっても、何の成果も出せなかった。焦りが体中の毛穴からじわじわ染み出して、油膜のように全身をぬるぬると覆い尽くす。

マスコミ以外の業種を検討するという選択肢は、常に頭の片隅にあった。

しかし、なかなか決意できなかった。「やりたいことをあきらめる」という道へ進むのが、怖かったから。

その道の先に、少しでも希望はあるのか。やりたいことをあきらめた、という荷物を背負って生きる人生。

二十二歳の自分にとって、それが何を意味するのかわからず怖かった。イヤだ、でも、悔しい、でもなく、怖かった。

あっという間に、大手マスコミの採用期間が終わった。中小の出版社や編集プロダクション、地方マスコミにもできる限り手を広げようとしたが、うまくいかないことが多かった。大学の就職課はあまり役に立たなかったし、当時はネット環境も今ほど整っておらず、情報がなかなか拾えない。資料請求をしても半分は返事がこないのが、当たり前だった。

七月の夏の最中、名古屋市内にある出版社の入社説明会に参加した。そこは地元の情報誌やフリーペーパーなどを刊行している会社で、凜子のやりたいこととはずいぶんかけ離れていたが、その頃には、本を作りたい、という気持ちはどこかにおしやられ、どこでもいいからマスコミに就職する、ということだけが目的化していた。

前の晩に夜行バスに乗り、早朝に名古屋に着いた。朝六時の時点で、下着までびっしょりになるほどの蒸し暑さだった。ファーストフード店をはしごし、トイレにこもって仮眠をとりながら、説明会の受付開始まで時間をつぶした。

その出版社は、規模はさほど大きくはなかったが、市の中心地にある会議場で行われた説明会には、三百人近くの学生が詰めかけていた。

会場の隅から隅まで椅子が並べられ、学生たちは崎陽軒のシウマイ弁当みたいにぎゅうぎゅうに押し込まれていた。前方の壇上には、悪徳代議士か暴力団幹部にしか見えない風体の取締役社長を真ん中に、役員や各部署の管理職の面々が十五名ほど、威圧感をこれでもかと醸し出しながら、横一列にずらっと並んでいた。横にいた男子学生が「ヤクザ映画の製作記者会見かよ」とつぶやいていたが、まさしくその通りだと凜子も思った。

開始前から、異様な雰囲気だった。会場は全く空調が効いていなかった。予定時刻より二十分近く遅れて司会者が挨拶をした後、取締役社長が「時間がもったいないから、こちらから会社説明は一切しない」と宣言した。質疑応答のみを行い、そこで質問があった項目だけ回答する、という。こんな会社は凜子もはじめてだった。

はりつめた空気の中、何人かの勇気のある学生が、業務内容や今後の採用計画などについて質問した。誰かが、勤務時間について質問したときのこと。一番端に座っていた加藤という名の営業部部長がマイクを手に取って、「おい！　山田！」と会場で雑用をしていた若い男性社員を呼んだ。そして、「お前、先週、毎日何時に帰ったのか言えよ」と高圧的に命じた。別の誰かが走って行って、その山田にマイクを渡す。山田はうろたえながら、「月曜日は接待があったので帰ったのは夜十一時ぐらいで、火曜日も接待で……」と、先週の月曜から土曜まで、ほぼ毎日深夜近くまで働いていたことを、三百人の学生の前で告白した。

数十分で、手を挙げる学生も途絶えた。すると取締役社長がニヤニヤと笑みを浮かべながら、「誰も金のこと聞かねえんだな、給料いらねえのかと思っちゃうね」と発言した。

クソジジイ、と凜子の心の中で反射的に罵声が飛んだ。こんなクソジジイの下で働くぐらいなら、無職のほうがマシ。けれど、と思う。このクソジジイはきっと正しい。自分を含め、こんな蒸し暑い夏の日に、こんな地獄のような場所まで職を求めてやってこざるをえなかった時点で、二束三文で買い叩かれても文句は言えないのだ。お金なんていりませんから働かせてくださいと、頭を下げる。そこまでやってはじめて、採用のスタートラインにたてる。それが嫌なら、他の仕事を探すしかない。こんな時代に、本を作りたい、出版社に入りたい、メディアの仕事がしたいなんて思い描くのは、贅沢で甘ったるいお菓子みたいな夢を見ているだけに過ぎない。の、かな。

その日をきっかけに、凜子はマスコミ以外の業種をやっと視野にいれはじめた。やりたいことをあきらめるために、「マスコミはろくな人間のいくところじゃない」という言い訳もできた。

が、結果は変わらない。鞍替えをするには遅すぎた。就活情報サイトなどで調べても、採用日程が終了した募集広告ばかりが出てくる。二次、三次の採用を行っている企業もなくはなかったが、人数がかなり絞られていた。そして、そこにも学生が殺到する。

九月に入ったあたりから、苦戦していた同級生も少しずつ決まっていく。一社でも内定が出たら、みんな活動をやめていった。その頃、就職課の担当者に、「ここなら絶対に大丈夫。内定をとれる」と言われて受けたのが、とある大手消費者金融会社だった。

九月最後の木曜日。長かった夏のトンネルをようやく抜けたような、昨日よりほんの少し涼しい午前だった。一次試験は筆記と集団面接で、全国から百人近くの学生が集っていた。

試験は昼過ぎに終わった。どこにいく当てもなく、ぶらぶら歩きまわって見つけた公園の、噴水の前のベンチに腰を下ろした。ここ数日、わざわざ小田原の実家から様子を見に来ている母親が持たせてくれた弁当を、膝の上に広げた。

シーチキンの炊き込みご飯のおにぎりと、塩味の卵焼き、鮭の醬油漬け、しめじのから揚げ。どれも凜子の好物だ。

とても口にする気になれなかった。出がけに母親から言われた言葉が脳裏をよぎる。

「女の子なのに高い学費を払っていい大学に行かせたのにねえ。どこでもいいから決まらないの？　普通の事務職じゃダメなの？」

その普通の事務職すら採ってもらえないのだ、とは言わなかった。言ったって無駄だから。

噴水のそばを、幼児がよたよた歩いている。空になったドリンクの容器が、その小さな足下をコロコロ舞っている。なんともなしに、その容器の文字に目を凝らす。「タピオカミルクティー」と書いてある。最近、ちょっと人気でコンビニによくおいてある商品だ。いつだったか、大学で友達が飲んでいた。おいしいのかな？　今度飲んでみようかな？

そんなどうでもいいことを考えて気を紛らわそうとしてもすぐ、うっとうしい羽虫が飛びまわるように、目の前に現実が戻ってくる。

後戻りのできないところまで、来てしまった。消費者金融会社に就職して、人に金を貸したり、その貸した金を回収したりしながら、ご飯を食べて生きていくのだろうか、自分は。願っていたところから、あまりに遠すぎて、もうなにもかもわけがわからない。どうしてダメだったんだろう。何がいけなかったんだろう。やり直したい。どうしたらいいのかわからない。

「あれ？　どうもー」

男の声で呼びかけられ、顔を上げる。とっさに「あっ」と声が漏れた。さっき一緒に集団面接を受けた男の子だった。

「俺も外で弁当食べるの好きなんだよねー、一緒にいい?」

人懐っこい笑顔を浮かべて、彼は凜子の隣に座った。ビニール袋からガサゴソと取り出したものを見て、思わず噴き出してしまった。

「なんだよー」と彼は口をとがらせる。しぐさも表情も、ちょっと高い声も、小学生の男の子みたいだ。「俺、これ好きなんだ」

「のり弁、わたしも好き」

「そうなの? じゃあ、交換する?」

そう言うと、こちらの弁当箱をさっと取り上げてしまった。代わりに受けとったのり弁は、まだあたたかかった。

「おいしそう。本当にいいの?」

凜子がそう尋ねるがはやいか、彼は炊き込みごはんのおにぎりにかぶりついている。おいしい、とも、うまい、とも言わず、動物のようにむしゃむしゃと。

膝の上ののり弁に目を落とす。白い発砲スチロールの弁当箱の中に、どこの国からやってきたのかもわからない謎の魚のフライ、ちくわの磯辺揚げ、きんぴらごぼう、ピンク色の漬物。それらの下には、大きな海苔がのっかったかつおぶしご飯。添えられたタルタルソースを、フライの上にたっぷりかけ、まずは一口頬張る。続けてご飯で追っかける。「そうそう、これこれ」と心の中で独り言を言った。

「君、うまそうに食うね」

「え……そうかな」

「うん。さっきの面接のとき、ずっと怖い顔してたから、怖い子なんだと思ってた。そんな顔もするんだね」

ニコニコと無邪気な笑顔でそう言われて、恥ずかしいと同時に、少しショックだった。やっぱりさっきの面接で、自分は無愛想だったのか……。

それから、まるで同じ大学の友達同士みたいに、あれこれと近況を語りあった。こんなリラックスした気持ちで他人と食事を共にするのは三百年ぶりぐらいだ、と凜子は思った。

彼――名前は鶴丸俊彦《つるまるとしひこ》というそうだ――は都内の私大生で、第一志望は銀行だったという。金融業界を中心に百社以上エントリーしたものの、一つも決まらないまま今に至っている。

明るく、話し上手で、見た目も悪くない。女の子にもモテそうだ。他人の懐に入り込むのがうまい、最近よくいう、コミュニケーション能力の高いタイプ。さっきの面接でも、一番目立っていた。

こんな人でも、ダメなんだ……。

「別にさ、どうしても銀行に入りたかったわけじゃないんだ」彼は言った。「ただ、なんとなくっていうか、仲のいい従兄弟が銀行マンでさ、かっこいいなと思ってただけなんだよ」

曇っていた空に少しずつ晴れ間が見えてきた。さっきまでいた親子連れはいつの間にかいなくなり、タピオカミルクティーの空容器だけがコロコロ転がっている。

「だけどさ、就活はじまってから気づいたわけ。金融って、今どこもヤバいんだってさ。だって日銀採用ゼロだよ。もっといろいろ調べておけば違ったのかなあ……あ、違わねえか。俺みたいな中途半端な大学の、なんのとりえもねえ奴を採用してくれる会社なんて、今どきないんだよな」

確かに、彼の大学は凜子の大学より偏差値は下だが、中途半端というほどではない。学力も知名度も十分、上位クラスだ。さっき群馬の公立高出身だと話していたので、内部進学でもないわけだから、高校時代、それなりにがんばってきたはずなのだ、自分と同様。

「あの会社、内定出たら入る?」凜子は消費者金融会社のある方角をちらっと見て、聞いた。

彼はそばにある自販機で買った三ッ矢サイダーを、ぐびぐびと喉を鳴らして飲んでから、答える。「どうかなあ。あそこで働くって、なんか想像できない。君は?」

凜子は少し間をおいて、最近、胸のうちに芽生えていたある考えを打ち明けた。

それは、就職をせず今のアルバイト先にフリーターとして残る、というものだった。大学一年のときから、全国展開しているチェーン系のインテリアショップでアルバイトをしている。以前店長から、運営会社の新卒向けの採用試験を受けてみてはどうかと勧められたこともあったが、小売業は全く考えていなかったので断った。が、ここへきて、後悔しはじめていた。

「新卒採用はもう間に合わないけど、店に残ってしばらくフリーターを続けたら、そのうち正社員になれるかもしれない。大学の友達にも、バイト先に残るって子はたくさんいるし、今の時代はそれもありだよね。志望してた業種とは全く違うけど、仕事は楽しいの。年数も長くなってきたから、いろいろまかせてもらえるようになってきて。店のレイアウト考えたり、季節ごとのイベントを企画したり、これもある意味、クリエイティブな仕事といえるかなって」

それに、と心の中だけで続ける。都内の別の店舗で働いている八歳年上の山根さんのことも、気にかかっていた。最近、二人でよく遊びに出かけるようになった。もしかしたら、付き合うことになるのかもしれない。彼も学生からフリーターになり、去年、正社員になった。優しくて面倒見がよく、オシャレで、ずっと憧れの人だった。山根さんの背中を追えるのなら、フリーターになるのもそれほど怖くない。

「本を作ることより、それはやりたいことなの？」

彼はそう聞きながら、スーツのポケットから何かを取り出して、凜子に渡した。いちごみるくの飴だった。「なんか、出てきた」と子供みたいにふにゃっと言う。

「やりたいかって言われたら、わからない」と凜子はモゴモゴ答えた。「いや、違う。本当は本を作る仕事がしたい。やってみたい。でも、どうしたらそれが実現するのか、もうわからない」

「とくにやりたいことがない俺が言うのもなんだけどさ。プランBの人生って、どうなんだろうか」

薄ピンク色の小さな飴をじっと見つめたまま、凜子は何も言えなくなった。プランBの人生。

「単なる買い物とかさ、そういうのなら妥協してもいいけど、仕事ってイコール人生だろ？　後悔しないかな」

後悔。後悔しないようにしよう。いつもそう思ってきた。後悔しなくて済むように勉強をがんばったし、就活の準備もした。もっと努力が必要なのだろうか。編集者になれなかったら、わたしは一生、その後悔をひきずって生きていくのだろうか。それは一体、どういう人生なのか。

「俺からしたら、うらやましいよ。子供のときからずっとやりたいことって、宝物みたいなものだよ」

彼はそう言って立ち上がり、うーんと伸びをした。その顔を見上げようとしたら、雲間から太陽の光が目をさした。

「ま、俺たちまだ二十二歳だしさ。いくらでもやり直しはできるんじゃない？　最後までプランAを試して、納得いくまでやって、もうダメだってなったとき、Bか、あるいはCを考えようよ。人生はずっと長いよ」

その後、どちらからともなくまた会おうと約束し、連絡先を交換した。彼は、じゃーねーと大きく手を振っていなくなった。いちごみるくの飴を口に入れ、子供のときいつもそうしていたみたいに、すぐにかみ砕いた。

消費者金融会社の一次試験の翌日、夏に説明会のあった名古屋の出版社から、書類選考通過の知らせが届いた。

念のため、で送っておいたのだった。二週間後に行われた筆記試験もあっけなくパスし、十月終わりの最終面接に進んだ。

名古屋市内の外れにある古い自社ビルで行われたその面接に、あの取締役社長は姿を見せなかった。四人一組の面接では、凜子に対する質問が最も少なく、逆に一番多かったのは、高校生の頃からバンギャをやっていて、雑誌の音楽ページの担当者になりたいと力強く話していた地元の短大生だった。

落ちたな、とは思ったが、とくにがっかりはしなかった。出版社やマスコミ業界への就職を断念するための、最終儀式のようなものだった。

十一月の半ば、山根さんから告白されたのと、名古屋から内定の通知が届いたのはほぼ同時だった。閉ざされたと思った編集者への道が、わずかながら開かれたことに凜子は驚き、舞い上がった。

三年。とにかく三年がんばろうと思った。あの会社で編集者としての実績を身につけて、再び東京に戻ってこよう。夢が叶いかけている、という高揚感が、山根さんのことを頭から完全に追いやった。会社説明会のときに抱いた不穏な気持ちも、忘れてしまっていた。

同期入社は十名で全員女子、前年の半分以下の人数らしかった。男子は例年一人か二人が営業部に採用されるというが、その年はゼロだった。

三月から研修がはじまったので、二月のうちに会社近くにアパートを借りて一人暮らしをはじめた。四月の入社式の後、凜子が配属されたのは、若い女性向け月刊情報誌の編集部だった。編集者は全員女性で、社内では花形の部署だった。

一緒に配属された同期は、地元出身で都内短大卒、二歳年下の佐藤千絵。小柄で肉感的な体型に愛らしい顔立ちをした彼女は、男性社員たちの注目の的だった。もちろんあの社長からもすでにおぼえがめでたく、研修中にたびたび呼ばれて姿を消していた。社長室でおいしいお菓子を食べさせてもらっている、と同期たちの間でもっぱらの噂だった。

千絵は女性の先輩編集者たちに取り入るのもうまかった。流行に敏感で、東京で人気のカフェやファッションの話題に詳しく、映画や音楽にも精通している。同性にはかわいらしさでなく、そんなセンスの良さをうまくアピールして、すぐに一目おかれた。

一方、凜子は。

入社二週目に、「イノキ」とあだ名をつけられた。ほんのわずかに顎がしゃくれている。理由はそれだけだ。本当にほんのわずかであり、気にしたことなど今まで一度もなかった。だから最初に「顎がしゃくれてない？」と先輩の一人に指摘されたとき、真面目な顔で「しゃくれてないです」と言い返した。その言い方が彼女たちにとっては大層面白かったようで、しばらくの間、毎日何度もマネされた。挙句に、そんなあだ名をつけられた。編集部の先輩たちは、全体的に子供っぽく幼稚な集団に見えた。

自分に与えられた役割は、〝いじられキャラ〟だった。それはすぐに理解できた。編集部では毎年そのように新人の一人をいじられ役に設定し、みんなで一年間ひたすらいじっておもちゃにすることが、伝統化しているらしかった。

東京の大手マスコミに就職した大学の先輩から、マスコミは他業種よりも女性蔑視の風潮が強く、軽いセクハラどころか、わいせつ事件レベルのいやがらせですら日常茶飯事だと聞かされたことがある。

それに比べたら。同性に見た目をからかわれるぐらい、なんてことない。わかっているつもりだった。

けれど、二十二年間生きてきて、いじられ役にされたことなど一度もなかった。お笑い芸人みたいに、面白おかしく切り返すなんてできない。男性社員のいる前で「おーい、イノキー」などと呼ばれてどう答えたらいいのかわからず、いつも石のように硬直してしまう。

反対に、同期の千絵は何もかもうまくやっていた。

当時、性的な内容の少し過激な記事が若い女性読者に受けていて、セックスや恋愛を扱った特集は雑誌の看板になりつつあった。編集会議で千絵は自分の経験に基づく赤裸々なエピソードを積極的に披露して、男性の編集長や、たまに同席していた営業部の男性社員を大いに喜ばせていた。

「千絵ちゃんはバイブとか使うの?」

営業部社員が鼻の下をのばしながら聞く。すると千絵は体をしならせて豊満な胸元を強調しながら、「今どきの子は、一つや二つぐらいのおもちゃは持ってますよー」と平然と答える。

一年目のうちから、千絵は編集長や営業部社員にとりたてられ、タイアップ付きのファッション特集などの、華やかな企画に携わることが多かった。一方凛子は、編集部では不人気のグルメやイベント特集ばかりで、しかもほとんどが先輩のサポート役。電話取りや掃除などの雑用も、忙しい千絵の分までやっていた。

それでも待遇がよければ、まだがんばれた。休みは日曜だけ。その日曜も取材や原稿書きでつぶれる。どれだけ残業しても、給料は手取り十五万から増えない。定額残業代の金額や区分が不明瞭なのだった。激務で体を壊してしまう先輩もいた。凜子は深夜まで働いても、翌朝は必ず三十分はやく出社し、一人で掃除した。もはや意地だけだった。

二年目、折からの不況で、新卒採用は見送りになった。

一番の下っ端として、雑用係もいじられ役も継続。千絵との差も開く一方。おまけに二年目の四月の時点で、凜子のあだ名は「チンコ」になっていた。単に、凜子とチンコで、音の響きが似ているから。

人前で「チンコー」「ねえチンコー」と大声で呼ばれる。ただ、それだけのこと。それだけなのに、耐えがたかった。顔がこわばって、喉がきゅっとしまって声が出なくなる。

この頃は、インテリアショップでのアルバイトのときのことばかり考えていた。なぜ残らなかったのだろうと毎分毎秒後悔した。山根さんのことが恋しかった。こんなことになるなら、就職せずフリーターになったほうがずっとマシだったと心底思った。

八月に入ってすぐ、先輩から頼まれたリサーチ作業が終わらず、二日連続で徹夜になった。その直後、無断欠勤した。次の日も次の日も会社にいかなかった。そのまま盆休みに突入し、休み明けの晩、編集長が自宅にやってきた。なぜか、千絵も一緒だった。

「ねえ、チンコ?」

玄関に立った千絵はまん丸の目でじっとこちらを見つめて、そう呼びかけてきた。千絵からそう呼ばれたのは、そのときがはじめてだった。

「いくら忙しくても、仕事を途中で放り投げるなんて無責任だよ。わたしだってこの間の沖縄ロケの後、飛行機の中で寝ずに原稿書いたんだから。いつか東京の出版社で働きたいって言ってたよね? だったらもっとがんばらないと。ね? わたしがみんなに一緒に謝ってあげるから……」

「やめます」

凜子はほとんど反射的にそう言っていた。それから、一度も出社しなかった。

退職手続きを済ませて小田原の実家に戻ると、ほとんど間をおかずに就活をはじめた。インテリアショップに戻ることは考えなかった。意地でも編集の仕事に就くつもりでいた。

活動をはじめてすぐ、運よく大学の同期から、都内の編集プロダクションの社長を紹介してもらえることになった。大手出版社とのつながりもある編プロで、念願だった文芸の仕事も手掛けられそうだった。簡単な面接を経て、すぐに中途採用されることが決まった。

入社してすぐ、水野という男性社員の下につけられた。彼は文芸書のヒット作をいくつも担当している社内のエース格だった。最初は下働きのようなことしかさせてもらえなかったが、それでも、彼みたいな人と働けて光栄だった。名古屋を出てきたのは正解だったと、心から思った。

しかし、業務中の彼のふるまいに疑問を感じるようになるまでに、そう時間はかからなかった。髪や手、背中などに意味もなく触れてくる。他人との距離感が近い人なのかもしれない、と思うことで、自分の気持ちにふたをした。彼に嫌われたら、文芸の仕事が遠ざかってしまう。できるだけ良好な仲でいたかった。

ところがあるとき、写真を見ようとテーブルにかがんだ拍子に尻を触られ、思わず「いい加減にしてください」と大きな声をあげてしまった。周りには人がたくさんいた。水野は傷ついたような顔をしていた。

そしてそれ以来、水野から無視されるようになった。仕事も与えられなくなり、一日中ほったらかしにされた。「水野さんにちゃんと謝らないと、干されっぱなしだよ」とほかの先輩たちは口々に言った。悪いことをしていないのに謝罪しなければならない理由が、わからなかった。

結局、入社三ヵ月目に「やる気がないならやめてはどうか」と社長から退職勧奨された。「水野君にきちんと謝るならまた別だけど」と言われたとき、もうここでは働けないと凜子は思った。

それでも、どうしても編集者への道はあきらめられなかった。現状がうまくいかなければいかないほど、編集者という夢が自分の中で怪獣のように巨大化していく。やりたい仕事に就いて、いきいきと働きたい。この人生で夢を叶えたという誇りをピカピカに磨いて胸元に飾り、堂々と社会を渡り歩いていきたい。

しかし、もう小さな会社には入りたくなかった。実家の世話にもなりたくない。一人暮らしをしながら派遣社員として食い扶持をつなぎつつ、大手出版社への中途入社を目指す。それが最良の手段だと思えた。

派遣で最初に就いたのは、大手広告代理店の営業アシスタント業務だった。うまくいけばそのまま正社員登用されるかもしれないと派遣元の担当者に言われ、広告も悪くないかとその気になっていたが、後から考えたら全く非現実的な話だった。その次の大手電機メーカーで労務管理業務に就いたのをきっかけに、労務や庶務の派遣仕事を渡り歩くようになった。

当時は同一労働同一賃金のルールもなく、正社員と一緒に仕事をしていた。同じ時間、同じ量の仕事をこなしているのに、待遇は天と地の差。ひどい職場だと、非正規と正規で使用する手洗いを分けられ、非正規は自分たちで掃除をしなければならない、というところもあった。派遣社員の仕事は男性社員のためのホステス役だと勘違いしている人もたまにいて、不快な目には何度もあった。

しかしやがて年々、どの企業でも業務のアウトソーシング化がすすんでいき、職場から正社員の姿が消え、非正規社員の割合が増えていった。非正規に囲まれて働くのは、とても気楽で快適だった。

自分のように就活で挫折した人もいたし、ミュージシャンやお笑い芸人を目指している人もいたし、夫の扶養内で稼げればそれでいいという人もいた。誰かを踏み台にしてのしあがろうとする人はいなかった。のしあがる場所など、そもそもないのだから。

ぬるま湯。そうだったのかもしれない。贅沢しなければ生活はできた。三十歳になる頃、税理士を目指す男性と結婚前提で付き合いはじめてからは、出版社どころか、どこかに就職することすら考えなくなっていた。

考えないようにしていた、というほうが正しい。その頃は、あまり本も読まなくなっていた。自分を拒絶した世界、のように感じられたから。

ところが交際相手は、なかなか試験をパスできず、結婚も先延ばしになっていた。やがて凜子が三十五歳になってすぐ、一方的に別れを告げていなくなった。「結婚のプレッシャーがきつかった」と言われてショックだった。あとになって、若い恋人がすでにいたことを知って、さらに傷ついた。

三十五歳で独身非正規。こうならないために、学生時代、勉強に励んだのではなかったか。もう人生はいつの間に、取り返しのつかないところまできてしまっていた。

恋人と別れて二カ月後、結婚相談所に入会した。就職か結婚か。早急に対策をとるべきなのは、年齢的にも結婚のほうだと凜子は判断したのだ。初期費用だけで四十万近くかかった。

凜子はできれば三十代の、正社員の男性を希望していた。しかしそういう男性は、自分より年下の正規職の女性を希望しているように思えた。相談所の担当者から、もっと条件を下げなさい、十歳以上年上の人にも目を向けるように、と何度も忠告された。しかし担当者にすすめられて会う男性は、見た目の清潔感が著しく欠けていたり、ほんの数分の会話さえままならない人も多く、お見合いはまるで精神修行のようでもあった。

それでも、活動しなければ出会いは全くない。三十六、七、八と時間は飛ぶように過ぎる。その間、相談所を二回かわった。婚活パーティにも積極的に参加した。交際までいっても、その先が続かない。誰かと天秤にかけられた挙句、負ける。そして四十歳になり、全ての活動から完全に足を洗った。何もかも金の無駄だった。

人生が全く先に進まない。独身非正規、というぬかるみの上で、延々と足踏みしている。

せめてあのとき、もっと我慢していれば、と何度悔やんだかわからない。名古屋で、何を言われてもへらへら笑ってやり過ごしていればよかった。三年目には新人が入ってきて、いじられ役から解放されたかもしれないのに。

あるいは名古屋がダメでも、あの編プロで踏ん張っていれば、きっと違う未来が待っていた。セクハラ男に口先だけでも謝っておけばよかったのだ。それとも就職せず、インテリアショップに残っていたら、今頃どんな暮らしをしていただろう。あのまま山根さんと付き合って、すぐに結婚して子供を持つことになったかもしれない。今の自分からは火星ほども遠い、幸せ。

そもそも、なぜ編集者という仕事にあれほどこだわってしまったのか。それが一番の過ちだった。

一つ一つの選択で、今がある。その一つ一つの全てを間違えた。

誰のせいにも、時代のせいにもできない。同じ条件を与えられたのに、夢を叶えた人がいるのだから。人生の全ての時間が、後悔で塗りつぶされていく。

そして今年、四十一歳になった。

このまま非正規を続けていてもいいのだろうかと毎日不安で悶々としていたところ、元派遣仲間が再就職支援セミナーのことを教えてくれた。彼女はセミナー受講後に、協力企業として参加していた老舗食品メーカーに採用されることが決まったのだという。セミナー期間は二カ月で、かなり本格的な職務実習やキャリアカウンセリングを受けられる上に、求人企業とのマッチングも請け負ってくれるらしい。

これが最後のチャンスだと思って、やってみるしかない。そう自分に言い聞かせながら、凜子は先日、セミナー説明会に参加申し込みをした。

夢も希望も抱けない。ただ不安しかない。

説明会は午前中に終了した。参加者は五十人ほどいて、男性のほうが多かった。皆、ラフな格好で、どことなく気の抜けたような表情をしていた。

非正規の顔だ、と凜子は自分を棚に上げて思った。十年近くも非正規職を続けていると、他人を見て非正規か正規か、なんとなく見分けられるようになった。とくに男性はわかりやすい。服装はどこまでもカジュアル、髪は大抵少し伸び気味で、一番の特徴は表情がうすぼんやりしていること。話してみると、とても物腰が柔らかい。

セミナー受講者の定員は二十名で、希望者が多い場合は面談による選考が行われると最後にアナウンスがあった。その瞬間、皆の音にならない失望のため息が聞こえた気がした。

外に出ると、空はすっきりと晴れていた。

昨日まで、まだ夏のうっとうしさがまとわりついていたのに、今日はずいぶん涼しく、風も吹いている。久しぶりに都内に出てきて、気候も素晴らしいのに、どこに行く当ても会う人もなく、その上、金もない。

なんとなく、駅とは反対方向へ歩いているうちに、公園のようなところに行き当たったので、とくに考えもなくフラフラと入っていき、空いていたベンチに腰掛けた。

噴水を挟んだ向こう側の入り口から、若い男女のグループがやってきた。みんなそろってスターバックスの袋を持ち、同じ色の紐がついた社員証を首にぶら下げている。まだ社会人一年目か、二年目といったところだろうか。

彼ら彼女らが当たり前に手にしているもの。そしてこれから手にしていくもの。自分は一つも手に入れられない。今の新卒採用は、圧倒的な売り手市場だと聞く。自分の大学の後輩たちともなると、多くが当たり前のように大企業に就職しているのだろう。最初から積極的にフリーターや非正規雇用を選択する学生なんて、きっとほとんどいない。その先にどういう人生が待っているかなんて、我々を見れば明らかだから。

就職氷河期という現象は、要するに雇用の調整弁だった、と何かの本に書いてあった。バカみたいだ。わたしたちは弁にされるために、生まれてきたということなの？

「ねえ、あの、すみません」

ふいに男に声をかけられ、視線を向ける。目が合うと、相手は「もしかして……やっぱり！」と声を上げ、ふにゃっと笑った。その笑顔を見た瞬間、凜子はあのときと全く同じように「あっ」と声を漏らした。

十九年前の就活中、消費者金融会社の集団面接で一緒だった男の子だ。あの後、連絡先を交換し、大学を卒業するまでの間に何度か会って、一緒にお酒を飲んだ。今となっては、名前も思い出せない。けれど、その人懐っこい笑顔は記憶にあった。実はちょっとだけ、好きだった。

「さっき、セミナーにいたでしょ。そのときから、もしかして、と思ってたんだよね」

彼はそう言うと、勝手に凜子の隣に座った。

「久しぶりだねえ。最後に会ったのって、いつだっけ？　あ、そうだ。君が名古屋だか大阪だかの会社の内定もらったときに、安い焼肉屋にいかなかったっけ？　俺、確か飲みすぎて、吐いたよね、ハハハ。ところで俺の名前、覚えてる？」

「えーっと……」

「忘れたか？　ハハハ」笑うと、昔はなかった目じりのしわが目立った。「あ、この公園って、俺らがはじめて会った公園と同じじゃない？　あの、クソみたいな消費者金融のクソ面接の後の。あそこつぶれたよねー」

くたびれた黒のシャツに、履き古したジーパン、ボロボロのスタンスミス。髪は肩につくぐらい伸びて、ところどころ白髪が目立つ。肌つやだけはやけにいい。が、表情には疲れと寂しさが、にじんで見える。

ああ、非正規の顔だなあ。凜子は心の中でつぶやく。

どちらからともなく、互いの近況を語りはじめた。彼は今、地元群馬でコールセンターのSV業務をやっているらしい。もちろん非正規、時給は手当て込みで千二百円。

「最近さ、いわゆる氷河期世代を対象にした再雇用みたいな動きが盛んじゃん？　でも遅すぎるよな。もう四十一だよ、俺ら」

「最近、就活なさってたんですか」

「多少ね」と彼は暗いため息とともに言葉を吐いていく。「求人もあるにはあるけど、まともそうな仕事は当然倍率高くて、とても採用されそうにないよ。ハロワとかですすめられるのは肉体労働系とか、まあ地方のさ、林業とか漁業とか、そういうの。大学時代とまるで変わらない」

続けてまた、はあ、はあ、とため息をついていく。

「たとえ就職できたとしてもさ、肉体勝負で何のキャリアにもならない仕事しかないなら、あまり意味ないと思うんだよね。結局、使い捨てなのは変わらないじゃん。この歳でそんなキツいことするくらいなら、非正規のままでいいかって、思うっていうか。まあ、こうやって言い訳ばかりしてるから、俺は負け組なんだろうけどさ」

「いや、気持ちわかります。わたしも同じだから。正社員の仕事探したいけど、人間関係のキツイところはイヤだとか、固定残業制のところは困るとか、先にできない言い訳を探しちゃうんですよね」

「氷河期世代支援対策とかいわれてもさ、やらされることはあのときと同じだよ。受かりっこない採用選考の連続。今日のあのセミナーでも選考があるっていうんだから、たまらないよな」

そう言って、彼は口をつぐんだ。しばし黙った後、「腹減ったなあ」とつぶやいた。

「何か食べないんですか」

「今、金がない」

返す言葉が、何も思いつかなかった。

そのまま、二人の間に重たい沈黙が流れる。ふいに、つんと湿ったような空気の匂いを感じて、凛子は空を見あげた。いつの間に、濃い灰色の分厚い雲に覆われていた。

「あ、雨が降りそ……」

「あの頃に戻ってやり直せるとしたら、どうする？」

「……え？」

と問い返したとき、頬に雨粒がぴとっと当たった。彼は人形みたいに生気のない目でこちらを見つめていた。

どこかで、雷鳴がとどろいた。その音にも、彼は無反応だった。

「大学三年のさ、就活のはじめの頃に戻れたらどうする？　二度目の就活だったら、たとえ氷河期でもうまくやれると思……」

次の瞬間、目の前のすべてが白い光に満ちた。「あ、雷！」と間抜けな叫び声をあげたのが、自分だったのかそれとも彼だったのか、凛子にはよくわからなかった。

1999年9月（二回目）

ぴぴぴぴという電子音で目を覚ます。腕を伸ばして、目覚まし時計の頭をバンと叩く。その一連の動作を昨日と同じように繰り返して、ああ、今日も元に戻ってない……とわたしはほっと息をつく。

大学入学前、はじめての一人暮らしにあわせて買った目覚まし時計。味もそっけもないデジタル式の真四角のやつ。家電量販店に並んでいる中で、一番安かったから買った。値段はもう覚えていない。

2019年に、目を覚ますためだけにわざわざ時計を購入する人が、どれぐらいいたのだろうかと、眠い目をこすりながら考える。よほどの物好きぐらいで、ほとんどいないんじゃないだろうか。九〇年代後半では、それほど珍しくもなかったということ。

ベッドから足をおろして、ちゃぶ台の上のストレートタイプの携帯電話の画面を見る。1999年9月17日　AM9：00ちょうど。次に鏡を手にとって、自分の顔を見る。

下瞼の下のギザギザのしわも、右目の横の一円玉サイズのシミも、うっすら目立ちはじめた法令線もない。そのかわりに肌が異様なほどぷりっとして、それはまるで高価な桃のように透き通っていて、そして、眉毛がやたら細い。

なぜこうなったのか、全くわからない。わたしは2019年初秋に生きる四十一歳の独身女だったはずが、五日前の朝起きたら、1999年初秋の二十一歳の大学三年生に戻っていた。

最初に疑ったのは、自分の頭がおかしくなったのかもしれない、ということだった。だって、こんなこと起こりっこない。けれどこれが幻覚か何かなのだとしたら、目に映るあらゆるもののディテールが、あまりに整いすぎている。今、腰を下ろしている無印良品で買ったシングルベッドも、実家から持ってきたちゃぶ台とテレビ台も、あのときと全く同じそっくりそのまま。

この携帯電話もそうだ。最初見つけたとき、あまりの懐かしさに「なっつ!」と声をあげてしまった。確か、この年の夏に買い替えたばかりの新品で、通話とメール以外、ほとんど何もできない(iモードとは一体何だったのか)。もちろん、カメラ機能もない。わたしの記憶が正しければ、写メールの誕生は、ここからまだ一年以上先のこと。

最初の三日間、恐ろしくてずっと部屋に閉じこもり、家にあった大量の文庫本や漫画を読んでやり過ごした。すべて自分の妄想かもしれないという疑いを、どうしても拭い切れなかった。何が映るかわからないから、テレビもつけられなかった。たまに電話が鳴った（hideの『ROCKET DIVE』の三和音着メロ！）けど、無視した。

四日目の一昨日、ついに勇気を振り絞り、まずテレビをつけてみた。すると嵐がハワイでデビュー記者会見をやっていて、わたしは腹をくくった。クローゼットにあった服（当時大好きだったJILLSTUARTの花柄のワンピース）を着て外に出た。まず最寄りの駅周りをうろついて、それから、当時徒歩で通っていた大学の周囲をぐるぐる回った。

意外にも、景色はそれほど大きく変わった感じはしなかった。いつの頃からか下を向いて歩いてばかりいたせいか、未来の景色がよく思い出せないというのもある。しかし、歩いている人のファッションや髪型は、文字通り隔世の感があった。男の子は長い髪とアメカジの組み合わせが多く、木村拓哉の強い影響下にあるのを感じずにはいられない。女の子はとにかくみんな眉毛が細いのが気になり、どんな服を着ているのかあまり目に入らなかった。自分でも、なぜこれほどまでに眉毛に執着してしまうのかわからない。目に映るものはやっぱり、全て本物だった。わたしの頭がおかしくなったんじゃない。世界のほうがおかしくなったのだ。

毎晩、眠る前には、きっと朝起きたら四十一歳に戻っているだろうという考えが必ず頭に浮かんだ。でも今朝も、わたしは二十一歳のままだった。

もう一度、鏡を見る。

何が起こったのかは、いまだわからない。

でも、そんなことを考えてもしょうがない。わたしは化学者でも物理学者でもないし。化学か物理を専攻していたら、何かが理解できたのかどうかもわからないけれど。とにかく確かなのは、人生を二十一歳からやり直すラッキーチャンスを得た、ということ。

いつまた、四十一歳に戻ってしまうかわからない、という恐怖はある。でも、もしかするともう戻らないかもしれない。

だとしたら、後悔しないように。

鏡に映った自分の、内側から光るような若い肌。ここ一週間、何度も見ているうちに、自然とその言葉が湧き上がってきた。

後悔しないように。

あの頃、一番後悔していたことは何か。それを取り戻すことからはじめてみよう。

その日、まずは大学にいってみた。まだ夏休み中だったので、キャンパスは閑散としていた。それでも、図書館やコンピューター室をうろついていると、何人かの名前も思い出せない人たちに声をかけられ、当時の自分の交友関係の広さを思い知った。みんな、わたしがなぜ一人でいるのかとしきりに不思議がった。誰に何を言われても、なんだかジーンとして涙が込み上げるのだった。わたしの顔を見て「おーい、ブスー、元気かー?」と言って通り過ぎていっただけの男の子にさえ、「ありがとう、就活頑張れよ」と肩を抱いてやりたい気持ちになった。

午後は今日一番の目的だったあのインテリアショップへいった。着いてすぐ、驚くべき発見があった。たまたま他店からヘルプで来ていたあの山根さんが、全く、これっぽっちも、一ミリたりとも、魅力的に見えなかったのだ。

当時、人気絶頂だったGLAYのJIROに似ていると評判だった彼は、より似せるために髪型も服装も完コピしていた。当時はわたしにも、そっくりに見えた。

全然、違うじゃないか。JIROはこんなに顔が大きくないし、こんな小太りでもない。ただ、目と口の形と配置が多少、近い。その程度だ。

「おい、ズル休み〜」

山根さんは薄ら笑いで近づいてくると、いきなりわたしの髪をくしゃくしゃとかき混ぜてきた。

「一週間何してたんだよ、電話も出ずに〜。とりあえず正座しろよ〜」

自分に好意があると確信している相手にとる言動と態度なのは、明らかだった。なんでこんなやつに、とぶん殴ってやりたい衝動にかられた。しかし、今のわたしは酸いも甘いも嚙み分けた四十一歳のオバサン。大人の愛想笑いでその場をやり過ごすと、さっさとバックヤードへ向かった。そこにいた店長と目が合った瞬間、額が膝につくほど頭を深く下げ、ここ数日のズル休みや電話に出なかったことをわびた。店長は虚を突かれたようで、あっけなく許してくれた。

その後、制服のエプロンを着け、恐る恐る店に出てみた。何もできなかったら知らん顔して逃げてしまおうと思っていたけれど、想像していたよりずっと、体が仕事を覚えていた。衣替えの季節ということもあって、店内はあわただしかった。体の動くまま、接客をしたりレジ打ちをしたり、慣れてくると新人アルバイトに仕事の指示を出すことまでできた。

純粋に、とても楽しかった。働くのがだるいだとかはやく終わってほしいだとか、少しも思わなかった。若い体は何時間も立ちっぱなしで動き回っても疲れ知らずで、風船みたいに身が軽い。棚の上の商品をとるために腕をあげても、肩が痛まない。お客さんが落とした小銭を拾うためにかがんでも、腰がギシギシしない！　この軽やかな体があと二十年もすれば、節々が痛み出し、ささいなことで疲れ、それなのに眠りは浅くなる。悲劇だ。

あっという間に日が暮れた。気づくと五時間近くたっていた。店の入り口のガラスドアから、日の暮れかけたオレンジ色の空が見えた。少しだけ外に出て、空気を吸い込む。懐かしい、一日の終わりの匂いがした。

こんなにも充実した労働時間を過ごしたのは、何年ぶりだろう。もしかすると二十年ぶり、要するに前の人生で、同じようにここで働いていたとき以来なのかもしれない。

そしてその充実は、わたしが女子大生というだけで甘やかしてくれる年上の男性たちにお膳立てされたものでもあったのだと、今回、はっきり認識できた。

当時、この店で働くバイトのうち、女子の学生はわたしだけだった。一人いた男子高校生をのぞいてあとはみんな年上で、半分以上が二十代半ばから三十代前半の男性のフリーターだった。

ちやほや。

その言葉以外の、何物でもなかった。

閉店後、翌日配達に出す贈り物の包装作業をやっているときも、山根さんをはじめ男性たちが、入れかわり立ちかわり現れては声をかけてきた。「桜井ちゃん暑くない？　冷房つける？」「桜井ちゃん寒くない？　温度変えようか？」「桜井ちゃん、これ大きいから俺がやっとくよ」「桜井ちゃん、こっちの重たいものもやっておくね？」。もうそれはそれはうるさいほどだった。

わたしはみんなより年は若いけれど、大学一年のときからやっているので、バイト歴はそれなりに長い。だから、年上の男性たちとも対等な関係を築けていると思っていた。ちゃんちゃらおかしい。もし、四十一歳のわたしがここでパートとして働いていたら、男たちから依怙贔屓されて調子ぶっこいているこの女子大生の小娘が、憎たらしくて仕方なかっただろう。

実際、そんなわたしを、女性の同僚たちは冷ややかな目で見ていることにも気づいた。例えば、フリーターの里佳子さん。さっき彼女が手洗いの掃除に向かうとき、「お疲れ様です」と声をかけたら無視された。

手洗いの清掃は女性店員の役目だった。ところが、わたしだけいつしか免除されるようになった。自分はみんなより仕事ができるからだと、当時は思っていたけれど……。

里佳子さんは確かわたしより三つか四つ年上だったから、今は二十代半ばだ。中身は四十一歳のわたしからしたら、十分すぎるほど若い。しかし彼女はこの店で〝行き遅れキャラ〟として通っていて、その歳で彼氏がいないことや独身であることを理由に、常にからかいの対象だった。そんなこともわたしは思い出した。

すべての作業が終わり、店を出ると、少し遠回りしてアパートまで歩いた。1999年の東京の夜。厚底ブーツをはいた〝ガングロ〟の女の子の集団とすれ違う。歩きながらパラパラをやっていた。ねんざなどのケガに気をつけてほしいと思った。歩き煙草をしている人がことのほか多く、辟易してしまう。

今日、バイト先にいってみたのは、確かめるためだった。あの頃、名古屋で後悔したように、いや四十一歳になってからもときおり考えていたように、就職せずフリーターでやっていくという選択は正しかったのか、と。

正直、悪くないと思った。

あのインテリアショップはこの先、外資の飲食チェーンと提携して規模を拡大していく。わたしの記憶が正しく、その記憶通りの未来に向かっていくのなら。店への未練は、山根さんありきだったのは事実だ。でも、彼の存在を無視するとしても、残るのは決して悪い選択じゃないかもしれない。

もう四十一歳に戻れないなら、これからわたしはきちんと人生設計していかなければならない。今は大学三年生、あと少しで就活がはじまるタイミング。もう一度、就活するべきなのだろうか。氷河期という過酷な世界に、再び足を踏み入れるべき?

正直、今でも編集者になりたいかと言われたら、もうよくわからない自分もいる。それほど魅力的な仕事なのか。でも、大事なのは、中身は四十一歳の自分が今、やるべきだと思うことではなく、昔の自分が死ぬほど手に入れたいと願った、その強い気持ちなんじゃないかとも思う。プランBの人生でいいのか、といつか誰かに言われた。四十一歳のわたしは、二十一歳のわたしのために、もう一度、Aを獲りに行こうとするべきなんじゃないか。

アパートに着くと、真っ先にクローゼットを開けた。大学の入学式で着て以来、しまいっぱなしのリクルートスーツを手に取る。友達と一緒にデパートで買ったナイスクラップのスーツ。

就活、するか。

それにしても、と思う。昔のわたしは、若い女としての自分に向けられる視線に、あまりに無自覚だった。それは就活においても同じで、本が大好きだから、どうしても本を作る仕事がしたい、という強い気持ちをありのまま表現すれば、男も女も関係なく、ありのまま好意的に受けとってもらえると無邪気に信じていた。

あの当時、就職難や不景気をものともせず、自分のほしいものを手にしていった同世代の女の子たちを思い返すと、誰もが若さや美しさ、それをありがたがる男性社会をうまく利用していた。そう、その最たる例が、名古屋で一緒だった千絵だ。

彼女みたいなことは、とても自分には無理だと思い込んでいた。彼女ほど美しくもないし、胸も大きくないし、愛想もよくない。しかしあのインテリアショップで、自分は彼女と似たような立場だったのだ。男性にちやほやされ、挙句、雑用を自分だけ免除されていた。彼女とわたしの違いで重要なのは、顔の出来不出来でも、まして胸の大小でもなかった。

若い女性であるということ。それを正しく自覚していたか否か、それだけだった。

もちろん、若さも美しさも、いつまでも有効じゃない。そんなことはみんなわかっている。だからこそ、針の穴ほどの狭き門をくぐりぬけるために、使えるものはなんでも使うべきだった。やりたくないことはやらない、と思っていたわたしは、なんて傲慢だったのか。

二十代後半の独身女性は行き遅れとされる時代、そして、女性だけがトイレ掃除などの雑用を当たり前のように押し付けられる時代、それが今。そこに文句を言ってもしょうがない。むしろそれを利用して、わたしは勝ち馬に乗らなければならない。

……のか？

それからのわたしは、就活を何よりも優先し、一歩一歩、確実に動きはじめた。

第一志望は変わらず出版。ついで映画、放送、新聞などのマスコミ。前の人生ではここで業種を制限して幅を広げなかったのが、転落の一つの要因になった。今回はマスコミにこだわらず、大手企業でとくに広報や宣伝、あるいはメディア事業に力を入れているところも企業研究の対象にして、できる限りエントリーすることに決めた。

月日はあっという間に過ぎた。秋が深まり冬がきて、本格的な就活シーズンがはじまると、あらゆる企業に資料請求のはがきを出し、前回の十倍の数の企業にエントリーした。

年末年始の休みもどこへも出かけず、エントリーシート書きなどの就活対策に費やした。世の中はミレニアムだ2000年問題だと浮かれ気味だった。ミレニアムなんて言葉は一瞬にして忘れ去られることも、問題なんか何一つ発生しないことも、わたしは知っている。それを言える相手がいないことは、少し寂しかった。寂しさが募って何度か2ちゃんねるに「未来からきました」系の書き込みをしてしまった。十数年後に巨大地震が起きて原子力発電所が爆発するとか、SMAPが仲間割れして解散するとか書き込んでみたけれど、バカにされるばかりでろくな反応をもらえず、ますますむなしくなるだけだった。

やがて桜が咲き、いつの間にか散る。五月二日は二年前に亡くなったhideのお墓参りにいった。わたしにとってはもう二十年以上前の、宝箱の奥にすっかりしまいこんでしまったような思い出だけれど、同じ場所に集まった彼女たちにとっては、まだ生々しい記憶なのだった。横須賀方面へ向かう電車の中は、葬儀のあった日と同じように、花の香りで満たされていた。

しばらくすると、コンピューター室から見えるケヤキの葉が青々と輝きはじめた。わたしは二十二歳になった。

現時点で、内定ゼロ。

氷河期。本当にわけがわからない。

ドブネズミ色のスーツを着た亡霊の集団が、駅の改札口からぞろぞろとあふれ出てくる。うつろな視線、自信のかけらもないぼんやりした表情、おぼつかない足取り。その、死の気配すら漂う背中たちを、わたしは少し離れたところから追いかける。やがて集団は、一つの建物に吸い込まれていく。

そこはある薬品メーカーの本社ビル。規模はさほど大きくなく、場所も埼玉県との県境という微妙な立地で、とても人気企業とはいえないレベルなのに、先月開かれた会社説明会には、二百人以上の学生が集まっていた。

わたしが今、ここにいるのは、この会社の社員にどうしてもなりたいからではなく、わたしと面接してやってもいい、といってくれた数少ない会社のうちの一つだったからにほかならない。その面接してもいい、といってくれた数社の中で、ここの勤務条件は最高ランクの部類だった。

今日の一次試験には、ざっとみて五十人ほどの学生が集められていた。窓のない狭い部屋に詰め込まれ、しばらく待たされた後、若い女性と五十代ぐらいの男性の二人の社員がやってきた。女性社員が正面中央に立って挨拶をはじめた途端、宇多田ヒカルのFirst Loveの着メロが盛大に鳴り響いた。一番前に座っていた女子学生が、あわててバッグの中から携帯を出して音を消す。そこへ男性社員が近づいていき、「君、出ていきなさい」と冷たく告げた。

女子学生は何も言わなかった。すばやく荷物をまとめ、逃げるように去っていった。「携帯電話が鳴ってしまったことで出ていけといったわけではありません」男性社員は作ったような笑みを浮かべ、さとすように言う。「誰でもミスはあります。すぐに謝罪がなかったのが問題です。ミスをしたら謝る、誠心誠意。これが社会の常識で、わが社が大事にしていることです。忘れないように」

うわあマジかあ、とわたしは心の中で言った。開始早々、波乱含みの展開。

「ところでみなさん、今日はとてもムシムシしていますね。外の気温は25度だそうです」

男性社員が続けて言った。組んだ手を後ろに回し、やけに芝居がかった口調だった。三十七歳のとき、派遣仲間に誘われて参加したネットワークビジネスのセミナーの司会者がこんなしゃべり方だったなあと、ぼんやりと思いをはせた。

「この社屋は大変古くて、冷房の効きが悪いんです。みなさん、慣れないスーツを着て暑いでしょう。どうぞ、上のジャケットを脱ぎたい方は脱いで結構です」

数名の学生が、のそのそとジャケットを脱いで椅子にかける。わたしは最後列のエアコンの真下に座っていて、肌寒いぐらいだったので脱がなかった。

「今、ジャケットを脱いだ方。申し訳ありませんが、おかえりください」

その瞬間、キーンと音の聞こえそうな緊張が室内に走った。続けて男性社員が言う。

「ここは採用試験の場です。身だしなみは何よりも大切ですね。そこでジャケットを脱いでシャツ一枚になっても平気でいる人間は、弊社には不要なのです」

わたしのすぐ前の席にいた男子学生が、脱いだジャケットを腕にかけて立ち上がり、「失礼します」と言って出ていった。それに続いて、学生が一人、また一人と静かに去っていく。声を発したのは最初の一人だけで、あとは無言だった。残った者は皆、顔を伏せている。

うわうわうわあマジかあ、とわたしはまた心の中で言った。しかしこの二度目の就活中、この程度のことは日常茶飯事だった。

超買い手市場、という現実をまざまざと実感させられる。この時代の学生が、いかに企業から軽視されていたか。しかし当時の自分は、軽視されてむしろ当たり前だと受け止めていた気がする。試験を受けさせてもらえるだけで、ありがたいぐらいだった。

いやでも、2019年になっても数の差はあれ、採用担当者の狼藉は決してなくなっていない。採用の仕事というのは、なぜこうも人間を神様ポジションにさせてしまうのだろう。

その後、先に筆記試験が行われた。わたしはなんだかすっかりやる気をなくしていた。問題にもほとんど目を通すこともなく、1999年に戻れたんだから97年、あるいは96年あたりに戻る方法もあるんじゃないかと真剣に考えて時間をつぶした。もしそれが叶ったら、就職活動など放棄して、XJAPAN解散阻止に全力を注がなければならない。

結局、ほとんど空欄のまま、試験は終わってしまった。

その後に行われた五人一組のグループ面接は、なぜか男女別だった。さっきのセミナー司会者風の男性社員が、冒頭でいきなりこう言った。

「弊社は基本、女子の社員は実家から通勤できる方のみとさせていただいています。この中で関東にご実家があるのは桜井さんだけですね？　桜井さんはご実家から通勤可能ですか？」

……なんじゃそら。

という言葉が舌の先まで上ってきた。なんとか持ちこたえ、わたしは「はい」と答えた。

それから約三十分、質問はわたしだけに向けられた。わたしはほかの四人への申し訳なさと居心地の悪さで、あまり集中できなかった。そのせいか、面接官たちの反応もイマイチだった。

やがて、退室を言い渡された。面接が終わったらそのまま退社していいことになっていた。ほかの四人の女子学生と一緒に、やたら狭く黴臭いエレベーターに乗り込む。

みんな、無言だった。

こんなのおかしい、と訴える人は一人もいない。

「こんなのおかしい……よね？」

すぐ隣にいた女の子に、思わず声をかけてしまった。

「おかしいと思わない？　こんなところまで呼んでおいて、女子は実家からじゃないとダメだって」

「……でも、文句を言ってもしょうがないし」

彼女は面倒そうにつぶやいて、わたしから顔をそむけるようにした。やがてチーンと音が鳴って、エレベーターが一階に着く。女子学生たちはふらふらと廊下を進み、建物を出て、曇天の下へ歩み出す。まるで亡霊のように。わたしはさっきの女の子にもう一度話しかけてみようかと思った。でも、やめた。

その場に立ち止まって、彼女たちの背中がゆらゆらと消えるように遠ざかっていくのを眺めた。

もしかすると全員、まだ一つも内定をとれていない。2019年、彼女たちはどう過ごしているのだろう。四人のうちの誰か、あるいは全員が、わたしと同じように非正規で働いているのかもしれない。

文句を言ってもしょうがない。

さっきの彼女の言葉。まるでゴミのように、足下にぽいっと投げ捨てられた。やるせなく、ふがいない気持ちをどこにぶつけることもできない。だって今は不景気で、氷河期だから。そんな時代に、女子の四大生でいることが、そもそも悪いのだから。

七月に入り、やっと内定が一つ出た。

バイト先のインテリアショップの運営会社だった。

面接でかなりいい感触を得ていたので、もしかしたら、とは思っていた。採用担当者は全員女性で、とても感じがよく、一緒に働きたいと思える人ばかりだった。

バイト先の人たちの話によると、新卒採用の場合は店舗ではなく、本社勤務になる可能性が高いらしい。

「お前はラッキーだよ。俺みたいに中途で採用された店舗組とは、待遇も雲泥の差だから」

内定を報告すると、店長はすねた態度でそう言った。わたしに採用試験を受けるよう勧めたのは自分のくせに、その日からやけに冷たくなった。

そのままわたしは、就活をやめた。アルバイトに精を出し、大学の友達と遊び、本をたくさん読んでライブにいきまくる、という青春のやり直しを遅まきながらはじめた。

八月、大学の女友達総勢十人で海水浴に出かけた。紫外線を恐れてラッシュガード姿で現れたわたしを見て、みんな狂ったように大笑いしていた。今日の日焼けに二十年後泣くのだと言ったところで、流行りの三角ビキニを着こなす彼女たちには理解できない。それが若さで、青春だ。

その年の夏は長かった。いつまでも家に帰れない子供の遊びのように、九月になってもダラダラと暑い日々が続いた。

そして、今日は九月の最後の木曜日。その意味に気づいたのは、つい昨日だった。あの、消費者金融会社の一次試験があった日。

試験のあと、公園ではじめて会ったときのあの彼に、会いにいってみよう、と思った。何を話すべきなのかは、わからない。「就活がんばってね」と励ますとか？　頭のおかしいやつだと思われて無視されるだけのような気もする。結局、何も浮かばないまま、わたしは今、あの公園の噴水の前にたどり着いた。

噴水のわきに、タピオカドリンクの空容器が転がっている。あのとき、小さな子供と母親がいたはずだけれど、姿が見えない。

そのとき、背後から「あの、すいません」と声をかけられた。振り返ると、アメカジファッションに身を包んだ若い男が、ベンチに座ってこちらを見ていた。そのよく日に焼けた丸っこい顔をわたしは凝視し、数秒後「あっ」と声を漏らした。

彼だった。間違いなく。でも、リクルートスーツを着ていない。古着っぽい黄色のTシャツにリーバイスのデニム。髪は『ビューティフルライフ』でカリスマ美容師を演じていたキムタクと全く同じ。あのときは、就活向けの小ざっぱりした短髪だったのに。

彼は肩まで伸ばしたパーマヘアを指先でいじりながら、のそのそと立ち上がった。そして言った。

「君も、こっちにきてるってわかってたよ」

「えっ」

「一緒にのり弁食べませんか」

彼が近くの弁当屋で二人前ののり弁と、ついでにコンビニでタピオカミルクティーを買ってきてくれた。のり弁は、当たり前だけれど、あのときと全く同じビジュアルだった。

白い発砲スチロールの弁当箱の中に、どこの国からやってきたのかもわからない謎の魚のフライ、ちくわの磯辺揚げ、きんぴらごぼう、ピンク色の漬物。そして、かつおぶしと大きな海苔がのっかったご飯。

フライにタルタルをたっぷりかけて、まずは一口頬張った。それからご飯をいそいでかっこむ。「そうそう、これこれ」とやっぱり心の中でつぶやいてしまう。四十一歳になってもたまに食べていたけれど、若い体で食べると、なお美味しい。

のり弁を食べながら、わたしたちは互いの近況を報告し合った。彼はわたしとは違って、就活を一切していないのだという。

「君みたいに前の人生で得た知恵を使えば、今度こそ就活で勝てるんじゃないかと考えたこともあったよ。でも、それでうまく日本の大企業に入れたとしても、ろくなことにならないのは目に見えてるじゃないか。まだパワハラセクハラ当たり前の時代だし、サビ残上等、仕事終わりは付き合いの飲み会が毎晩。その上、成果主義だの即戦力だのいわれて、教育もしてもらえずいきなり実戦投入。で、将来は給料もあがらないまま、リストラの恐怖におびえることになる。俺らはそういう世代だよ、使い倒されるだけの世代なんだ。そりゃさ、非正規よりはマシかもしれないけど……とにかく何より、俺と君は、未来を知っているというアドバンテージがある。それをうまく活用しなきゃ」

早口でそこまで言うと彼はタピオカミルクティーを勢いよく吸い込み、もにゅもにゅと咀嚼した。

「2019年に流行ったのと、味同じ?」とわたしは聞いてみた。

「わかんねえ。2019年は金なくて、こんなもの飲めなかった」

わたしも一度も飲んだことがなかった。2019年のわたしたちは、こんなちっぽけな飲み物さえ、まともに手に入れられなくなる。

「ねえ、ところで、未来を知っているというアドバンテージって何のこと? 例えばどういうこと?」

「例えば……何が流行って、何が廃っていくのか、わかってるじゃん。このタピオカもそうだしさ、あと、スマホとかもそうだし、あと……」

「今からタピオカ屋を出すの? それともスマホを開発するの? できるの?」

「いやそうじゃないけど、例えばどの企業が成長して、どの企業が衰退していくかとかはわかってるじゃん。その成長確実の企業の株を買っておけば、働かなくても食っていけるかも。例えばさ、ユニクロとか、ソフトバンクとか」

「元手はあるの?」

「ない」と彼は自信満々で言った。「でも、どうにでもなる」

「そもそも、わたしたちの知っている通りの未来になるかはわからないんじゃないの?」

「まあそれは、それはそうだけど……」

「それに、アドバンテージっていえるほど、先のことを覚えてる? ウィキペディアで調べられるわけじゃないんだよ。わたしは正直、あんまりニュースとかに関心持ってたほうじゃないし、何年に何が起こるのかとか、正確にはわからないよ。株とかもよく知らないし」

彼は口をとがらせて、黙り込んだ。

「わたしは、きれいごとみたいなことを言うけど、お金のことはどうでもいいの。そりゃ、貯蓄は大事だと思うよ。だけど、お金があるだけで、仕事もない、パートナーもいない人生はイヤなの。わたしは前の人生で、どちらも手に入れられなかった。そのことが本当につらくてつらくて、やり直したくて仕方がなかった。できれば編集者に、そうでなくてもやりがいのある仕事に就いて、ちゃんとキャリアを積んでいきたい。そして安定した仕事を持つ男の人と結婚して、中流以上の家庭を築く。それがこのやり直しの人生で、わたしが望むもの」

彼はまた勢いよくミルクティーをすすった。それから片眉をあげて「で?」と言った。

「そのやりがいのある仕事が、今のアルバイトなわけ? 結局、出版でもなければ、たいして大企業でもないじゃん。給料だって安いでしょ。そんなんでいいの?」

ムカッとして思わず彼をにらみつけた。すると、彼はなぜかウフッと嬉しそうに笑った。

「なんですか」

「いや、ごめんごめん。実はちょっとわざとあおった。君って、ほんと感情が顔に出るタイプだよね。とくにムカついたときがわかりやすい。あの消費者金融の面接のときのこと、覚えてる?」

わたしは首を振った。彼が言うには、あの集団面接のとき、女性の面接官がわたしにだけ何度も執拗に「声が小さい」と注意し続けたことに対し、面接の終盤になって「小さくなんかありませんから!」とわたしが反論し、空気が凍り付いたのだそうだ。全く記憶になかった。

「自分でも、どうにかしなきゃって思ってる、そういうところ」わたしは言った。「女なのに愛想もないし、すぐムカッとしちゃう性格のせいで失敗ばかりだよ、昔も、今も」

「いや、そのままでいいんじゃない? 納得できないことがあったら、ムッとしたっていいいんだよ。今のは俺が明らかに挑発してたし、圧迫面接なんてするほうが悪い。愛想に女も男もないよ」

そう言って、彼はふいにベンチから立ち上がり、大きく伸びをした。その顔を見上げようとしたら、雲間から差し込む太陽の光に目を射抜かれた。

「俺が君だったら、どんな手を使ってでも、本当の本当にやりたいと思うことを手に入れようとするだろうね。二度目のチャンスまでふいにしたら、それこそ、どんな大きな後悔が待っているかわからない」

彼はまた「うーん」とうなって伸びをして、それからジーパンの尻ポケットから、この頃まだ発売されて間もない折りたたみ携帯を出して開いた。その〝パカッ〟というあまりにも懐かしい音に、思わず笑ってしまう。

「俺たち、助け合っていけば、前よりずっとマシな人生を選べると思わない？」

「うん、そうだね」

わたしはバッグから自分の携帯電話を出した。そして二人してそれぞれの携帯を突き合わせたまま、固まった。しばらくして、二人同時に笑い出した。

「ないない、LINEのQRコードとかないから。赤外線通信すらないよ、この携帯」

彼が言う。

「ねえ、LINEを発明したら、大儲けできるんじゃない？」わたしは言った。

「そのためにはやっぱりスマホを開発しないと。結局さ、二度目とはいえ、やれることは限られてるんだよな。誰よりもはやくスマホを開発するとか、ヒット曲をパクってスターになるとか、ベストセラーを盗作して文豪になるとか、そんな、映画みたいに劇的なことは起こらないし、できない」

結局、わたしが彼の電話番号に直接かけることで解決した。彼の名前を忘れてしまっていたので、改めて聞いた。鶴丸俊彦。当時「つるちゃん」と呼んでいたことを、やっと思い出した。

そのとき突然、自分の携帯が鳴った。一年前と変わらず、着信音はｈｉｄｅの『ROCKET DIVE』。変わったのは、三和音ではなく十六和音ということ。

「あ、俺の着信音と同じ」

着信番号に覚えがなかった。「はい」と応答すると、相手は愛想のよい声で名乗った。最終面接で落とされた出版社の人事担当者からだった。


その出版社は業界内での位置的には老舗中堅クラスで、待遇は大手と比べると多少見劣りする。けれど、老舗らしく文芸に力を入れていて、わたしにとっては高校生のときから憧れの出版社だった。もちろん前回の就活も今回も、第一志望の一つに挙げていた。前回は一次面接で手ごたえもなく落とされた。

前回の就活時はスケジュールがあわなくて、ＯＢ・ＯＧ訪問ができなかった。今回は前もってはやめに予定を組み、二人のＯＧとアポをとった。そのうちの一人の林さんは、同じ学部の二年先輩で、サークルの先輩でもあった。

彼女は当初の志望とは違う、広告の部署に配属されていた。「上司がとても尊敬できる女性で仕事が楽しい、でもいつかは文芸の編集部に異動してベストセラーになる本を作りたい」といきいきと話す姿が印象的だった。

彼女によれば、社内の雰囲気は進歩的なところと旧態依然としたところの二極化が激しいという。女性管理職の割合が増える一方、部署によってはセクハラや体育会系のしごき（という表現を彼女は使ったけれど、要はパワハラ）が横行しているという。

そして別れ際に、彼女はこう言っていた。

「そういえば、人事部主任の春木って男には気を付けて。おとなしい学生にセクハラするって噂あるから」

電話の相手は、その春木だった。

わたしは今回の採用試験を通して、春木に好ましく思われているという自信があった。林さんの話に気になる点はあったけれど、この会社はやっぱりわたしにとっては魅力的な、どうしても入りたい、と思える企業の一つだった。だからわたしは一次面接のときから、彼の心をつかむために、できる限り精いっぱい、彼に媚びた。

前回の就活でこの会社を受けたときのことを思い返すと、明らかにわたしは失敗していた。気合が空回りして、面接で必要以上に積極的に発言してしまった。林さんの話から推察するに、春木は積極的なタイプよりも、おとなしい学生のほうが好みなのだろう。

だから今回は、何よりまず出しゃばりすぎないよう、細心の注意を払った。一次面接では春木としっかり目を合わせ、何か聞かれたら、控え目に微笑む。そして、ひたすら自分の真面目さ、入社したい気持ちをまっすぐに、しかし行きすぎない程度にアピールした。念のため、ブラに厚めのパッドも入れた。

すると面接のあと、廊下で春木から声をかけられ「僕は君をプッシュしようと思っているよ」とこっそり耳打ちされた。わたしの就活はここで終わったも同然だと有頂天になった。結局は、最終の役員面接であっけなく落とされてしまったのだけれど。

春木の電話の内容は、内定を出した学生の中で辞退者が数人出たので、最終面接に残った学生を呼んで再度選考をしたい、というものだった。そして当日、指定された時間に会社に出向くと、他に七人の学生がいた。全員、女子だった。

女子学生七人が、小さな会議室の円形テーブルに、少しずつ距離をあけながら座っている。こんなにも春木のお気に入りがいたのかと、暗澹たる気持ちになった。室内には気まずい沈黙が漂っていた。この機会を利用して情報交換したい、と思いつつ、お互いに出方を待っている、そんな顔。

ここは四十一歳オバサンがはりきるしかあるまい。

「みなさん、もうどこか内定出てます？」

わたしは人見知り仮面を投げ捨て、思い切って発言した。女子学生たちはお互い目配せしあいながら、首を振ったり、うなずいたりしている。半分ぐらいの学生が、まだ一つも内定が出ていないようだった。

「今日の面接で、何人決まるんだろう」

「そもそも再選考って、今日だけなのかな」

「なんで女子だけなの？」

緊張の糸がほどけたかのように、それぞれ口々に話しはじめた。そんな彼女たちの様子を、わたしはまるで担任の先生にでもなった気分で眺める。

「あの、みなさん、一ついいですか。わたし、実はイヤな話を聞いたことがあって」

わたしの隣に座っているショートヘアの学生が、注目を集めるように少し声を張って言った。

「実はわたしの大学の先輩も去年、再選考でこの会社を受けたそうなんです。そのとき、女子ばかり集められて、すごく怖い面接を受けたって。一発芸みたいなことをさせられたり、彼氏の有無とか、プライベートなことを聞かれたり……しかも結局、落とされたそうです」

不穏なざわめきが広がる。彼女たちの胸のうちにある不安や恐怖を想像すると、気の毒でしょうがなかった。人によっては、もしかしたら一つも内定を得られないまま、年を越すことになるのかもしれない。

「ここにいる全員が、この会社に採用されることは無理だけど」わたしは言った。「再選考だろうがなんだろうが、どうせたいしたことはないから、そんなにビビることはないよ」

視線が一斉にこちらに集中する。そうだ、と思う。わたしは人生に負けて疲れ切った四十過ぎのオバサン。身も心も若い彼女たちに、伝えられることがあるはずだ。

「人事の奴なんて、どうせ中身は無能なおっさんだよ。この会社にいて有能だったら、編集部や営業部にいるはずでしょ？　それができないから人事にいるの。何か恐ろしいことを言われても、ニコニコして『勉強になります』とか言っていればいい。例えば自分がキャバ嬢になって、接客サービスしてあげてるような感覚でやればいいんだよ、面接なんて。おっさんなんてちょろいんだよ」

「すごい、同い年とは思えない。人生経験が倍って感じ」

さっきのショートヘアの学生が横でぼそっとつぶやいた。なんという洞察力、とわたしは驚いて目を見張った。

その後、七人はすっかり打ち解け、隣同士で会話が弾んでいた。やがて会議室のドアがノックされた。さっきとは別の私服姿の女性社員が現れ、三名、二名、二名に分かれて面接をすると告げた。

わたしは最初の三人の中に入っていた。ほかの二人は、さっきのショートヘアの学生（トミザワさんというらしい）と、反対側の隣にいた国立大のダテさんだった（移動する間、うっかり「サンド……」と言いそうになってあわてて口をつぐんだ）。トミザワさんは腹が決まったのか、余裕のある表情をしている。反対にダテさんは今にも吐いてしまうんじゃないかというぐらい、顔面蒼白だった。

案内されたのは、さっきのより狭い応接室だった。トミザワさんが開いているドアをノックして、順番に中に入る。春木がソファに一人で座っていた。

「みなさん、お忙しいなか、お呼びたてして申し訳ありません」

社員が自分だけだからか、それともこっちが女子だけだからなのか、春木はいつものオドオドしたところがなく、妙に余裕ぶっていた。薄くなりかけた頭髪はやや乱れ、顔が若干むくんでいるように見える。昨夜、遅くまで飲んでいたのか？

「みなさんとは何度もお会いしていますし、今日はリラックスした感じでお話しできればと思います」

春木は今日の再選考の趣旨を簡単に説明したあと、右側のトミザワさんから、順番に質問していった。内容は、これまでのそれぞれの活動状況に関することだった。トミザワさんもダテさんも、そしてわたしも、他に内定を得ている会社が一社あるものの、御社に受かったら御社を選ぶと回答した。

「最近はどこも即戦力を求めていて、弊社も例外ではありません」春木は妙にかしこまって言う。「営業部や編集部に採用された場合、一日もはやく一人前の社員になって働いてもらう必要があります。それでは、今のみなさん方に、弊社が期待できる即戦力的な能力はなんでしょうか」

トミザワさんは、所属している演劇サークルでの学祭の催しの際、芸能人に客演依頼をするなどして交渉能力を高めた話を、ダテさんは留学先のイギリスでミュージカル鑑賞に明け暮れながら感性を磨いたという話をした。わたしはいつも通り、大学のボランティアサークルで八面六臂の大活躍をした話をでっちあげ、人並み外れたバイタリティをアピールした。

「わかっていましたが、みなさんとても優秀ですね。でも、この業界の仕事というのは、とても幅が広いんです。例えばみなさんは編集部希望のようですが、編集者というのは、単に机に座って本を作るだけが仕事ではありません。作家の先生から三十枚の原稿を一つもらうために、朝まで飲みに付き合う、なんてこともザラです。そんなとき、もしかすると女性の武器を使っていただくことがあるかもしれません」

「ちょっと何を言っているかわからない」とサンドウィッチマンのトミー風に言えたらどんなにいいだろうかと思った。今どき〝女性の武器〟なんてふざけた言葉を口にする人間がいるのか。

そう考えてすぐ、今どきもなにも、今はまだ2000年なのだと思い出す。

いや、でも2019年にだって、この手の昭和化石男はいたはずだ。多少、市民権を奪われつつはあったけれど。でも、いた。確実に生き残っていくのだ。

春木はわたしたちの顔をながめ、ハハハと笑った。

「いやいや、何も作家の先生と二人きりになってどうこう、みたいな話をしているわけではないですよ。ただ、会食の席などで、女性としていろいろやってもらう場面があるかもしれないということです。どうでしょう、この場でちょっと試験してみましょうか。わたしが作家の先生をやります。ベストセラー連発の大人気作家です。みなさん、接待しながら、わたしに原稿依頼をしてみてください」

そう言うと、春木はわたしの左隣にいるダテさんのほうに、ぐいっと身を乗り出した。

「君、若いねえ。いくつ？」

ダテさんは体を硬直させた。しばらく間をおいたあと、震え声で「二十……三です」と答えた。

「えーっ。一年目なのに二十三なの？　留年でもしたの？　なんだあ、そんなに若くないんだなあ。彼氏はいるの？」

「い、いません」

「うそだあ。本当はいるでしょう。正直に話してよ」

「いや、本当に……」

「誰かと付き合ったことある？　もしかして、誰ともないの？」

「……」

「つまらないなあ。あ、そこでかたまってないでさあ、ちょっと、隣においでよ」

ダテさんは耳まで真っ赤にしてうつむいてしまった。春木は大げさにため息をついた。

「全然、ダメですね。それじゃあ作家先生は機嫌を損ねてしまいますよ。あなたの態度は、お高く留まっている、というやつです。極めて不愉快です」

ダテさんは今にも泣き出しそうだった。反対側のトミザワさんを見ると、まっすぐ前を見てポーカーフェイスを装っているけれど、膝の上で組んだ手が震えていた。

「じゃあ次。次は……君は何歳？」

春木はなぜか真ん中にいるわたしを無視して、トミザワさんのほうへ身を乗り出した。トミザワさんはハッと身構えたあと、ほんの一瞬、ちらっとわたしを見た。ガンバレ、と心の中でわたしは声をかけた。こんな屈辱はわずか数分のこと。内定さえ得られたら、こっちのものなんだから。

「え? 何歳なの?」

「えーっと、二十一です」トミザワさんはそう言うと、媚びるようにふふふと笑った。そして春木に指示されるより前に、「先生!」と言いながら、彼の隣に移動した。

「わたし、昔っから先生の大ファンなんです! 御本、全て持ってます」

トミザワさんは完全にスイッチを切り替えたようだ。その豹変ぶりは、演劇経験者の面目躍如といった感じだった。

「高校生のときから、先生は憧れの人です。ぜひ、お仕事ご一緒させてください」

「まあまあ、仕事の話はまたあとにしようじゃないか。君、彼氏はいるの?」

トミザワさんは一瞬の間をおいて「いないですよー」と答える。「仕事一筋です。先生、あの……」

「そうなの? 好きなタイプは?」

「えーっと……」

「年上の男は平気? 何歳まで大丈夫?」

「年齢は、気にしないです……けど」

「そうなの？　僕なんかでも平気かな？」

そのとき、春木がいやらしい目をしながら、トミザワさんの太ももに手を置いた。

「僕のこと、どう思う？」

さすがのトミザワさんも、体をこわばらせて沈黙してしまった。しかしすぐに「先生は、とっても素敵な男性だと思います」とささやくように言うと、自分の太ももに置かれた春木の手に自分の手を乗せ、握った。そしてそのまま握った手を春木の太ももの上に戻し、動かされないように固定した。

これはまさに、デキるホステスの手口ではなかろうか。どこで覚えたのかなかなかやるなと感心して、ハッとする。

もしかして、さっきわたしが「キャバ嬢になって、接客サービスしてあげてるような感覚でやればいいんだよ」などと言ってしまったことが、影響しているのだろうか。

春木はいい気になってトミザワさんに「今まで何人付き合ったの？」だの「好きなタイプは？」だのと聞いている。「何歳までＯＫ？」はなぜか執拗に三度も聞いた。

いずれの質問もトミザワさんは微笑みを絶やさず、「ご想像におまかせします」とか「もう少し仲良くなったらお教えしますね」などとうまくかわした。春木はデレデレしつつも、だんだんと感心したような表情でトミザワさんを見るようになった。

この子がこの会社に採用されるかわからない。けれど、どちらにしろ、どこへいってもうまくやっていく人なのだろうと思った。前の人生で、わたしが全く太刀打ちできなかった種類の人たち。若い女性としての魅力を自覚し、それを活用することで、就職難、不景気という荒波を乗り越えていった女性たち。わたしがやりたくない、と避けてきたことを、目標達成のために難なくやり遂げられた女性たち。

なんだそれ。

若い女性の魅力って、なんだそれ。

社会に出て仕事をするのに、なぜそんなものを活用しろと迫られなければならないのか。トミザワさんは今日の屈辱をバネにして、この先、輝かしい未来を歩んでいくのかもしれない。五年後、あるいは十年後、あるいは十九年後の2019年に「2000年頃はまだ面接でセクハラされることが当たり前でね」なんて、部下の女性たちに話すこともあるかもしれない。だからといって、今日の屈辱が帳消しになるわけではない。一生、体のどこかに、消せない刺青のように残るかもしれない。

千絵のことが頭に浮かんだ。本当は彼女だって、きっと好きでやっていたわけじゃない。好きで社長室にたびたび呼びつけられていたはずはない。好きで営業部の男性たちになめまわすように体を見られ、好きで彼らと下ネタを交わしあっていたはずもない。

そうでもしなければ、やりたい仕事を手に入れられなかったから。本当はいつも不愉快で、誰かに助けてほしくて、泣きたくなることもあったかもしれない。彼女はまだ二十歳そこそこだった。わたしはその苦しみにいつまでも気づかず、じりじりと嫉妬の炎を燃やし続けていた。

四十一歳のオバサンになっても。

今、この場で、わたしにできることはなんだろう。確かにこの先、働く女性をとりまく環境は改善する、多少なりとも。そのときのために、この時代の女性たちは、未来を信じて、今の、リアルタイムの屈辱を我慢するべきなの？　そもそもその我慢を強いることに加担しているのが、未来からきたわたしってどうなの？　わたしはそれでいいの？

気づくとトミザワさんはわたしの隣に戻っていた。平然としているけれど、耳が殴られたように赤くなっていた。

「さあ、トミザワさんはうまく作家先生から原稿をいただけそうです」春木が言った。

「桜井さんはどう……」

「あなたのなさっていることは、完全なセクハラです。そして、こんなことをやらなければ採用しないというのであれば、立派なパワハラでもあります」

しまった！　ととっさに思った。この時代にパワハラなんて言葉はない。案の定、春木は「パ？」と首をかしげている。

「と、とにかく、採用面接の場でこのようなことをさせられるのは、人権侵害も甚だしいです。女性の武器とはなんですか？　それを業務において発揮しろなんていうのは、明らかな性的搾取ではありませんか？　大げさとお思いですか？　違いますよ。今の時代は許されても、十年後、二十年後には間違いなく許されません。今日のことはしかるべきところに訴えますし、このようなことを許している企業に入社はいたしません。選考を辞退させていただきます」

春木はなぜかニヤニヤしていた。正直、わたしは恐ろしくて足が震えていた。声も上ずっていて、ビビりまくっているのが丸出しだった。

それでも、彼女たちにちゃんと伝えなければ、と思う。

「トミザワさん、ダテさん、さっきは間違ったことを言いました、ごめんなさい。この先、今日みたいな理不尽な目にたくさんあうかもしれないけど、女性らしくニコニコ受け流すなんてことは、美しくも正しくもないから。不愉快なことは不愉快です、とはっきり言葉にして訴えることに、男も女もないから。そういうことが当たり前になる時代が必ずくるから」

偉そうに言いながら、わたしは思う。2019年、そこまで社会は変わっていたか？

「とにかく、やりたくないことを強要させてしまって、ごめんなさい」

何の立場にたって言っているのか、自分でもよくわからなくなった。三人とも、あっけにとられたような顔でわたしを見ている。なんだか急にその場にいづらくなって、逃げるように応接室を出た。


ハハハハ、とつるちゃんは笑いながら、焼きそばにソースをぐるぐるまわしかけた。

「凜ちゃんらしいなあ」

学生時代、お金がないときによく焼きそばを作って食べていたと話したら、つるちゃんの地元の名物料理に焼きそば丼というのがあるらしく、わたしの家まで作りにきてくれることになった。

麺は太め、具は少なめ。焼きそば丼に合うソースは手に入らなかったらしく、普通のソースに砂糖などを足してかなり甘めの味にアレンジしていた。できあがった焼きそばをホカホカの白ご飯の上にたっぷり盛り、さらに目玉焼きをのっけて出来上がり。紅しょうがは多めがグッド。かつおぶしや青のりは不要とのこと。

「あんな正面切って文句言っても、結局、自分が損をするだけだよ」焼きそばをすすりながら、わたしは言った。「何事もうまく立ち回った者勝ちなのにさ。あの女の子たちに、何もかも間違ったことをしてしまった気がする」

「そうかな」

そうつぶやくと、つるちゃんは口いっぱいにつめこんだ食べ物を、コーラで飲み下した。この人は四十一歳になっても同じようなご飯の食べ方をしてるだろうか、と考えて少しぎょっとした。

「うまく立ち回るってこの場合、セクハラされた側が苦痛を飲みこんで、穏便に納めるってことだろ？　そんなのはやっぱり間違ってない？　君は今日、未来からの使者として、いいことを彼女たちに伝えたんだと思うよ」

「ありがとう」と答える自分の声がかすれていた。前の人生で、こんなふうに自分を励ましてくれる人はいなかった。

つるちゃんともし付き合っていたら、どうなっていたのだろう。名古屋にいった後も、連絡を取り続けていたら。あるいは、もしもこの先、付き合うことになったら……。

いいや、それはありえないのだ。二人の間で、先日、取り決めをした。このあまりに不可解で奇妙な事態をうまく乗り切るために、間違っても深い仲になるのだけはやめようと。深い仲になってしまったあと、もしこじれてしまったら、もう元には戻れない。よき友人で、よきパートナーで、よき協力者でい続けるために。

「それにしてもさあ」とつるちゃんは箸を持ったほうの手で頬杖をつく。「今の時代は本当に信じられないほどのセクハラ天国だよな。同じ学部の女子も、面接で人事に『体のラインがきれいですね』って言われたとか、二人きりの温泉旅行に誘われたとか信じられないこと言ってるけど、なんていうか、それはもう女子として覚悟せざるをえない当然のリスク、みたいな感じで受け止めてるもんね、本人も周りも。俺も前の人生で同じ話を彼女たちから聞いたはずだけど、多分、当時はどうとも思わなかったんだろうな」

「でもさ、2019年になったって、就活セクハラみたいなのはなくならないんだよ。就活生がセクハラどころか、性犯罪の被害にあったっていうニュースも見た記憶あるもん。ずーっとこの悪しき因習が残り続けて、2019年ぐらいになってやっと表ざたになるって感じかもしれない」

そう口にした後、途方もない気持ちになってきた。すでに約二十年、〝女の社会人〟という不利な立場を生きてきた。それをまた二十年、繰り返すのか……。

「で、凜ちゃんはこの先どうするの?」つるちゃんが聞いた。「あのインテリアショップに本当に就職するの?」

「わからない。まだ、はっきり決めてない」

いつの間に、つるちゃんは焼きそば丼を平らげていた。台所からフライパンごともってくると、余りをまたガツガツ食べはじめる。

「つるちゃんはどうするの？　本当に就職もせず、ソフトバンクとユニクロの株を買って生きていくの？」

「俺、仲間と会社おこすんだ」つるちゃんは唐突にそう言った。

「えっ」

「うん、いやマジで」

はっきりとした口調とはうらはらに、彼の視線は不安げに揺れていた。

2019年　秋

新宿駅構内のドリンクスタンドに、若者たちの長い行列ができている。鶴丸俊彦はそれをぼうっと眺めて、とくに何も思わず、目的地に向かってまたとぼとぼと歩き出した。

少したって、ぼんやり思いを馳せる。さっき見たあの若者たちはきっと、ああやって流行り物に群がるという青春を謳歌しながらも、抜け目なく将来を見据えて努力しているんだろうな、と。今どきの、意識高い系というやつか。

それにひきかえ、自分があのぐらいの歳の頃は――

本当に、呆れるぐらい何にも考えていなかった。髪を肩につくぐらいまで伸ばし、サーフィンなんて一度もやったことがないくせにサーフブランドのウェアを身にまとって、暇さえあれば友達とつるんでナンパして。

高校時代は空前の女子高生ブームで、反面、自分たち男子高生は社会から完全に無視されていた。もちろん、一部には脚光を浴びている男子もいた、ほんの一部だ。地方都市で極めて地味な日々を過ごす自分たちのような者に、関心を寄せる人は誰もいない。大勢の人たちから注目を浴びることなんて、一生ないだろうと思っていた。

そんなことをつらつら考えているうちに、目的地に着いた。

「再就職支援セミナー説明会参加の方はこちら」

ビル一階の入り口にあった張り紙の前で、俊彦はしばし立ち尽くした。前橋のアパートを出たとき、まだ午前八時前だった。移動だけで一日使い切ってしまった気分。ちょっとした旅行じゃないか。

本当に、なんにも考えていなかったな、と俊彦はまた、思う。あの頃。それでも、それなりに、人並みに人生はまっすぐ続いていくものだと思っていた。周りにいた大人たちと同じように。

しかし大学三年、就職活動という社会の最初の扉を開いたら、そこにあるはずの地面は硬い氷に覆われ、まともに歩くこともできなかった。歩いても歩いてもつるつるつるりんことすべるばかりで先へ進めず、そのうち行き先を見失い、やがて地面がひび割れて、暗い闇へと落っこちた。

子供の頃、七夕の短冊にはいつも「社長になりたい」と書いていた。悟郎おじさんの影響だったのだろうと俊彦は思う。悟郎おじさんは中学卒業後、セールスマンや配送業などを転々とした後、不動産事業で成功、地元に城のような大豪邸をたてた。

口がうまく人たらし、家庭では愛妻家で料理好き。親族内の悟郎おじさん評はまっぷたつに分かれる。当然、女性陣からの人気は高い。が、男たちによる評価は最悪だった。男の親族の大半が、エネルギー関連の大企業の地元工場に勤めていた。俊彦の祖父がかつて支社長までのぼりつめたおかげで、親族はほぼ全員、望めばコネ入社できる。大抵は地元の工業高校か商業高校を経て、就職していた。俊彦の父親もそうだし、兄と弟も同じ道をたどった。

父は家族の法律で、偉大なる指導者だった。祖父の威光を借りて四十代で副支社長になった自分のことを、世界で一番の成功者だと疑いもなく思っているように見えた。ときどき兄からわけもなく殴られ泣くと、泣いたことを理由に父からも殴られた。殴られることも、泣くことも、どちらも恥だというのが家訓だった。

父と悟郎おじさんは当然折り合いが悪く、盆や正月の集まりでも全く口をきかなかった。しかし悟郎おじさんは俊彦のことを、「俺に似て地頭がいい」とよく可愛がってくれた。悟郎おじさんの一人息子である文哉君のことも、小さなときから実の兄のように慕っていた。

文哉君は俊彦より十歳上で、母親の洋子おばさんに似たハンサム、小柄だったが女の子によくモテた。小学生のときから成績優秀だった彼は、国立大学に現役合格し、卒業後、銀行マンになった。

中三の夏、俊彦は父に三日三晩土下座して東京に遊びにいく許しを得、文哉君の綺麗なマンションで一週間世話になったことがある。

文哉君が帰ってくるのはいつも深夜だった。けれど金曜日の一晩だけ、仕事をはやく終えて遊びに連れて行ってくれた。

あの、夢のような一夜が、その後の自分の選択を決定づけた、と俊彦は思っている。とくに何をしたというわけではない。銀座の混雑した小さな店で、酒を飲み、たいしてうまくないつまみを食べ、煙草の煙にまみれながら、知らない大人とたくさん話した。ほとんどが、セックスのこと。あと、金のことも。文哉君は少し仕事の愚痴を口にした。その愚痴すらも、キラキラと輝いて見えた。

自由。文哉君が体にまとっているもの。体力勝負で働いて、自由になる金を得て、くだらない話をまき散らしながら酒を飲む。飲み屋で声をかけてきた二十代の看護師だという女に「付き合ってあげてもいいけど、俺、結婚願望ないよ」とヘラヘラ笑いながら言っていた。その姿を見て、俺も結婚なんかしない、と俊彦は思った。

それまでは自分の進路について、兄と同じ工業高校へ進むのだろうと他人事のように考えていた。東京、いい住まい、自分の可能性。はじめてそれらのことを真剣に考えた。

地元にはいたくない。父や兄と同じ人生は歩みたくない。その後は人が変わったように勉強に励んだ。その結果、文哉君と同じ県内有数の進学校に合格した。

大学も文哉君と同じ国立を目指したが不合格、滑り止めの都内有名私大の経営学部に合格した。

大学入学と同時に上京、意外にも大学進学を喜んだ父から、仕送りを家賃以外に月に十五万円ももらえた。

それから三年生の就活開始までは、我ながらひどい生活ぶりだったと俊彦は思う。自分の部屋で夜寝て朝起きる、という日は、月に一度あるかないか。自分の身勝手な振舞いで、一体、何人を傷つけたのか。一人一人に謝罪して回るだけで何年もかかる。

文哉君と同じ銀行マンになろう、とは高校生のときから考えていた。銀行マンか、あるいは証券マン。自分の仕事が、わかりやすく利益に直結する職業がいいと思っていた。

特別、やりたいことも好きなこともなかったから。音楽もファッションもそれなりに楽しんではいた。が、周りの友達みたいに、バンドでプロデビューしたいとか、漫画家になりたいとかいった〝夢〟はない。そういうものを思い描いたことが、かつて一度もない。

中身からっぽ人間。その自覚は、ずっとある。

だからこそ、金融の世界に入って、手っ取り早く金を稼ぐ。そういう種類の大人になる。それしか道はないとすら思っていた。

とはいえ、銀行にしろ証券にしろ、それらがどのような仕組みで金を生み出しているのか、そもそも〝金を生む〟とはどういうことなのか、俊彦は全くわかっていなかったのだが。

だから当然、1999年の大学三年生の時点で、金融業界は未曾有の低迷時代を迎えていたということも、あまりよく理解していなかった。当時はどの銀行もバブル期に増大させた採用数を大幅に減らし、ゼロ採用のところさえ少なくなかった。

まずいと気づいたのは、いつだったか。就活期間がはじまると、周りの学生たちを追いかけるように、業種を問わず百社以上、資料請求した。返事がないことのほうが多かった。

学内の就職課の情報だけでなく、コンビニなどで手に入る求人雑誌も利用した。しかし、そういった媒体で積極的に募集をかけているのは、劣悪な労働環境が噂される怪しげな企業が多かった。その中の一社の書類選考に通過し、面接の日程が決まって数日後、その企業が経営破綻したことを新聞記事で知った、ということもあった。

三年間、就活対策といえるものは何もしてこなかった。そのため、筆記試験には苦手意識があったが、面接はうまくやれるだろうと根拠のない自信があった。昔から、目上の人間に気に入られるのは得意だった。春にかけて一次、二次と進めることが増えてくると、面接で手応えを得て、今回はいけたかもしれない、と思うことが何度もあった。しかし、試験の後に返ってくるのは、現代の表現でいう〝お祈り〟レターばかり。大手食品メーカーの八次面接まで進んで落とされたときは、さすがにがっくりときて、丸の内のビジネス街のど真ん中でしゃがみこんでしまった。

どこへいっても、「お前はいらない」と門前払いをされる。それが続くうちに、こんな自分は、どんな仕事でもいいから就かせてもらえるだけでありがたいと考えるべき人間なのだろう、という思いが強くなる。

あるとき、同じ大学の友達から、一部の優秀な学生はバブル期の青田買いさながらに大手企業の人事担当者に囲い込まれ、場合によってはホテルなどに軟禁状態にされることもあるらしいという話を聞いた。工科大の研究室にいる地元の先輩も、とくに活動もしないうちにリクルーターから声がかかり、大手自動車メーカーの内定が早々に決まったと春頃に話していた。年功序列のシステムは崩壊しかけ、社会は成果主義に染まりつつあった。即戦力。求められていたのはそれだった。

有名私大生とはいえ、社会で役立つ技能は一つもなく、その上、努力もせず、ただただ日々を遊びほうけていた自分のような奴をほしがる企業などどこにもない。人材を育てる余力などないのが、当たり前の時代なのだ。

でも時代にも、社会のせいにもできないと、俊彦はちゃんとわかっているつもりだった。知らなかった自分が悪い。怠ったのは自分。全て自分の選択で、今があるのだから。

何も決まらないまま、九月になった。

父からはしょっちゅう、まだ決まらないのかと連絡があった。父の会社にコネ入社する方法はまだあると言われたが、断った。すると、仕送りを半分に減らされた。同じ頃、大学の就職課の職員に「ここも金融っちゃ金融だから」といい加減に勧められて受けたのが、大手消費者金融会社だった。

その一次試験の後、昼食をとるために向かった公園で、集団面接で一緒だった女子大生、桜井凜子を見かけた。気づいたときには話しかけていた。人見知り、という現象が自分の身に降りかかったことが、俊彦にはかつて一度もない。

話してみると、彼女は自分とはまるで違う、真面目な学生だった。まっすぐで、そしてとても面白い女の子だった。子供のときからの夢を大切に抱き続け、けれどそれが叶いそうもない現実に悶々としていた。後から考えても、どうして自分にあんな偉そうなことが言えたのかと思う。

プランBの人生でいいのか、なんて。自分にはAもBもない。何にもないのに。彼女に頑張ってほしいとか、なんとかして編集者になってほしいとか、そんな理由で言ったわけではないと自覚していた。単に、上に立ちたかったのだ。マウントというやつだ。自分のしょうもなさがつくづくイヤになる。

その後、俊彦と凛子は消費者金融会社の二次試験にそろって進んだ。が、二人とも辞退した。もし凛子と出会わなかったら、そのまま試験を受けて内定をとれていたかもしれないと、俊彦は後になって何度も考えた。それがいいことなのか悪いことなのかは、よくわからない。

それからも彼女とは連絡を取り合い、ときどき二人で酒を飲んだ。なんとなく、彼女からほんのりとした好意のようなものを感じとっていたが、俊彦は気づかないふりをした。端的にタイプじゃなかったし、他に遊んでいる女の子が何人もいたから、あえて手を出そうとも思わなかった。

やがて、彼女は名古屋の小さな出版社の内定を得た。その知らせを耳にしたとき、自分でも意外なほど、ショックだった。「名古屋にいっても、たまには遊ぼう」と言われたが、きっともう会わないだろうと俊彦は思ったし、そして会わなかったし連絡も無視した。

十一月、冬の気配が鼻先まで近づく頃になっても、俊彦は細々と活動していた。周りの友人で内定の出ていない者はとっくにあきらめて、フリーターになるという未来を受け入れていた。

そんなとき、久しぶりに最終試験まで進んだ。千葉の海沿いにある中規模の建設会社だった。当日の重役面接での感触はこれまでで一番よく、ほぼ内定は決まりだろうと思った。面接後、人事部の社員から「うちは風俗代も接待費で落とせるんだよ」とニヤニヤしながら言われたときは、なんと答えたらいいかわからなかった。

帰り道、会社から駅まで徒歩十五分の道が、やけに長く感じられた。横道にそれて少しいくと、海岸線にたどり着く。風が強かった。出歩いている人は俊彦以外、誰もいなかった。

四月からあの会社で、本当に営業マンとしての日々がはじまるのか。望んでいたことじゃないか、と自分に言い聞かせる。就職したい、と願ってここまでやってきた。ここでダメならどこへいってもダメだ。それなのにどうして、今、こんなにも切ない気持ちなのか。

四月以降の自分は、きっと、好きな音楽にも好きな洋服にも、それほど興味がなくなっているんじゃないかと思う。あれほど好きで通ったクラブにも、二度といかないのだろう。取引先と連れだって風俗にいき、ニヤつきながら領収書をもらう男になる。これから、全く違う自分になりにいく。

海風にあおられながら、やっとのことで駅にたどり着いた。次の上り電車の時間を確認するため時刻表を探していると、「あれ？　つるちゃん？」と声が聞こえて振り返った。浅黒い顔をした小柄な男が、満面の笑みを浮かべて立っていた。

一瞬、どこの東南アジア人だろうかと思った。違った。高校時代、同じ塾に通っていた健斗だった。

その、思ってもみない再会が、俊彦の方向転換のきっかけになった。

二人ベンチに並んで座ると話が弾み、予定時刻より十分遅れてやってきた上り電車には、乗らなかった。てくてく歩いて海までいき、暗くなるまでビールを飲んだ。

健斗は東大を目指していたが受験に失敗、浪人はせずに滑り止めの私大法学部に入った。東大に入れなかったことをずっと引きずっているらしい、と人づてに耳にしたことがあったが、目の前の健斗にその様子はみじんもなかった。

彼は就活を一切していないという。四年生の夏休みは、ずっと中南米を回っていたらしい。千葉にいるのも、旅行中に知り合った友人を訪ねてきたためだった。

「卒業したらイギリスに留学するんだ。一年か二年、英語と経済を真剣に学ぶつもり。将来はできれば海外で就職するか、帰国するにしても外資系の金融を狙いたい」

その晩は満月で、夜空の下でも健斗の顔が、すっかり赤くなっているのがわかった。

「俺の兄貴、テレビ局に就職したんだ」

健斗は言った。俊彦は彼の兄を知っていた。地元では超有名な高校球児だった。有名大学にスポーツ推薦で入学、プロ入りを目指していたが、両膝の故障で断念したということも知っていた。

「二社内定が出て、一つは自動車、一つはテレビ局。そんで、自動車蹴ってテレビ局入った。うちは両親二人とも高卒だからもう大喜び。でも俺はそれを見ても、全然うらやましい気持ちにならなかった。元有名選手っていう箔だけで入社して、その後も多分、周りに可愛がられながらうまくやっていくんだと思う。根っからの体育会系だからさ、上に媚びへつらうのが大の得意だしね。日本の大企業の大半がいまだにそういう雰囲気だろ？　これからは実力主義だのなんだのっていうけど、そんなの実は誰も望んでない。今まで通り、年功序列でのんびり定年まで安定して働きたいっていうつまらない奴ばかり。俺はそんなところにいたら、このままでいいのかと毎日不安でたまらない気がするんだ。自分の本当の実力を正しく評価してほしいし、とどまることなく成長し続けたい」

同い年なのに、自分とは全く違う世界を見ているのだとまぶしく思った。きっと何もかもうまくいって、間違いなく成功を手にするのだろう、と。

「お前もさ、こんな片田舎の建設会社なんかに就職するなよ。ろくな未来は待ってないぞ。それより、若いうちに広い世界を見て、いろいろ学んで、武器になるスキルを身につけるべきだ」

「でも、別に俺はやりたいこともないし」と俊彦はモゴモゴと頼りなく答えた。

「金融系狙ってたんだろ？　そっち系の資格取得を目指してみれば？　例えば、公認会計士とか。何年かかってもいいよ。遅くても三十五ぐらいまでになんとか結果出せばいいんだよ」

公認会計士を目指す。その言葉は、キラキラと目の前で輝くようだった。なぜ今まで思いつかなかったのか、自分のバカさ加減が愚かしいぐらいだった。その一言があれば、あの会社に就職しないことも、来年フリーターになることも正当化できるじゃないか。

気がつくと、夜の十時をまわっていた。東京に戻るための電車は、とっくに終わっている。

二人でしばらくさまよい歩いて、一軒のビジネスホテルを見つけた。一番安かったダブルの部屋をとり、結局そこでも朝まで酒を飲んで、二人合わせて合計五度も吐いた。

建設会社の内定は辞退した。そのまま就活もすっぱりやめた。そして翌年四月、俊彦は晴れてフリーターになった。

本当は資格取得のために専門学校に通いたかったが、父親に費用の援助を断られたので、まずは独学でやってみることとした。

バイトは三つ掛け持ちしていた。そのうちの一つが、出会い系サイトのサクラだった。新宿駅近くの雑居ビルの一室。十代後半から二十代前半の若者を中心に毎日百人近くが集められ、パソコンを使用して男性会員とひたすらメールのやりとりをする。あの手この手で相手の期待をあおり、やりとりを続けるために課金させるのが、サクラたちの使命だった。

サクラは九割が男だった。女の子もいるにはいたが、〝メール回し〟が上手い女の子は皆無といってもよかった。上手いのは有名私大に通う男子大学生たちで、彼らは飲食店やコンビニのバイトでは到底届かない額を難なく稼いで、大学を休学するほどのめり込んでいく。

俊彦は内心で彼らを笑っていたが、実質は全く同じ穴のムジナだった。俊彦はサクラ仲間から「エース」と呼ばれていた。エース級にメール回しが上手かったからだ。はじめて二週間で成績一位になり、間もなくチームリーダーに抜擢された。時給が二千円に達したのをきっかけに、他のバイトは全部やめた。

運営管理者という肩書でときどき顔を出していた増山という名の男は、おそらく暴力団組員だったが、俊彦は彼から特別に可愛がられた。日に日にメール回しが上達し、周りからもちやほやされる。ゲームのように自分のレベルが上がっていく感覚が、最高に気持ちよかった。ほとんど休まず、昼過ぎから翌朝まで働くこともザラだったが、全く苦じゃなかった。

大学を卒業する直前、はりきって一度に三冊も購入した会計士資格の参考書は、本棚に横向きに積んだままだった。

時間の感覚が薄くなっていった。大学を休学していた連中も、知らない間に復学していなくなった。他のサクラと少しずつ年が離れていく。先のことは、一切考えないようにしていた。

その日はふいに、訪れた。いつも通り、サクラ仲間たちと談笑しながらメール回しをしていると、突然、「仕事中にべちゃくちゃしゃべってんじゃねえ!」と甲高い声が聞こえ、次の瞬間、襟首をつかまれ床に転がされた。

「状況わかってんのかよ！　お前がたるんでるからだろ！　責任とれよ！」

増山だった。あおむけになると胸倉をつかまれ、今度は辞書みたいに分厚い手で何度も往復ビンタされた。

このところ、売り上げが急激に落ち込んでいることは耳にしていた。サクラばかりで全く会えないとネットで悪評が立ちすぎて、客が寄り付かなくなっていたのだ。なぜ自分に責任がなすりつけられたのかわからない。たまたまその日、増山の目についてしまっただけのような気がした。

上層部にこってりしぼられたのだろうか。増山の顔つきは正気を完全に失っていた。みんなの見ている前でやりたい放題に叩かれ、足蹴にされ、そのまま気絶した。

目が覚めると、入り口のドアの前に転がされていた。鼻血がカーペットにべっとりこびりついていた。どれくらいの時間がたったのかわからなかったが、こちらに関心を向ける者は一人もなく、誰もが何事もなかったように、パソコンのキーボードを連打していた。

その翌日、俊彦は二十五歳になった。

あれだけ働き、普通のサラリーマン以上の月収をもらっていたのに、預金残高は五十万ほどしかなかった。最後の数ヵ月はあまり稼げなくなっていたというのもあるが、パチンコですってばかりいたせいもある。

その五十万を食いつぶしながら家でゴロゴロしていると、以前に登録した派遣会社から、仕事を紹介したいという内容の電話がかかってきた。

大手携帯電話会社コールセンターのオペレーター業務、時給は千三百円。場所は横浜にある商業ビルの一室。働きはじめて一ヵ月で、どうやら自分は人よりこの仕事に向いているらしい、と気づいた。

電話の相手がどれだけ怒鳴り散らしていようとも、毎日のようにかけてきては何時間も粘り続ける常連クレーマーであろうとも、なぜかほかのオペレーターよりもはやく会話を終らせることができた。自分としては感情を声にのせず、淡々と話し続けているだけだったが、他の人にとっては案外これが難しいようだった。

コールセンターという場所は案外はっきりとした実力主義で、周りをごぼう抜きしてあっという間にSVに昇格した。また、派遣先から直接雇用の打診も受け、時給も千五百円になった。

それから飛び去るように月日が流れ、俊彦はとうとう三十歳になった。その年、コールセンターの仕事をやめた。

そのとき付き合っていた恋人に、正社員になってほしいと請われたからだ。彼女は同じコールセンターで働く派遣社員で、まだ二十五歳だったが結婚願望が強く、付き合ってすぐに結婚をせがまれた。俊彦自身は結婚に及び腰だったが、彼女のことは外見も性格も気に入っていたので、振られたくない一心で就活を決意した。

三十歳。人生を立て直すには、最後のタイミングのような気もしていた。

当時はまだリーマンショック直前で、新卒採用市場は活況を取り戻しており、中途採用の求人数も増えていた。が、大学卒業から二十五歳までの職歴は空欄、その後はずっと非正規の俊彦には無縁の話だった。

全く決まらない。入りたい、と思える企業の扉は何重にも鍵をかけられ、かたく閉ざされている。新卒の頃と全く同じだった。もたついている間にリーマンショックが勃発、求人数が激減した。結局、もともと登録していた派遣会社から、大手家電量販店の紹介予定派遣の仕事をまわされ、それに飛び乗るしかなかった。

半年間、新宿の店舗で派遣社員として働き、正社員登用された後、川崎店へ異動になった。

そこは、エリアマネージャーを頂点にした、体育会系的序列が徹底された職場だった。

同期入社がほかに何人かいた。何の理由もなく先輩から殴られたり、バリカンで坊主にされたりしているうちに、消えていった。一方、俊彦はうまく彼らに取り入り、暴力をかわしつつ可愛がってもらえた。

人間関係よりも、勤務時間の長さのほうがよっぽどキツかった。残業が月百時間を超えるのは当たり前。やっと仕事から解放されると、非正規やブラック企業勤めの友人たちと集まってしこたま酒を飲む。一緒に暮らしはじめた恋人とは、当然、すれ違いの生活になった。

能率、という概念が全くない世界だった。まともな仕事をしている人間が一人もいない。挨拶練習一万回、手書きのビラ配り、店頭でのマイクパフォーマンス。そんなことをやっても売り上げには一切つながらない上、本当に必要な業務は後回しにされる。残業時間が雪だるま式に増えていく。誰も、それを疑問に思わない。

無駄な仕事を自分なりに減らしていくしかなかった。そしてその無駄な仕事は、上から嫌がらせ目的で降ってくる。それらを避けるためには、彼らの優秀なしもべになるしかなかった。

はじめて後輩を殴った日のことを、はっきり覚えている。川崎に移って三カ月ほどたった頃。仕事覚えが悪い新入りの派遣社員を教育するよう、エリアマネージャーに命じられた。先輩たちがやっていたように、一日中トランシーバー越しに罵倒していたが、お前のやり方は甘い、と指摘を受けてすぐ、昼休憩のときに新入りを呼び出し、顔を殴った。顔にしたのは、殴ったことが誰の目にもわかりやすいからだった。

気づいたら、三年が過ぎていた。その間、何人の後輩を罵倒し、暴力をふるったかわからない。なんの疑問も、抵抗も持たなくなっていた。それでも、先輩やエリアマネージャーの目がない限りは手を出さないようにしていたが、やがてそれが仇になった。

「人の目がないところでは、鶴丸さんは殴らない。自分たちの味方だよ」と新人同士で話しているのをエリアマネージャーに聞かれ、逆鱗に触れてしまったのだ。

その日のうちに制裁として頭を丸坊主にされた。それ以降、髪が少しでも伸びていると殴られるようになったので、マメに剃刀で剃っていたが、いつも寝不足状態でやるので傷だらけで、接客中によく血が垂れてきて困った。

その頃、恋人とも別れた。気づいたらいなくなっていた、というほうが正しい。「一緒にいる意味がない」と彼女はいつも言っていた。

このあたりのことは記憶が曖昧だ。自分に対する暴力が日に日に激しくなり、死のうと決意したとき、すでに彼女が出ていった後だったのか、どうか。考えても考えてもわからない。ある日、はじめて無断欠勤し、パチンコ屋へいった。有り金をすべて使ったら電車にでも飛び込むつもりだった。そのうち携帯電話にひっきりなしに電話がかかってきたので、電源を切ってパチンコ屋のゴミ箱に捨てた。財布にあった五万は数十分で溶けた。駅にいき、ホームの端にたつと、恐ろしくて体が凍り付いた。気づいたら、高崎行きの快速電車に乗っていた。

実家に顔を出す勇気はなく、やむなく悟郎おじさんの家にいった。たまたま庭にいた文哉君の顔を見た瞬間、体から力が抜けて、涙が一粒だけこぼれた。

悟郎おじさんの世話になりながら無断欠勤を続けるうちに、家電量販店はクビになった。

悟郎おじさんは、父親から俊彦をかばってくれた。それには、理由があった。文哉君がニートになっていたのだ。文哉君は三十を過ぎたあたりから営業成績が伸び悩み、その後うつ病を発症。二年前に銀行をやめ、以来ずっと実家でブラブラしているらしかった。なかなか会えないのは忙しいからだと俊彦は思っていた。すべて、親族にはひた隠しにされていた。

文哉君は悟郎おじさんとの接触を拒絶して、家の敷地内にあった物置用のプレハブで暮らしていた。

夜はもともと文哉君のものだった部屋で寝て、昼はプレハブで文哉君とひたすらゲームをやる。そうしているだけで、悟郎おじさんには日々感謝された。金の心配をせずに済むのなら、このまま二人で老人になるまでこの暮らしを続けてもいい、と俊彦は半ば本気で考えるようになった。

社会に出るのはもう嫌だと心底思った。これまでのことを省みることはできなかった。何もかも自分が悪いという結論にしかいきつけない。自分が悪い、能力がない、誰からも必要とされない。理解はしている。でも直視はできない。死にたい、と言う気持ちしか湧いてこない。

再び働こうと思ったのは、引きこもり生活が二年を過ぎた三十五歳の冬。いつものように二人でゲームをしていると、文哉君がふと「めんどくせえから今日からここでする」と言って、目の前にあった空のペットボトルに向かって小便をしはじめた。文哉君は一応、それが礼儀のつもりだったのか、俊彦に背中を向けていた。小さな窓から冬の光が差し込んで、その後姿はやけに神々しく輝いていた。首にも脂肪がこびりついて、鏡餅みたいな段々になっていた。背中は熊のように大きく、着ているスウェットには虫の卵みたいな毛玉がびっしりついていた。その姿はあまりに恐ろしく、今すぐにこの穴倉のようなプレハブを出なければ、とんでもないことになると真剣に思った。

それから間もなく、携帯電話の再契約など身辺を整え、派遣会社に登録した。担当者には「コールセンターで働きたいです」と希望を伝えた。すぐに、前橋駅から徒歩十五分のところにある通信販売会社のコールセンターの仕事を紹介された。

二カ月ほどで直接雇用になり、一年足らずでSVに昇格した。居候生活も脱して、一人暮らしをはじめた。

月の手取りは多いときでも二十万あるかないか。東京だったら苦しかっただろうが、地方都市で一人で暮らす分には、それなりにやっていけた、贅沢さえしなければ。

しかし非正規。どこまでやっても非正規。利益は誰かが中抜きし続ける。四十、五十になったときのことは考えたくなかった。しかし、嫌でもその日はやってくる。また大学生のときのように、自分を受け入れない社会に立ち向かっていかなければならないのか？　そして、人を人とも思わない職場で自殺する日を待つのか？

結局、何も行動も起こせないまま、ついに四十歳になった。

その年の秋、会社から、センターが年内で閉鎖することを通告された。それにともない、次の契約更新はしないことも。

覚悟はしていた。センター閉鎖後は失業手当をもらいつつ、職探しをした。今度こそ正社員に、と思ったが、全くうまくいかなかった。

数年前から、氷河期世代を対象にした雇用政策のニュースを、テレビやネットでよく目にするようになった。確かにその政策にのっとったような求人はあるにはある。しかし、条件のいいものは当然、熾烈な争奪戦を余儀なくされる。地方も含めて氷河期世代向けの自治体職員採用試験をいくつか受けてみたが、全くかすりもしなかった。

自分のような者を受け入れてくれそうなのは、みなし残業は当たり前の、労働条件に不安を抱かざるをえない企業ばかり。「仕事を選ばなければ、いくらだってありますよ」とハローワークの職員には何度も言われた。

仕事を選ぶ権利など、二十二歳のときから一度も与えられたことがない気がした。

「俺たちは、捨てられた世代なんだよ」

ある日、ハローワークで偶然再会したコールセンターの元同僚の郷田が、立ち食いそば屋で一番安いかけそばをすすりながら、そう言った。

「氷河期ってのはさ、大学を卒業したやつにさえ、まともな仕事は与えてやれない時代だったわけだろ? そんで、その椅子取りゲームに負けた連中のことは、非正規やブラック企業で都合よく使い捨てにしてきたわけよ、この国は。本当は使い捨てたまま死んでくれたらよかったんだろうね。でも俺らは四十五十になっても生きのびて、今や社会の大荷物。少しでもマシな稼ぎを与えて自立させないとヤバいって今さら気づいて慌ててるけど、遅いよな」

郷田は俊彦より三歳年上で、学生時代は優秀なラグビー選手だったが、ケガで引退した。大学卒業後は大手外食チェーンに就職。しかし激務とパワハラで心を病み、以来ずっと非正規だった。

俊彦が氷河期世代を対象にしたセミナーを受けてみようと思ったのは、郷田がそれであっけなく就職したからだった。一部上場の警備会社の内勤。条件も申し分なさそうだった。

セミナー説明会の日は、なぜだか朝からイヤな予感がしていた。普段、あまりそういう感覚にとらわれることはないのに、その日はずっと気がかりでどうしようもなかった。だから、会場で凜子を見かけたときは驚くと同時に妙にほっとして、つい話しかけてしまった。

彼女と話しながら、今はれっきとした無職なのにそうでないふりをした。情けなくて仕方なかった。

何もかも、すべて、自業自得だった。

2003年　12月（二回目）

仕事の手を休めてなんとなくテレビをつけると、いきなり「あけーぼーのー！」という叫び声が大音量でとどろき、椅子から転げ落ちそうになった。画面に目をやる。第六十四代横綱曙の、だらんとした巨乳が映し出されている。

そのとき、携帯がブルブルと振動した。

凜子からの電話だった。

「ねえ凜ちゃん。今、テレビ見てる？　ボブ・サップ対曙やってるよ！　めちゃ懐かしい」

この気持ちを共有したくて、思わず俺は電話に出てしまった。

「前にこの試合やってたときは、出会い系サイトのサクラのバイト中でさー。テレビ見ながら仕事してたんだけど、ちょうど試合がはじまってすぐに誰かに用事をいいつけられたんだよね。そんで急いで用事片付けてテレビのところに戻ったら、もう曙、うつぶせになってカエルみたいに伸びてた、ハハハ」

「ねえ、なんでずっと無視してたの？」凜子が不機嫌丸出しの声で言った。

「いや、このところ忙しくって。今も事務所なんだよ。ほら、新しいプロジェクトがはじまるって言っただろ？　海外にスクールつくるってやつ。来年から本格的にはじまるから、今はその事務作業を片付けなきゃいけなくて。ホームページに載せる材料とか、あと向こうの法律調べたり、マジでいろいろやることが……」

「忙しい自慢はいいから。本当に大丈夫なの？」

「何度も言ってるじゃん。この間は飲みすぎただけだよ」

三ヵ月ほど前、俺は残業を終えた後そのまま事務所で飲んでよっぱらい、夜中、凜子に電話をかけた。三時間近くも長電話した挙句、最後は泣いてしまった。記憶はうっすらとある、うっすらとだけ。

「仕事、本当にうまくいってるの？」

それ以来、凜子は何度も電話してきてはそう聞いてくる。最近は少しうっとうしくて、ときどき無視していた。心配してくれているのだとわかりつつ、もしかして、本当はうまくいってないといいのに、とでも思っているんじゃないかと疑っている自分もいる。凜子が今の職場で苦労していることは知っていた。かつて俺も前の人生で、仕事で結果を出している友人と会ったとき、そんなふうに思ったものだった。

俺はいかに今の仕事にやりがいを感じていて、日々が充実しているか語って聞かせた。

凛子は自分から電話をかけてきたくせに、話の途中で「彼が呼んでるから、またかけなおす」と言って一方的に切ってしまった。

あ、ボブ・サップと曙どうなった、とテレビのほうを振り返る。リングの上で曙が、あおむけになって伸びていた。

手に持ったままの携帯に、再び視線を落とす。買ったばかりのN505is。CCDカメラの130万画素という数字が、なんともいじらしい。

あれから、どれくらいの月日が流れたのだろう。

人生をやり直すことになってから、今までどれくらい。

俺は確かに、2019年を生きる四十一歳の超負け組独身非正規労働者だった。しかしある朝起きたら、二十一歳の大学三年生に戻っていた。1999年の9月。ということは、人生をやり直すことになってから、もう四年も過ぎたということになる。

当時の俺は自分がおかれた状況を、うまくのみ込めなかった。混乱しきって部屋に閉じこもり、情けなくも夜を日についで泣いていた。そのまま、何日過ぎたかわからない。

あるときふと、凛子のことを思い出した。

もし本当に、雷が落ちたあのときに、自分が過去に戻ってしまったのなら、彼女も一緒にこちらにきているんじゃないか。そう思った。しかし、今の時点では出会っていないから、電話番号も自宅の場所も知りようがない。知っているのは大学と学部だけ。それで思い切って外に出て、彼女の学部があるキャンパスに毎日侵入し、あちこちほっつき歩いてみた。五日目で、ついに発見した。

食堂の窓際のテーブルで、友達らしき女の子と二人で昼飯を食べていた。オレンジのカットソーにデニムのスカート、足下はハイソックスと黒いミュール。１９９９年の流行に沿ったファッションに身を包んでいる。その女が正真正銘の女子大生なのか、あるいはその中身は２０１９年からやってきた中年女なのか、見た目だけでは判断がつかなかった。俺は近くの席に座り、こっそりその会話に耳をそばだてた。

「ねえ、そのヒロくんって、どこの大学？」

凜子の声だ。俺はドキドキした。

「うちの院だよ。社会学部。就職しないで研究者目指すんだって。頭よくてかっこいい」

「タケちゃんは？」凜子がまた聞く。

「東大医学部。でもデブだよ」

「ヒロくんを選んだら、数年後、間違いなく後悔するだろうね。文系の研究者の末路がどういうものか、知らないでしょ。三十過ぎても非常勤だよ。結婚なんて到底できない。東大医学部一択。なぜ迷うのか全くわからない」

そのとき、俺は確信せざるをえなかった。このオレンジカットソー女は二十一歳の女子大生などではない。その正体は、人生に負け疲れた四十過ぎのオバサンだ、と。

隙を見て彼女に話しかけたかったが、できなかった。二人がいなくなった後も、その場に残って、しばし考えにふけった。

俺たちが一緒に過去に戻ってきたことは、ほぼ間違いないだろう。するとこの先、俺たちはどうしていくべきか。二人にとって共通の課題、それは――

就活。

ひょっとすると凜子のほうは、このまま真っ正直に、就活をやり直そうと考えているんじゃないか。さっき垣間見た結婚観からも、それは十分うかがえた。本来の志望だった出版社か、そうでなくてもできる限り大手に就職して、自分と同等かそれ以上のスペックの相手と、遅くとも三十歳までには結婚する。そのような超王道勝ち組人生プランを立てているのではないか。

四十一歳にして独身、職業は非正規社員という人生を経験した女性が、それを望む気持ちは痛いほど理解できた。もともと優秀だった凜子なら、あるいはうまくやれば、今回こそ実現できるかもしれない。二十年で培ったものもあるだろう。

でも、俺には無理だ。培ってきたものなど何もない。このまま就活したって、内定をとれたとしても、せいぜいがブラック企業。そしてまた心身を壊して負け犬道まっしぐら。

そもそも、就職なんかするべきなんだろうか。ほかにもっと選択肢はないのか？　あるだろ？　そうだ、ユーチューバーになるのはどうだ？……いや、まだ時代が早すぎる。起業するか？　……成功させる自信がない。

そもそも。

やりたいことが、何も思い浮かばない。

それなら株は？　株はどうだろう。成長確実の企業の株を買って、悠々自適に暮らす。例えばユニクロとか、あと、ソフトバンクとか、あと……なんだろう。思いつかない。スマホでググってみるか、とついうっかり尻に手をのばしかける。ネットで調べて出てくるわけがない。そもそも今、俺のジーパンの尻ポケットに突っ込まれている携帯は、というか携帯でもない。ＰＨＳだ。

思わず頭を抱えた。せっかく未来からやってきたのに、肝心の未来についての知識が乏しすぎる。社会のことが何もわからない。どうせ何をやってもうまくいかないのだし、世の中のことに関心をもってもしょうがないと思っていた。せめて競馬でもやっていればよかった。ライブドアショックってもう過ぎたのか？　リーマンショックっていつだ？　アベノミクスは？　ウィキペディアに書いてないのか？

いやしかし、ユニクロとソフトバンクに投資するだけでも十分かもしれない。あとは自分なりに資産運用について勉強してみよう。元手は悟郎おじさんに借りればいい。卒業後はフリーターになって小銭を稼ぎながら、少しずつ投資に回す。仕事は慣れ親しんだコルセンでいいだろう。今なら派遣の求人が掃いて捨てるほどある。最初の数年はたいした暮らしはできないかもしれないけれど、十年も続ければ、そこそこの資産が形成できているんじゃないか？

十年後。コルセンでSVをやりながら、資産運用で暮らすアラサー男。

ソレジャナイ感。何か違う。結局、肩書が非正規のままなのがダメだ。夢がなさすぎる。そもそも、本当に資産が作れるのかも怪しい。

答えが出ないまま、凜子の大学をあとにした。電車に乗らず、歩いて帰ることにした。

１９９９年の東京。街自体は２０１９年とどう違うのかよくわからなかった。家電量販店をやめたあとは、都内に出向くこともほとんどなくなっていた。しかし、歩いている人の様子、とくに若者たちの姿が全く違うということはよくわかる。男はイキって大声で話している奴がやたら多い。女は誰もが高いヒールの靴を履き、脚や腕をこれでもかと露出している。景気はどん底状態なのに、若者たちはバカみたいに元気だ。ＪＫもといコギャルのルーズソックスもまだまだ健在で微笑ましい。

しかし最も驚愕に値することは、九月終わりの気温約三十度の炎天下で一時間近く歩いたのに、全く疲れ知らずのこの体だった。

今の俺は、腹筋がうっすら割れている。そんな時代があったことすら、すっかり忘れていた。食欲と性欲についても、体内で怒れる龍のごとくたけり狂っているのを毎分毎秒実感している。アパートの台所の棚に百個以上のカップ麺が貯蔵され、押し入れには大量のエロビデが隠されていて我ながら呆れ返った。

この若い体、とりわけ体力を、もっと有効に使うべきなんじゃないだろうか。というかもうとにかく、非正規にだけはなりたくない。そんな負け組人生を二度も繰り返すなんてまっぴらだ。

そんなことをぐるぐる考えているうちにアパートに着く。部屋に入ってすぐ、クローゼットを開けた。大学入学時、親父に買ってもらったオーダーメイドのスーツ。

就活。

してみるか。

特別やりたいことがない。しかし、もう負け組にはなりたくない。それならやはり、大企業に入る、という選択が一番いいような気がする。二度目なら、うまくいくんじゃないか？　俺を拒絶した社会にリベンジできたような気になれるんじゃないか？　今度こそ勝ち組になれるんじゃないか？

就活すると腹をくってすぐ、間をおくことなく準備をはじめた。明日やろうと先延ばししているうちに一年たっているのが、以前の俺だった。同じ失敗はしない。自己分析、業界研究、試験対策。前回の就活では意味もなく金融業界を第一志望にした上、対策や準備を完膚なきまでに怠った。この厳しい状況の中で無策では、負けて当たり前すぎたのだ。

自己分析を進める中で、自分の性格や能力的に、メーカーの広報や宣伝なんかが向いているのではないかと思った。人事もいいかもしれない。それと、男性が多い業界より、女性向けの商品やサービスを扱っている企業のほうがうまくいく気がした。そういう企業は人事も女性が多いはずだ。俺は、女ウケがいい。これはうぬぼれではない。四十一年のおのれの人生から導き出された客観的事実だ。

一流メーカーの広報担当者として、いきいきと働く自分の姿を想像すると気持ちが高揚した。そうだ、SNSを駆使したプロモーション企画をいちはやく提案すれば、何らかのヒットの仕掛け人となって脚光を浴びられるのでは？　そう思いつくとますますテンションが上がって将来が楽しみになった。

年が明け、就活シーズンが本格的にはじまると、アパレルや化粧品メーカーなどをメインターゲットにしつつ、可能な限り多くの企業に資料請求し、エントリーシートを書きまくり、飛び去るように月日は流れ、そして、気がつけば夏。

内定はゼロ。その時点で、全てバカバカしくなってやめた。

結局、女性向けだろうが男性向けだろうが、化粧品メーカーだろうがあるいは下着メーカーだろうが、この時代、人事を決めるのは男、というかおっさんなのだ。試験で有利なのは体育会系の男か美人の女子大生、あとは強力なコネ持ち連中。たまに面接でいい感触を得ても、返ってくるのは例の〝お祈りレター〟ばかり。一度目の就活と、何も変わらなかった。

この時代にまっとうに就活をするなんて、あまりにもバカバカしいことだった。採用人数若干名のところに、数百人の学生が殺到するという異常事態。一度目の就活のときは、その異様さを正確に認識できていなかった。準備不足かつ実力不足の自分が悪いのだと思い込んでいた。しかし、俺なんかよりもっとずっと優秀な学生でも、苦戦を余儀なくされているのだ。

しかもそれが何の対策もされず、ほったらかしになっている。このところ、ニュースや新聞は毎日のように企業の経営破綻を伝えている。大手金融機関もバッタバッタと面白いぐらい簡単につぶれていく。そんな中で、学生ごときの苦境など、やむをえない犠牲だととらえられている節がある。

十数年後、仕事にあぶれた俺たちが、どれほど社会の負担になるかとも知らずに。

バカバカしい。あまりにバカバカしい。俺は全てを放り投げ、ありあまる体力を遊びに費やすことにした。大学の友人と毎晩のようにクラブにいき、ナンパして、ときにホテルへいった。この夏の一番の思い出は、親友の達也とフジロックフェスティバルに参戦したことだ。前回の人生では就活で疲れて誘いを断った。とくにグリーンステージ大トリで出てきたミッシェル・ガン・エレファントを最前列で見られたのは幸運だった。仁王立ちでギターをかき鳴らすアベフトシに向かって、「長生きしてくれ」と何度も叫んだ。本人に届いていたら嬉しい。

そんなふうに現代の若者として再び過ごす中で、強く実感したことがある。それは今、俺たちはSNSのない世界を生きている、ということだった。

今の時代、ネット上のつながりといえば、出会い系サイトか2ちゃんねるなどの掲示板が主流だ。あくまでそこはアンダーグラウンドの世界で、嫉妬や羨望を喚起させる場所じゃない。

就職氷河期とSNSの発達が同時に発生していたらどうなっていたのかと考えると、ぞっとした気持ちになる。俺は耐えられたのか。五十通目のお祈りレターを受け取った直後、誰かの内定自慢をSNSで目撃したとき、駅のホームからジャンプするのを我慢できたのだろうか。

そして、気づけば九月。人生をやり直すことになって約一年。俺は凜子に会えるのを期待して、あの公園にいった。案の定、彼女は現れた。しかし、俺も一緒に過去に戻ってきているとは、彼女はみじんも考えていなかった。そもそも昨日になるまで、俺のことを思い出しもしなかったようだ。以前はむしろ、彼女のほうがこっちを好いていたはずなのに、と思って少し、いやわりと、まあまあ結構、傷ついた。

そのうえさらにショックだったのは、バイト先とはいえ、凜子が内定を得ていたことだ。

ショックと焦りと嫉妬で、俺はバカみたいに偉そうなことをあれこれと口走ってしまった。思い出すだけで恥ずかしくて、ふかふかのクッションに顔をうずめてジタバタしたくなる。大企業に入ったところでろくなことにならない、などと嘯いた。彼女の内定先をけなして、気持ちをくじこうとした。「そうだね。やっぱり内定を蹴って、フリーターやりながら出版を目指すよ」などと言わせたかったというのか、俺は。

彼女と別れた後、今一度、身の振り方を真剣に考えざるをえなかった。もう一度就活する？ いや、うまくいくとは思えない。資格取得でも目指すか？ 公認会計士とか？ と思いついたところで、やっと俺は健斗のことを思い出した。

あの、千葉の建設会社の面接を受けた帰りにばったり会い、俺のフリーター人生を決定づけた男。

健斗は大学卒業後、あのときに宣言していたイギリス留学は見送り、仲間数人で人材派遣会社を起業した。四、五年で上場を果たした後もぐんぐんと規模を拡大し、やがて六本木ヒルズ内に本社オフィスを移転。２０１０年代の後半にもなると、学生に人気の就職先として名前をあげられるまでになった。要するに、これから超絶勝ち組になり上がっていくのだ。

健斗の連絡先はわからなかった。そこで地元の友人に電話をしまくり、なんとか彼につながれないか画策した。しかし、どうしてもうまくいかなかった。そもそも、今の時点ではまだ中南米を回っている頃かもしれない。結局、あの千葉の海沿いの駅で奴を待ち伏せする以外には、方法がなさそうだった。

建設会社の面接の正確な日程も思い出せない。わかるのは十一月の平日、ということだけだ。そこで俺は腹をくくり、十一月一日から四週間、ホテルの部屋をとって毎日駅で張りこむことにした。奴が現れたのは、張りこみ十六日目のことだった。

前の人生のときと同様、駅のベンチに座ってしばらく昔話で盛り上がり、それから海辺へ移動した。空には半月が浮かんでいた。酒を飲みながら、あいつの一人旅自慢や兄の悪口、将来の展望の話を聞いた。俺は前の人生で三十代の半ば頃、吉田豪の本にハマっていた。そのおかげかインタビュアーとしてのスキルが知らぬ間にあがっていたらしく、健斗は記憶にあるよりずっと饒舌にあれこれしゃべった。しかし、なんとも中身のないフワフワしたことばかり言っている。前の俺は、健斗のあまりの意識の高さに圧倒され、彼がずいぶんと大きな男に見えた。だから俺にかけられる言葉が、妙にキラキラと輝いて見えてしまった。

しかし、今はわかる。健斗も自分が何をすべきなのか、何がしたいのか、どうすれば人から見下されない人生を得られるのかが、わからない。負け組になるのが不安で仕方がないのだ（そういえば、勝ち組、負け組という言葉をつい口にしたら、勝ち組とは大戦後も日本の敗戦を認めず勝利を信じていた人たちのことだと、バカにした感じで訂正された)。

頃合いを見計らって起業の話をするつもりが、俺が盛り上げすぎたのか健斗の酒のピッチがあがってしまい、記憶より大分早い段階で酔いつぶれ、それどころではなくなった。

しかし、それが逆によかったのかもしれない。二週間ほど様子を見て電話をすると、あいつのほうから、「一緒にビジネスをやらないか」と誘いをかけてきたのだ。

「地元の先輩がさ、介護の人材派遣サービスのビジネスをはじめるらしくて、一緒にやろうって言われてるんだ。その人、東大卒ですごく優秀なんだよ。留学するより、そっちのほうがずっと将来性がある気がしてさ。今、時代の流れは起業だよ、起業。自分でビジネスを起こして、経営者になるんだ。実務的なことをやる人手が足りないらしくてさ、まだ就職決まってないなら、お前、一緒にやってみないか?」

まさに渡りに船だった。俺は二つ返事で承諾し、翌月、その東大卒で優秀だという健斗の地元の先輩と会うことになった。

「お前、鶴丸だろ?」

ラグジュアリーホテルのラウンジという、大学生にはあまりに仰々しい場所ではじめて顔を合わしたとき、相手はいきなりそう言った。しかし目の前にいる、身長百六十センチ弱でタウン&カントリーのTシャツを着た陸サーファー丸出しの男の姿に、俺は全く見覚えがなかった。

「鶴丸、今井美香と付き合ってたでしょ」

男はそう言った。その瞬間、全てが頭の中でつながった。恩田太郎、同じ高校の先輩だ。よく考えたら、健斗の地元の先輩なのだから、俺とだって知り合いであっても全くおかしくはなかった。

恩田太郎は美香と俺が付き合う前、美香に付きまとい行為を繰り返した挙句、彼女のカバンに自分の体液のついた下着をつっこんで高校を退学になった変態野郎だ。その後、高校卒業認定試験に合格して東大に入った、という話は風の噂で耳にしていた。当時はとにかくただひたすらにダサく気持ち悪い男だったけれど、目の前の恩田はすっかりあか抜けて別人だった。

「昔と俺、全然違うでしょ」と恩田は自分でもそう言った。「鶴丸は変わらないよね。昔っからおしゃれで女子にモテてたな」

恩田は東大卒業後、大手損保会社に就職し、起業のために先月、退職したという。当時たいして仲がよかったわけでも、というか口をきいたこともなかったのに、当たり前のように呼び捨てにされていることが、俺は狂おしいほど気になって、その後の話にもあまり集中できなかった。

手の中で再びブルブルとN505iSが震え出し、思い出から我に返る。ディスプレイを確認し、ため息をつく。また凜子かと思ったけれど、違った。凜子だったらよかったのにと思いつつ、電話に出る。

「お疲れ様です、恩田さん、いやいや、年が明ける頃には作業終わりますよ、いや、こんなの楽勝っす」

俺は無意識のうちにぺこぺこと頭を下げている。ふと目をあげると、正面のドアのすりガラスに、自分の薄ら笑いの顔がぼんやり映っていた。泣いているピエロみたいだった。

気がついたら年が明けて、四日たっていた。

年越し前の二十九日から、ずっと一人きりで事務所に閉じこもっていた。四日の仕事はじめまでには家に帰りたかった。なんとなく、休み明けの同僚たちには会いたくなかった。風呂にも入っていない。けれど四日の始業時間になっても、誰もこなかった。いつもはやい経理のミチカちゃんさえこない。カレンダーを見たら、日曜日だった。

結局、昼過ぎまで残りの仕事をしてから、事務所をあとにした。

空はすっきりと晴れ、まるで春先のようにあたたかかった。初もうで帰りらしき家族連れや、「2004」とでかでかと書かれた大きな袋を提げている若者が通りを行きかっている。体は今にもひしゃげそうなほどくたくただったけれど、北池袋のアパートまで歩いて帰ることにした。

三十分ほどで、家の近くの公園までたどり着いた。せっかくだからコンビニでビールでも買って外で一杯やるか、なんて考えていると、その公園のベンチに、見覚えのある白のコートを着た女が座っているのが目に入った。

凛子だった。

「会社はじめた頃は登録の介護士が十人にも満たなかったのにさあ、今や何百人もいるからね。年明けからさらに新しいプロジェクトがはじまるんだけど、実務作業を一手に任されててさ、大変だけど、やりがいも感じてる。だって、実務関連は俺がいないと成り立たないから。本当、今の会社の創業メンバーになれてよかったよ。人に使われて生きていないんだ」

寝不足のせいか過労のせいか、俺は妙にハイになっていた。すきっ腹に冷たいビールを流しこむと、なぜか頭の回転がぐるぐるとはやくなって言葉が次々に湧き出てきた。

「新しいプロジェクトはさ、海外に介護サービスのスクールをつくるっていうもので、これは俺が『将来は少子化がますます進んで介護の人手が足りなくなるから、海外から労働力を輸入する必要が出てくると思う』って言ったことがメンバー内で評価されて……」

「つるちゃん、パワハラ受けてるんじゃない？」

凜子が言った。しかし、俺は無視して話し続けようとした。するとまた「あの、美奈って女が電話かけてきたの」と凜子がさえぎってきた。さすがに話を中断せざるをえなかった。

「なんで、美奈が」

「つるちゃんの携帯を盗み見たんだって。わたしとの電話が一番多いから、浮気相手なんじゃないかと思ったみたい。最近、家に帰ってこないし、帰ってきても全然話をしてくれないからって」

ふいに、俺は何も言いたくなくなった。晴れた空も、凧揚げに興じる親子連れも、足元をうろちょろしているふくらスズメも、みんな色がない。モノクロに見える。

「浮気相手じゃないですって言い続けたら、今度はつるちゃんが職場でいじめられてるかもしれないって言い出した。何にも話してくれないって泣いていたよ。毎日死にそうな顔で帰ってくるのに、何にも話してくれないって。何か聞いても『忙しい』ばかりだって」

「いや、だって本当に忙しくて……」

「こんなんじゃ、一緒にいる意味がないって言ってた」

いつか、誰かにも同じことを言われた。いつだっけ、誰だっけ。晴れているのにグレーに見える空を見あげて考える。思い出せない。

「浮気相手に間違われたのはムカついたし、正直なんか、美奈って人は話し方も下品で、なんでつるちゃんこんな人と同棲してるんだろって思ったけど、でも、気持ちわかると思ったよ、わたしは」

美奈がどんなふうにつっかかっていったのか、簡単に想像できた。相当、感情的になっていたのだろう。

「男の人ってさ、女に甘えたいとか癒してほしいとか言うくせに、絶対に本当に悩んでいることは話さないし、本当の弱みを見せようともしないんだよね。わたしが三十五歳まで同棲してた人もそうだった。資格の勉強のことで悩んでるみたいだったから心配してたのに、『大丈夫、大丈夫、そのうち受かるよ』って言うだけでちゃんとこっちと向き合ってくれない。結局、わたしより若い子のところにいっちゃったけどね。別れるときになって、結婚のプレッシャーがきつかったなんて言ってきて、本当にムカついたよ。あの人のせいでだいぶ時間無駄にしたし」

黙って聞きながら、なんだそれ、と俺は思う。凜子の個人的な話にすり替わっている。

「つるちゃん、会社で殴られてるんじゃないの？　前に、家電量販店でやられてたみたいに」

矛先はまた、俺のほうに向いた。

「パワハラされてるんじゃないの？」

「されてない」

「ねえ」と凜子は俺の肩に手を置いた。そして、ふう、と一つ息を吐く。「他人から痛めつけられてるってことを認めたら、負けたことになるって思ってるんじゃないの？」

凜子は俺をまっすぐ見つめている。唇をかたく結んだ真剣な表情を見て、ついぷっと噴き出してしまった。

「なんで笑うの」

「いや、なんか、ずっと考えていた決め台詞を、ここぞという場所で決めてやった、みたいな言い方だったから」

「ねえ、ふざけないで真面目に聞いてよ」

「大丈夫、殴られてないよ」

「本当?」

「本当だよ。パワハラなんかされてない。殴られてもいない。あんな電器屋みたいなDQNだらけの職場と一緒にしないでくれよ。うちはみんなすごく優秀な人ばかりだよ。今は本当に新しいプロジェクトの事務仕事が多くてさ、やることがとにかくいっぱいあるんだ。なんせまだ小さな会社だから、人手も足りないし」

「つるちゃんがそう言うなら、いいよ。殴られていないなら、まあ、とにかく、暴力さえふるわれてないのなら、いいよ」

「うん」

「本当に辛かったら、やめたっていいと思うよ?」

「うん」

「でもまあ、今が充実してるなら……」

「バカにされてるだけなんだよ」

「……何?」

「マジ、それだけなんだ。みんなにバカにされてる。それだけなんだ。俺って、経営のこととか、そういうのよくわからないし、事業を拡大するアイディアを出せって言われても、何にも出てこないしさ、ただそういうところを、バカにされてるっていうか、見下されてるだけなんだよ」

ハハッと笑ってみせるつもりだった。しかし出てきたのは笑いでなく、鼻水だった。

「でも、それが辛い」

まるで顔の中に泉でも湧いたかというぐらいに、鼻水がどんどん出てくる。涙はわからない、出ているのか、いないのか。

「でも、それが辛い、死ぬほど辛い、バカみたいだって、中学生じゃないんだしって思うんだけど、だって俺、中身は四十過ぎのおっさんなのにさ、でも辛い」

頭の中には恩田の半笑いの顔が、まるで曼荼羅のようにいくつも浮かんでぐるぐる回っている。俺が何か言うたび、「こいつバカじゃねえの」という顔をして笑う。それだけだ。恩田や健斗に追いつこうと、必死で経営やITのことを学んでミーティングで意見を言っても、薄く笑われるだけで無視される。それだけだ。海外のスクールのことだって、ミーティングで話したとき、「そんなことは言われなくてもとっくに計画している」といった態度だった。自分の中の何かが、彼らに追いつこうとするのをやめようとしない。よせばいいのに、彼らにとって全く有益でないことを口走ってしまう。認められたい。役に立ってると思われたい。俺が何かを言う。そのときの、目配せ。ため息。言ってもお前にはわからないだろう、というのが彼らの基本スタンスだ。とにかく俺は、彼らにとって無能極まりない男だった。それならせめて自分の領域で成果を出そうと死ぬほど残業して大量の仕事を片付けても、「へえ、よくやるね、ほんと」と笑われて終わる。「よく毎晩残業するね」「そんだけ時間かけて、結果はこれなんだ」。恩田が俺を無能扱いするから、最近はバイトの事務員もその影響を受け、俺を下に見る。

それだけだ。

本当にそれだけなのだ、殴られているわけでも、無視されているわけでもない。ただ俺は従業員十五人ほどの小さな会社の中で、生ゴミ同然の無能男として扱われている。俺よりもっと辛い目にあっている人なんて、この社会に数えきれないほどいる。俺には居場所もあって、金もちゃんともらっている。殴られてもいない。ただ、社内のほぼ全員にバカにされ、無能呼ばわりされて。

「辛いんだ」

言葉が勝手に口からこぼれる。

「なぜこんなにも、何もかもうまくいかないのかわからない」

思わず手で顔を覆った。俺は子供みたいに嗚咽してしまう。凜子の前で泣くつもりなんて全くなかった。涙は苦かった。いや、これは鼻水の味かもしれない。今日のことは全てなかったことにしたい。情けなくて恥ずかしくて、こんな目にあうぐらいなら死んだほうがマシだ。

「今、すごく恥ずかしくて、死にたいって思ってるでしょ」凜子が言った。「わたし、いつもつるちゃんに言おうと思ってたことがあるの。自分の受けた傷を過小評価するってことはね、他人の傷も過小評価するっていう、優しくないことなんだからね。そういうの、もうやめようよ。せめて、わたしたちの間では、そういうのはもうやめよう」

そっと凜子の手が、背中に添えられるのを感じた。そのときふと俺は、あることに気づき、そして聞いた。

「そういえば凜ちゃん、正月はずっと静岡で仕事じゃなかった? なんで東京にいるの?」

俺のふい打ちの質問に面喰らったのか、凜子は驚いた顔で固まった。数秒後、ぐにゃりと表情が歪んだ。そのまま、顔面全体が崩壊するのかというほどぐしゃぐしゃになった。

「わたし、もう嫌だ、耐えられないの」

凜子はいきなり膝と額をくっつけるようにつっぷして、おいおいと泣き出した。俺はただ呆然と、その姿を見ていることしかできなかった。自分の涙はいつの間にか、すっかり乾いていた。

なんでこうなった?

視線をぼんやり遠くへ向けると、ハトがゴミをついばんでいる。

全て、わけがわからなかった。

2004年　4月（二回目）

洗濯物を干すためにベランダの窓を開けたら、目の前のバス通りに並ぶ桜の木が、すっかり葉桜になっているのが見えた。二年ぶりの東京の春。毎日暇だし、つるちゃんと花見にでもいけばよかったと考えて、すぐ我に返る。無職のわたしたちに、花見などといった高等な娯楽が許されるのだろうか、はたして。

「なあ、昼飯、何食うー」

全てを干し終えてベランダの戸を閉める。つるちゃんが勝手にうちの冷蔵庫をあけている。

「何にもないじゃん。ハムしかない。買い物いくから金くれよ」

「そんなもんなーい」

わたしがそう言いかえすと、つるちゃんは子供みたいに唇を突き出した。「凜ちゃん、彼氏から小遣いとかもらわないの？」

「もらうわけないでしょ」

「まあ、午後から働くわけでもないし、無職の食いもんなんて、なんでもいいか」

結局、つるちゃんは棚にあった辛ラーメンの麺とハムだけで、手作り醬油だれの冷やし中華を作ってくれた。できあがると学生時代から使っているちゃぶ台に並べ、テレビを見ながら食べた。ハムだけの冷やし中華は、思っていたよりずっとイケた。貧乏飯はわびしくて悲しいけれど、シンプルで実にうまいものだ。わたしたちは「はじめからきゅうりも卵もいらなかったんだ！」と声をそろえて言い合った。

「はー、こっから自己責任、自己責任って、やたら言われだしたよなあ」

つるちゃんが箸を持った手でちゃぶ台に頰杖をつきながら、そう言った。先日イラクで誘拐されて人質となり、のちに解放された三人についてのニュースが、テレビに映し出されていた。

連日のこの報道を見て気づいたのは、最初に「自己責任」と口にしたのは、官房長官の福田康夫だったということだ。ネットから出てきた言葉だと、なぜかずっと勘違いしていた。

「相変わらず小泉政権はすごい人気だしさ、構造改革構造改革ってさ、このフィーバーに浮かれちゃってる人のほとんどは、構造改革の波にのまれて負け組まっしぐらってことも知らずに、よくやるよな。でも、後から気づいても遅いんだよ。なんせ自己責任の世の中だからね」

つるちゃんはすでに冷やし中華を食べ終えていた。残りのたれをずずーっとすする。テレビがコマーシャルに切り替わる。その後にはじまったのは、今年の夏に開催されるアテネオリンピックの野球日本代表についてのニュースだった。どうやら監督を誰にするかで揉めているらしい。

「この病み上がりの人が監督やるの？」わたしは聞いた。

「いや、ヘッドの中畑だね」

ヘッドノナカハタ、が何を指すのかはサッパリわからなかった。興味もなかったので、とりあえず「ふーん」と言っておいた。

「まあでも、わからねえな。また少しズレが生じて、落合博満日本代表監督爆誕、なんてことがあるかもな」

社会や身の回りに起こる出来事に、前の人生と比べてほんの少しの〝ズレ〟がある。ほんのわずかすぎて、わたしたちはすぐにははっきりと認識できなかった。うすぼんやりと、どこかがおかしいとは二人とも思っていた。大きくは違わない。ただ、記憶にあるより、ほんの数日、ほんの数人、ほんの数カ所、ズレがある。わたしが最初にそのことに確信を持ったのは、２００１年の参議院議員選挙のときだ。自民党のＣＭソングが、X JAPANの「Forever Love」じゃなく「Tears」だった。しかもなぜか「Tears」バージョンは数回放送されてから「Forever Love」に変更された。とにかく、この違いにわたしが気づかないはずはない。

わたしたちが未来からやってきたことが、多少の影響を及ぼしているのだろうか。だとしても、それはごくごく小さなものだろうとつるちゃんはよく言っている。俺たちごときの存在が、世界を大きく変えられるわけがない、と。例えば東日本大震災やSMAPの解散が回避されるなんて未来はきっとこない。多少、日にちや場所がずれることはあっても。

「あー、なんかいいことないかなあ」とつるちゃんが呆けたような顔で言う。「いきなり未来が変わってさ、バブル景気とか起こらないかなあ。ねえか、ああ、つまんねえなあ」

なんかいいことないかなあ。最近、二人でそう言ってばかりいる。

わたしもつるちゃんも、今年、ついに無職になった。

つるちゃんは年が明けてすぐに辞表を出した（一応、役員だったらしい）。ある朝突然、一秒も働きたくなくなったのだそうだ。つるちゃんを見下して無能扱いしていた社長の男は、急に手のひらを返したようにすり寄ってきて昇給をほのめかしたというから、なんともずうずうしい奴だ。その態度だけで、つるちゃんが実はどれだけ会社に貢献していたかがよくわかる。つるちゃんは一顧だにせず、それ以降、一度も出社しなかった。

とりあえず、今のところ仕事を探す気はなさそうだ。激務のおかげでお金もずいぶんたまっているようで、これからは長期目線で資産運用をしながら、ユーチューバーの先駆けになることをもくろんでいるらしい。本気かどうかは、わからない、
一方、わたしは。

編集者になるという夢を一旦はあきらめ、インテリアショップの運営会社に就職したのが、三年前の春。

一旦はあきらめる、という決心がついたのには、わけがある。その前年の十月の内定式の際、人事の社員から「宣伝部の仕事、興味ある?」と声をかけられたのだ。

もちろん、大ありだった。しかも宣伝部では、大手出版社とタッグを組んでムック本を制作するという企画が持ち上がっていて、文学部出身のわたしに宣伝部のリーダーが興味をもってくれているという。まさに願ったりかなったり。

そして四月一日。配属されたのは、港区にある本店だった。同期入社した六人ともどこかの店舗に配属され、数カ月の研修を経て、本社勤務になるというのが慣例らしい。

しかし半年後、わたしだけ本店に残ることになった。

入社して間もないうちから、わたしは売り場づくりや販促物のアイディアを積極的に

提案し、実行した。とくに雑貨売り場は、わたしが中心となって大幅リニューアルした後、売り上げが倍近くまで伸びた。そういった諸々が販売部の知るところとなり、どうしてもと引き留められたのだった。

評価されたことは、素直に嬉しかった。宣伝の仕事がしたい、とは、すでに人事に伝えてある。結果を出せば願い通りの部署にいけるよう強くプッシュする、と本店の店長も言ってくれた。本店は先輩店員も学生アルバイトもいい人ぞろいで、離れるのは少し惜しいと思う気持ちもなくはなかった。転職ありきでなく、もっと長く勤めるつもりで経験を積んでみてもいいかもしれないと思った。わたしはアルバイト時代よりずっと、この会社のことが好きになっていた。

ところが、入社二年目の春、名古屋店に転勤辞令が出たことで、全てが暗転した。わたしの運は尽きたのだ。

大型店統括部部長からの、たっての願いだといわれた。前年にオープンした名古屋店は、売り上げが低迷していたのだ。

結果を出す、それがわたしの使命だった。わたしの立場は一応、副店長というものだったけれど、そんなものは無視して、着任するなり改革を断行した。最初の一年は順調だった。客足はすぐに復調。売り上げは調子のよかったオープン当初を超えるまでになった。

翌2003年の六月、大型店統括部の中部地区担当者が産休に入った。代わりに担当になったのは、重岡という四十代後半の男性だった。

どこにでもいる中年サラリーマン。それが最初の印象だった。うちの会社の男性はおしゃれな人が多い。彼の雰囲気は社風に合わない感じがした。仕事にもあまり熱心ではなく、店にくるのは月に一度程度だった。

ところが半年ほどたつと、急にその頻度が増えた。アルバイトの緑ちゃんとデキている、という噂を耳にしたのと同じ頃だった。

男性の店長に相談してみたけれど、「大人同士の自由恋愛でしょ」と切り捨てられた。確かに緑ちゃんは大学三年生だから未成年でもないし、重岡は離婚したばかりのバツイチだから、不倫にもならない。しかしわたしがどうしても気にかかったのは、緑ちゃんが前々から、卒業後はそのままうちの社員になりたいと切望していたことだった。

重岡から人事に口をきいてあげる、なんて言われているんじゃないか？　本当は迷惑しているのに、誘いを断ったら不利益を被るかもしれない、なんて思っているんじゃないか？

前の人生で編プロ時代、男の先輩からの性的いやがらせに耐えていた自分の姿を、つい重ねてしまう。セクハラをされるほうにも落ち度がある、なんて考えがまだ当たり前にあった時代だった。2000年代の初めの頃。要するに、今だ。

とにかくわたしはいてもたってもいられず、ある日、彼との関係について、緑ちゃんに単刀直入に尋ねてみた。

「全然、そんなんじゃないですよ〜」

と彼女は最初、ごまかした。それでもわたしがしつこく聞き続けると、重岡と何度も二人きりで食事に出かけていることを、しぶしぶ認めた。食事のあとは彼がとっているホテルの部屋へくるよう、毎度誘われていることも。

「それ、セクハラだよ」

というわたしの言葉に、彼女は口をきゅっとすぼめた。「別に変なことは一切されてません」と強い口調で答えた。

「じゃあ二人は対等な関係の男女として、デートしているというわけ？　可愛いとか、付き合いたいとか言われてるんじゃない？　それは例えば大学の男友達とかと同じような関係性？　断ろうと思えば断れる？」

緑ちゃんは困惑した顔になった。こちらの言っていることの意味がわからないようだった。

「あなたはうちの会社に入社を希望している大学生で、向こうはうちの会社のそれなりのポジションに就く年上の男性。その立場の差を利用して、望んでもいない関係に持ち込まれているように見える。わたしからすると、それは十分セクシャルハラスメントだけど」

「もうー、副店長はまじめすぎるー」

緑ちゃんはニコニコ笑ってそう言うと、どこかへいってしまった。それ以来、あからさまに避けられるようになった。

どうしても、わたしはあきらめられなかった。本社の人事に相談するしかないと思った。幸い、わが社は女性社員が多い。しかも人事部は部長も課長も女性だ。わたしの告発は、よく言ってくれたと歓迎されることはあっても、否定されることはないと思っていた。

「それってセクハラ？　単に仲がいいだけじゃないの？」

しかし、電話で人事部課長に概要を説明した後、返ってきた言葉は、それだった。

それでも一応、調査すると課長は約束してくれた。何も起こらないまま約三週間後、何の前触れもなく、わたしに静岡店への異動辞令が出た。その日のうちに同期の男子から電話がかかってきた。

「お前、重岡さんに恨みでもあるのか？　なんでセクハラの濡れ衣なんて着せようとしたんだよ」

彼はそう言った。

緑ちゃんは人事部による電話調査で、「セクハラはされていない、相談に乗ってもらっていただけ」と答えたそうだ。調査はそれだけで終了。同期によれば、重岡は重要取引先の重役の息子らしい。何も知らなかった。わたしが本社へいける可能性は、完全に潰えただろうと彼は言った。

静岡店に移ったのは、２００３年九月。役職はなし。平の店員だった。

古いデパートの中にある、小さな店舗。一日三、四人いれば十分回る規模。本社の誰も気にしていないような店だった。

同僚はおとなしく善良な人が多く、平和な日々だった。しかし、毎日がむなしくて、何のために生きているのだろうとまで考えるようになった。正月に仕事をずる休みしてつるちゃんに会いに行ったときが、精神不調のピークだったと思う。

けれどやめることにしたのは、そのことが直接の原因じゃない。ここ二年ほど付き合っている恋人が、東京へ転勤になったからだ。

松尾君は大学のサークル仲間の中でも数少ない勝ち組で、大手新聞社の内定を勝ち取り、一年目から中部支社に配属されていた。前の人生で名古屋の出版社にいたとき、彼から誘われて二、三度飲みに行った。最後に会ったときに告白されて、その場で断ったらそのまま音信不通になった。

単純に、あのときは異性として見られなかった。見た目もパッとしないし、話もたいして面白くない。心も体もうら若き女の子だったわたしにとって、彼は恋愛対象では全くなかった。

今回、わたしは名古屋に異動になってすぐ彼に連絡し、二人で飲みに行ったあと、部屋にこないかと誘った。彼は満面の笑みでついてきた。何度か関係を持ったあと、結婚を前提に付き合ってほしいと言われた。

彼の転勤に合わせて、三月でわたしは退職した。彼と一緒に東京に戻り、そのまま同棲するものだと当たり前のように思っていたけれど、しばらくは実家で暮らすので自分で部屋を借りてほしいと言われ、仕方なく、つるちゃんと同じ北池袋に安アパートを借りた。

「なあ、あいつとマジで結婚するつもりなの？　下手したら六月にプロポーズしてくるかもしれないんだろ？」

どこからか勝手に出してきたかつおぶしをぼそぼそつまみながら、つるちゃんが言った。

「俺ら、まだ二十六だよ？　はやくない？」

「まだじゃない。もう二十六なの。そうやって余裕ぶっこいてるうちに、気づけばアラフォーになってるのが女の人生なんだよ。わたしはすでに一度それを経験済みなの。今度こそ絶対にしくじらない」

つるちゃんの顔をまっすぐ見つめて、わたしは答えた。つるちゃんに、というより、自分に言い聞かせるように。

「でもさー、そもそも新聞社ってどうよ？　オワコン業種の筆頭じゃん」

「新聞自体はオワコンでも、わたしら世代の新聞社社員は十分勝ち組でしょ」

「うーん、だけど、あいつのことそんなに好きじゃないって言ってたのに」

確かにそうだ。でも好きじゃないだけで、嫌いでもない。松尾君はとても親切だし、気前もいい。ただ、会うと必ず身長の話をするところが少し嫌だった。彼は166センチ程度で決して大きくはない。だからといって「俺って170ないから」「170あったほうが凜子ちゃんもいいでしょ」などと毎回言わなければならない理由がよくわからない。とにかく、隙あらば身長の話をしている。

しかし。

細かいところにケチをつけて、貴重な縁を自ら引きちぎる。そんなことはしてはいけない。前の人生で婚活に勤しんでいた三十代後半頃の自分は、まさにそれの連続だった。松尾君は収入に恵まれた職業に就き、真面目で誠実で、わたしのことも真剣に考えてくれている。ただ、言動に多少の違和感がある。それだけだ。完璧な人などいないのだ。今、そばにいてくれる人との縁を、大事にしなくてはいけない。

今、そばにいてくれる人……。

「まあ、凜ちゃんの人生だしな」つるちゃんはそう言って、ごろんと寝転がった。「結婚かあ。俺は当分いいや。せっかくの二度目の人生だしな」

わたしは何も答えずに、振り返ってベランダの向こうを眺めた。空がむかつくほど青い。本当は何が正しくて何が間違ってるかなんて、人生二度目でも全然わからない。

六月のわたしの誕生日、松尾君はプロポーズしてくれなかった。

でも忙しい中、無理を押して会いにきてくれたし、プレゼントもくれた。パワーストーンのブレスレット。あまりのダサさに、十秒ぐらい目の前が真っ暗になった。

それでも、地方転勤になる前までに結婚したい、とは言ってくれた。だから、大丈夫だ。彼が言うには、二十代のうちに再び転勤になる可能性が非常に高いという。もしかしたら海外かもしれないそうだ。

だから、大丈夫だ。

しかし独身生活がまだ続く以上、これ以上無職でいるわけにはいかなかった。そろそろ貯金も底をつきそうな上（前の会社の給料が低すぎて、お金が全然貯まらなかった。みなし残業ェ……）、松尾君は相変わらず同棲に消極的だった。

最近、とくに都内では高時給の派遣の求人がかなり増えている。コールセンターのオペレーター、営業アシスタントなどの仕事が交通費なしで時給千七百円以上、場合によっては二千円を超える。これがおそらく、数年後のリーマンショックを境にガクッと下がるのだから、今が派遣の稼ぎ時であることは間違いなかった。

けれど、もし松尾君と結婚できなかった場合を考えると、いや結婚云々は関係なく、先のことを見据えたら簡単に非正規に流されてはいけないことを、嫌でもわたしは知っている。転勤先で仕事を探すにしても、職歴が正規と非正規とでは印象が段違いだ。

近頃は、人材派遣会社のコマーシャルや広告をあちこちで目にする。自由な働き方、多彩な経験を積める、などといったポジティブなコピーや高い時給にひきつけられて、誰もがあまりにも簡単に、非正規職を選んでしまう。かつての自分と同じように。

つるちゃんの言う通り、構造改革をうたう小泉内閣が超上げ潮の世の中で、多くの人がまだ知らずにいる。一度、非正規の世界に足を踏み入れたら、そう簡単には引き返せないことを。一度入ったら二度と出られないと伝承される古い森のようなもの。気づけば、負け組街道まっしぐら。最後は全て自己責任で片付けられ、切り捨てられる。

とはいえ、正社員の口は相変わらず熾烈な争奪戦状態なのもまた事実だった。まともな求人自体がなかなか見つからない。

そんなある日ふと、思い出した。前の人生で今ぐらいの歳のとき、母の義兄でスーパーを数店舗経営している徹おじさんから、食品メーカーの縁故採用の話がこなかったっけ、と。

思い切って連絡してみると、向こうはちょうどこちらに声をかけようとしていたところだと言った。

前の人生では、話も聞かず断った。あの頃はまだ、就職するなら出版社、という思いを大切に抱えていたから。

そんなわけで七月はじめ、徹おじさんの紹介で、形だけの面接を受けた。

そこは、埼玉県にある非上場の企業だった。従業員数はパートあわせて七百名ほど。牛乳やヨーグルト、チーズなどの乳製品が主力で、おつまみやレトルト食品なども扱っている。去年、チーズを使ったおつまみの新商品を人気タレントがテレビで紹介して、大きく話題になった。ここ数年は採用を絞りすぎて、人手が不足しているらしい。

「うちは女の子はパートさんか高卒の一般職での採用が多くて、総合職の女の子ってすごく少ないんですよ。桜井さんはほら、うちの大口のお客さんのご親戚でもあるし、有名大卒だからね。でも、なかなかねえ。うちは全国に営業所もってる関係で、転勤があるからね。女の子は転勤きついでしょ。最近も立て続けに女の子が結婚やら妊娠やらで辞めちゃってね。桜井さんは転勤とか平気？　結婚のご予定はあるの？」

女の子女の子って何回言うんだよ、と心の中でツッコミながら、わたしは面接を担当した人事の橋森さんに「平気です。結婚の予定はありません」と微妙な嘘をついた。

配属されたのはおつまみ部門を扱う第三営業部だった。おつまみ部門は顧客ターゲットを若い女性に広げたいらしく、若い女性そのものであるわたしは、ちょうどいい人材と判断されたようだ。

第三営業部のある三階のフロアには、ほかの部署も合わせて全部で六十人ぐらいいた。そのうち女性は十人あまりで、総合職はわたし以外に一人だけ、あとは一般職とパート。彼女たちはつい三ヵ月前まで事務服の着用を義務づけられていたという。一般職の女性は青、パートは緑だったそうだ。

営業の仕事は四十一年＋αのこの人生でも、ほぼ未経験。そんなわたしにも、周りの男性社員は優しく、親切で……いや、そういう問題じゃない。彼らはわたしをはっきりと〝女の子扱い〟した。

最初こそ研修だといって外回りに同行させられたけれど、やがてふられる仕事は営業アシスタント的な業務ばかりになり、九月に入る頃には、勤務中に社外に出ることはほとんどなくなった。

電話やメール対応、各種書類作成などをしているだけで一日が終わる。派遣社員時代からのやり慣れた仕事。困ったのはOSの古さぐらいだった。新しいものに慣れるのはもちろん大変だけれど、古いものに順応するのも、それはそれで結構面倒だ。でも、それもやがて慣れた。

女性社員は常に男性社員のサポート役。それがこの会社の常識だった。正直、やりがいはない、でも、ストレスもない。そもそもこの会社でやりたいことなんかない。与えられた仕事を淡々とこなすだけ。不満があっても口にしちゃいけない。まして社内のルールを変えようなんて出しゃばってもいけない。セクハラを見ても絶対に黙っていよう。それが今のわたしのやるべきことだと、自分に言い聞かせる。

「ちょっと、桜井さん」

ある日の昼休憩のとき、四階のラウンジで声をかけられた。みんなから「マリさん」と呼ばれている、当社随一のベテラン一般職の女性だった。

「一時からの会議の議事録とってもらわないといけないのに、今、昼休憩とられても困るんだけど」

わたしは最後のてんむす（つるちゃんが作ってもたせてくれた）を口に押し込みながら「あ、すんません」と謝った。「食事は会議までには間に合わせますんで」

「ならいいけど。ギリギリじゃダメだから。遅れないようにしてね」

不服そうに言うと、マリさんはさっと背を向けていなくなった。

わたしは衣に濃いめの味のついたおいしいてんむす（しかもタルタルが和えてある。サイコーだ）をもごもご味わいながら、彼女の後姿をぼんやり見送った。いつも白いブラウスにグレーのタイトスカートをあわせている。聞くところによると、あのマリさんこそが何年もの間、女性社員の制服撤廃を上層部に掛け合い、やっと今年実現したのだという。

「桜井さん、気にしないでくださいね」

隣のテーブルでわいわいと手作り弁当を食べていたパート女性たちのうちの一人が、声をかけてきた。「新人さんにはとくに厳しい人なんです。もっと優しくすればいいのに、とくにあの言い方」

「はぁ……確かにいつも塩対応ぎみですね」

「え？　塩？」

「嫉妬ですよ」と別の誰かが口を挟んできた。「桜井さんが総合職で入ってきたから、気に入らないんですよ」

「そうそう」とまた別の女性。「自分のほうが会社のこともよく知ってて有能なのにって絶対に思ってる。そういうところがまさにお局って感じ」

「どこにでもいるよね、お局って」

彼女たちはまたわいわいとおしゃべりをはじめた。パートさんといっても皆若く、今のわたしと同世代だ。ほぼ全員、小学生の子供がいる。

お局って言葉、久々に聞いたな、とわたしはぼんやり思った。名古屋の出版社時代は、みんな陰で女性編集長たちをそう呼んでいたし、本人たちも自虐的にそれを自称することがあった。でも、いつしかあまり耳にしなくなっていたような……。

「あのマリさんって、この会社長いんですか？」わたしは最初に声をかけてくれた女性に聞いた。

「うーん、短大卒で入社してずっとらしいから、かなり長いですよ。あ、冬ソナのヨン様似で有名な亮介さん、あの人と同期です」

亮介さんは営業部の先輩だ。都内の中堅私大を二留して卒業した後にコネ入社したと、なぜか自慢げに聞かされたことがあった。彼は確か四十四歳。ということは……短大卒のマリさんは、おそらく今年で四十歳。

女性が同じ会社で、四十歳まで働き続ける。そんなことは、正規非正規、あるいは未婚既婚問わず、2019年にはごく当たり前のことだった。それはいわゆる〝寿退社〟の激減と無関係じゃないのだろう。2010年代にもなると、夫の転勤や出産などで退職することはあっても、結婚そのものを理由に仕事を手放すという話は、ほとんど聞かなくなっていた気がする。

でも、2004年の時点では、それほど珍しいことではなかったのだ。そういえばつい最近も、「女子アナ三十歳定年説」という言葉をテレビで耳にした。2019年にそんなことを口にしたら、まさに炎上不可避。〝お局様〟なんていう蔑称がまだまかり通っているのも、頷ける。

わたしはそれから急いで弁当箱を片付け、会議室に向かった。

「桜井ちゃんもこれ出してみる?」

ある日、昼休憩中に自席でぼんやり自社のお菓子を食べていると（自席でお菓子を食べても怒られない！　派遣をやっていたときはお菓子を持ちこんだだけでペナルティ対象だったのに！）、亮介さんから声をかけられた。

「なんですか？」

「年に一回の社内企画案の公募。面白いアイディアを出して表彰されると、希望の部署にいけるかもしれないよ」

プリントを見てみると、「第十三回　アイディア企画大賞」と銘打たれている。その下には募集要項と、過去の受賞者たちの名前と企画名が並んでいた。その中にはマリさんの名前もあった。彼女は過去二度も大賞を受賞し、そのほかの年でも何度か入賞しているようだった。

「第四回の大賞になってる杏仁チーズって、前に商品になってませんでしたっけ」わたしは聞いた。

「今でも売ってるよ。うまいよな。うちの娘、毎日食ってるよ」

「あと、このクリームチーズアイスも食べたことある」

「それはね、人気だったんだけど採算合わなくて、今は生産中止になっちゃったね。再販望む声は大きいんだけどねえ。あれも、うまいよな」

「両方ともマリさんの企画案ですね」

「え？　そうだっけ？」と亮介さんは言い、バカにするようにへっと笑った。「まあ、あの人は新商品考えるのが趣味みたいなもんだから。開発部に入りたいらしいよ。そうだ、ここだけの話なんだけど……」

亮介さんは小声でささやきながら、わたしの肩に手を置き、顔を近づけてきた。「触るな！」と怒鳴ってやろうかと思ったけど、ぐっと我慢した。

「あのお局、開発部の峰岸部長と、長年不倫してるって噂なんだよね……」

「で？」

「いや、峰岸部長は、審査員のうちの一人だし……」

「要するに、これは出来レースだと？」

「うん……まあ……これ以上は言わせんなよ」

「でも実際、マリさんの考えた商品はヒットしてるんですよね？　それはマリさんのアイディアが素晴らしかったからでは？　不倫云々は関係ないのでは？　それなのに、なんで一般職のままなんですか？」

「そんなこと、俺に言われてもわからないよ」

亮介さんはムッとして言った。自分から出来レースをほのめかし、人のプライベートまで勝手に暴いたくせに、無責任な奴だ。

亮介さんはその後さっさと営業先に出かけていった。午後二時を回る頃には、フロアには女性しかいなくなった。わたしはいつも通り、事務仕事を淡々とやって過ごした。

マリさんはその日は二度、わたしに小言を言いにきた。一度目はもっとはやく見積書の作成や発注業務の処理をできるようになってほしいということ。二度目は夕方のミーティングの準備をもっとはやくすべきだということ。「あなたは総合職なんだから、もっと積極的に動いてもらわなきゃ困る」と言われた。ますます、わたしのことが気に入らなくなっているようだ。

その日の夕方のミーティングははじまるのがやや遅れて、終わったのもいつもより遅い午後七時前だった。男性社員たちに飲みに誘われたけれど断り、さっさと一人で会社を出た。

外はだいぶ秋らしい風が吹いていた。2010年代の終わり頃は異常気象の連続で、殺人的に暑い夏や悲しいほど短い秋が当たり前のようにあったけれど、この頃はまだ、思い出を作るのに最高な夏があって、物思いにふけりながら夜道を歩くのに最適の秋があったのだ。そんなことを考えながら、ぶらぶらと暗い住宅街を歩いた。

駅に着く前に、いつもの習慣で大型書店に立ち寄った。新刊小説の棚を横目で軽くチェックしたあと、今日は音楽雑誌でも見てみるかと方向転換し、はっとした。

マリさんがいた。女性週刊誌のコーナーで、なにやら熱心に立ち読みしている。

彼女が何に夢中になっているのか、どうしても知りたくなった。気配を消し、そっと近づく。後ろを通り過ぎるふりをして、彼女が見ている誌面をのぞき見した。

その瞬間。

心臓が止まりそうになった。思わず足をとめてしまった。それは、XJAPAN再結成を報じる記事だった。

もちろん2004年にXJAPANは再結成しない。Toshiのよくわからない裁判もまだ続いている。要するにただの飛ばし記事だ。そんなことはどうでもいい。もしかして、マリさんも……。

そのとき、彼女がだしぬけにこちらを振り返った。しまった、と思ったけれど遅かった。すぐ背後に迫ったわたしの顔を見ても、彼女はとくに動じることもなく、ただ、家の中でカメムシでも発見したように顔を歪め、「なんの用?」と言った。

マリさんはXJAPANにも、ましてビジュアル系にも興味はなかった。というかジャニオタだった。タッキー&翼の翼君担当らしい。この先の彼ら二人がたどる運命を思い、一瞬、マリさんを抱きしめたい気持ちにかられた。

書店で出会ったときの彼女のあからさまに不快そうな態度にもめげず、わたしはとっさにその場で食事に誘った。

もちろん、拒絶されたらすぐに引き下がるつもりだった。しかし、マリさんは驚愕の表情になってしばし沈黙した後、「おごってくれるならいいけど」とあっさり言った。

周辺に土地勘がなかったので、彼女のいきたい店にいくことにした。そこは三テーブルしかない、小さなスペイン料理屋だった。

席についてからも、彼女は疑うようなさぐるような顔のまま、ほとんどしゃべらなかった。わたしは彼女の疑念を払拭するために、積極的に自分の話をした。編集者を目指していたけれど、挫折したこと。新卒でインテリアショップの会社に就職したものの、そこでも挫折したこと。今は結婚を約束している恋人がいて、長く仕事を続けられるかはわからないこと。小学生のときから姉の影響でXJAPANにハマり、hideは永遠に心の中で生き続けるということ。

その後、マリさんもお酒が入ったせいか、それともわたしからの謎の好意をやっと受け入れる気になったのか、生ハムだのオリーブだのをつまみながら、これまでの人生について話してくれた。

子供の頃からお菓子作りと歌をうたうことが趣味で、将来はケーキ屋さんかアイドル歌手になるのが夢だったこと。短大の栄養学科を出て今の会社に入って以来、ずっと商品開発部への異動を願い続けてきたこと。三十歳を境に、何をどうがんばってもそれはかなわないとあきらめたこと。ジュニア時代の翼君を一目見て以来、ずっと彼一筋だということ。

彼女が入社したのは、八〇年代半ば。男女雇用機会均等法が施行されるよりも前。看護師は看護婦、保育士は保母、客室乗務員はスッチーだった時代。マリさんは若い頃の苦労話も、少しだけ聞かせてくれた。

「昔はね、若い女性社員に下品な質問したり、外見のことをあれこれ言ったりすることが、女性として扱う上でのサービス、みたいに思っている男の社員もたくさんいてね、不愉快なことはいっぱいあったよ。わたしはそのたびに『職場はスナックじゃありません！』って嚙みついてたから、みんなに嫌われてた。女の先輩にも『男なんて手のひらで転がさなきゃ』なんて言われたけど、職場に男女の関係を持ち込まなきゃいけない理由が全然わからなかった。あのとき、もう少しうまくやっていたら、出世とかできたのかなあってちょっと思う」

結婚や恋人のことは、一切口にしなかったし、わたしも聞かなかった。でも、浦和にある実家でお母さんと二人暮らしをしていることは教えてくれた。

気づくとすっかり話し込んでしまって、夜十時のラストオーダーまで店にいた。店を出て駅まで一緒に歩いているとき、彼女は楽しそうにタッキー&翼の歌をうたっていた。アイドル歌手は小六であきらめたと話す通り、ものすごく下手だった。

ふいに道の途中で、立ち止まった。サクラの葉が秋の夜風に揺れる下で。

「ねえ、なんでわたしを食事に誘ったの」

酔いがさめてしまったのか、彼女の目つきはいつもより鋭く、街灯を反射した眼球がにぶく光っていた。

「正直、わたしはあなたが嫌いだった。総合職なのに、わたしたちと変わらないような仕事しかしないし、やる気があるようには思えなかったから。それでも、わたしの態度は意地悪だった。ごめん」

一方、こちらはまだ十分酔っていた。心がほんわかとした幸せに包まれていて、だからそのせいで、後から考えたら意味不明としか思えないことを口走ってしまった。

「マリさんみたいな人たちがいたからこそ、今、わたしは普通に働けているんです。おばさんで独身だけど、でも、同じような仲間がいっぱいいる。わたしだけじゃない。女が一人で生きながら働き続けることが、今ではすっかりありふれたことなんです。それはマリさんみたいな人たちが、周りに何を言われても、どれだけ不利な立場におかれても、踏ん張って仕事を続けてくれたからこそですよ。ありがとうございます」

わたしは足下をふらつかせながら、おじぎをした。マリさんの反応は覚えていない。覚えているのは、その後わたしたちはでたらめな歌をうたいながら、駅までの道をバカな女子高生みたいにはしゃいで歩いたということだ。

その後、わたしとマリさんは急速に親しくなり、やがて毎日一緒にお昼を食べる仲になった。

彼女の影響で、わたしも少しは営業の仕事を頑張ってみようかと考えるようになった。あるとき思いきって、自分も営業活動に加わりたい、と上司に相談してみた。全く相手にされなかった。相変わらずわたしを〝女の子〟扱いしたい男たちの中で、どのようにして自分の領域を広げていったらいいのか。そんなことを考えはじめた矢先、予告もなく、営業部から総務部への異動辞令が出た。

総務部の人事労務チームにいるベテランパートさん二人が、それぞれ家庭の事情でほぼ同時にやめることになってしまったのだ。その穴埋めを総合職のわたし一人でやれ、ということのようだった。なんとなく、このところのわたしの変化を無駄なやる気だと疎まれて、営業部から追い出されたような感じもなくはなかった。

人事労務チームは五人体制で、面接をしてくれた橋森さんもいた。わたしの仕事は、社員やパートの労務管理がメインになった。

営業アシスタント的な業務も経験はあったけれど、労務に関しては前の人生で、最も長く従事した仕事だ。

引き継ぎをしたパートさん二人は、わたしの労務に関する知識の豊富さと覚えのよさに、大げさでなく舌を巻いていた。もろもろの事情で経験があるとは言えなかったので、驚くのも当然だろう。

もちろん、会社が違えばルールは違うし、ソフトのOSもやっぱり違うし、時代も違う。でも、経験は経験だった。それがこの全く新しい環境で、自分の想像以上に発揮できたことに、わたしは素直に驚き、そして嬉しかった。

やがて二人がやめてしまうと、毎日目の回る忙しさになった。ただでさえ労務は年末に向けて、賞与の査定や年末調整業務などがあり、繁忙期に入る。わたしは必死で働いた。とにかく、自分の力を精いっぱい発揮しようと思った。

ある日、来年の新入社員の入社手続きについて人事のリーダーから質問を受け、わたしなりにその場で回答したことがあった。その後しばらくして橋森さんから、「そういえばこの前、リーダーが君のことをほめてたよ」と声をかけられた。

「うちの労務のスペシャリストだね、だってさ」と。

その日の帰り道、北風が落ち葉を吹き上げる中とぼとぼと歩きながら、前の人生のことを思い返した。三十代の前半、ある大企業で派遣の労務として働いていたとき、わたしは給与計算のスピードスターとして、社内でちょっとした有名人だった。

でも結局、産休をとっていた正社員が復帰すると同時に契約は終了した。どれだけ成果を出しても、評価されないのが自分の仕事だと思った。

同じ場所で、延々と足踏みしている。ずっとそんな感覚を抱いていた。それは違ったのかもしれない。誰にでもできる仕事しかしていないと思っていた。それも間違いだったのだろうか。わたしはちゃんと成長していたし、少しずつでも階段を上っていた。誰にでもできる仕事だと主張していたのは、わたしじゃなくて雇用側だった。わたしは雇用側に、いや社会に都合のいい暗示にかけられていただけだったのかもしれない。

この社会を変えようなんて、だいそれたことは考えられない。自分の人生が第一だ。でも、この会社の中だけなら、こんなわたしにももっとほかに、やれることがあるんじゃないだろうか。

正月休みが明け、2005年を迎えてすぐ、マリさんが二週間連続で欠勤した。インフルエンザではないらしい。メールをしたけれど返事がなかった。さらに翌週も休んだので、心配になったわたしは迷惑を顧みず、その週末、彼女の家を訪問した。

それまでも何度か浦和の家にお邪魔したことがあった。分厚い絨毯のようなどんよりとした雲が空を覆った午後二時過ぎ、おそるおそるインターホンを押すと、相変わらず大地真央にそっくりの若々しいお母さんが出てきた。リビングに通されてすぐ、部屋着姿のマリさんが出てきた。お母さんは気をつかってくれたのか、「お友達とお茶してくる」と言って外出した。

マリさんはおいしい紅茶をぴかぴかのウェッジウッドに淹れてくれた。この家はいつもきれいなもの、美しいものにあふれている。

自分用に淹れたハーブティーを一口のみ、覚悟したような顔になると、マリさんは言った。

「わたし、妊娠したの」

その瞬間、頭の中でガーンと音が響いた。続けてマリさんが「相手は峰岸さん」と言い、さらに頭の中でガガガガーンと鳴った。不倫をしている、という話は本当だったのだ。

「まさかこんな歳でこんなことになるとは思ってなかった。最初は驚いたし戸惑ったけど、今はありがたい幸運だってしみじみ感じてる。結婚どころか子供なんて、本当に完全にあきらめてたから」

そう言う彼女の表情はさっぱりしていた。決して強がりではないようだ。

「うちね、こういっちゃなんだけど、わりと裕福なのよ」マリさんは言った。「死んだ父が残したものがあって。だから、どうしても働かなきゃいけないってわけでもないの」

「仕事、やめるんですか」

「まあ、そうなるよね」

「やめたいんですか？　続けたくはないんですか？」

マリさんは「こいつ、バカなのか？」とでも言いたげな顔でわたしを見る。「続けられるわけないじゃん」

「なんでですか？」

「だって」

「相手が峰岸さんだからですか？　不倫でできた子供だから後ろめたいんですか？」

マリさんはムッとした顔になった。「違います。そもそも不倫じゃないから。付き合ってたのはあの人がわたしの同期と結婚する前と、半年前に離婚した後のことで、結婚してる間は一切関係持ってません。ちなみに、子供ができたからって結婚はしないから」

「なんでですか?」

「あの人、経理にいる二十代の派遣の子と婚約したんだって。妊娠を報告したら、そう言われた」

「え、ドイヒー……」

「とにかくね、うちは産休とか育休とかほとんど前例がないし、続けるのなんて無理。そもそも育休って、うちの会社にはないって聞いたけど?」

「あのですね、マリさん」とわたしはソファの上で身をただした。「育休っていうのは、企業の制度じゃありません。法律で定められた制度です。うちはないとか前例がないとか、そんなこと関係ないんです。労働者の権利ですから」

「へえ、さすが詳しいのね」とマリさんはまるで他人事だ。「まあ、うちの会社って遅れてるんだよね。総合職の人は産後に転勤辞令が出るのが慣例だから、産む前にみんなやめちゃうし。一般職の場合だと、妊娠したらパートに切り替えなきゃいけないみたいよ?」

「そういうのを『妊娠・出産、育休等を理由とする不利益取扱い』っていうんです。それは法律違反なんですよ」

「へえ、そうなの」とやっぱりどこまでも他人事のマリさんに、わたしはだんだん腹が立ってきた。

「家が裕福で働かなくてもいいなら、もっと前にやめてたっていいじゃないですか」わたしは彼女が座っているほうのソファに乗り移った。「それなのに今まで働いてきたってことは、マリさんなりに仕事を続けたかったたってことですよね？　前に、なんだかんだうちの会社とうちの商品が好きだって話してたじゃないですか！」

「いや、桜井ちゃん怖い。顔が」

「それならこうは考えられませんか？　マリさんがこの慣例を破ることで、わたしとか、もっと下の世代の女性社員の働き方が変わるかもしれないって。それとも、育休を取得してまで働きたいなら、よその会社探せって思います？　マリさん、そんなふうに思ってないですよね？」

そうなのだ。マリさんは制服を撤廃させただけじゃない。女性社員が当番でやっていたトイレ掃除（男子トイレを含む）やお茶くみを撤廃させたのもマリさんなのだ。自分が嫌だから、やりたくないから、それだけで動いたわけじゃない。そうであれば、正社員でないパートさんたちにやらせればいいのだから。マリさんは雇用形態問わず、それらを徹底することを実現させた。どれだけ周りに〝お局様〟と揶揄されようとも。

「でも……」とマリさんは気弱そうな表情になって、目をふせる。「会社に、なんて報告するの？　その、いろんなこと……」

「未婚で妊娠したことを、会社の人たちに知られるのが恥ずかしいんですか？　恥ずかしい、嫌だと思うのなら、わたしはもう何も言いません」

マリさんはハッとしたように顔をあげた。それから数秒、じっと一点を見つめて考え込むような顔をしたあと、冷めたハーブティーを一気飲みした。

「恥ずかし……くなんかない！　そうだよね、堂々としていたいもん。やめるもんか、意地でも働き続けてやる！」

そしてマリさんはやおら立ち上がると、そのままトイレに駆け込んでげーげー吐き出した。

うちの会社に労働組合はなかった。〝労働組合のない会社は隠れホワイト企業の可能性アリ〟という話を、いつだったか耳にしたことがあった。経営者と従業員の間で、労働条件をめぐって揉めた歴史が皆無ということを表しているから、らしい。この会社もそうなのだろうか。確かに、事業規模に比べると給与水準は悪くないし、福利厚生もわりと充実している。典型的な同族企業だけれど、ワンマン経営という雰囲気はない。働きやすい会社といえばそうなのかもしれない。男性の正社員にとっては、ということだけれど。

マリさんは二月上旬に復帰し、すぐに営業部部長に妊娠を報告した。その同じ日、わたしは人事のリーダーに、マリさんは育休を取得するつもりであることを伝え、ついでにそれにともない、退職を勧告したり、マリさんが不利益を被る異動辞令を出したりすることは法律違反であると進言した。

「そんなの、俺に言われてもわからない」

思った通りの言葉が返ってきた。

社内では瞬く間に噂が広がった。マリさんに真相をたずねる勇気のある人はおらず、みんなわたしに聞きにくる。わたしはもちろん、何も言わなかった。峰岸部長の婚約者はすぐに会社にこなくなった。

マリさんは粛々と自分の仕事をこなし、わたしもそうしながら、隙を見てはリーダーやその上の総務部部長、あるいはほかの部署の管理職の面々にまで声をかけ、この会社の産休育休をとりまく事情がいかに遅れているかを語って聞かせた。全員、わたしのことを、街で突然声をかけてきた占い師見習いであるかのような顔で見た。そして、口にするのは同じ言葉だった。

「俺に言われてもわからない」

みんな、判で押したように同じ。

けれどいつか、そのうちの誰かが、マリさんに告げるのだ。

「うちは育休取得って前例がないんだよね。働きたいなら一旦退職して、パートに切り替えたら?」

と。

誰かが、必ず。

「そうなったら、労働基準監督署に訴えればいい」とマリさんは言う。それはもっともだけれど、彼女の負担が大きすぎる。できるなら社内で解決したい。でも打つ手がない。まごまごしているうちに、春になり、マリさんのお腹もだいぶ目立ってきた。

潮目が変わったのは、五月のゴールデンウィーク明けのことだった。

現社長の三人いる子供のうちの一人、女帝こと理恵子常務から、ある日突然、わたしは呼び出しを受けた。

存在は知っていたけれど、姿を見たのはそのときがはじめてだった。ホワイトのミニワンピースにパンプスはルブタン。年齢は四十代半ばだろうか。小柄だけれど全体的に引き締まった体つきをしていて、SATCのキャリーがそのまま画面から飛び出してきたみたいだった。

彼女は音大の声楽科卒で、ほとんど働くことなく家庭に入ったという話だった。料理研究家として活躍しはじめたのは三十歳を過ぎてからで、やがて自分の会社を設立し、オリジナルの調理器具やドレッシングなどを販売して成功をおさめた。社長である父親に請われうちの会社の経営にかかわるようになったのは、ここ三年のことらしい。今のところ、長男の雄一郎副社長、次男の勝敏専務に次ぐ、後継者候補の三番手と目されている。

「あなた、労務関係に詳しくて、育休とか産休制度にもとてもご興味がおありだっていうけど、本当?」

案内された社屋最上階にある応接室で、向かい合った女帝が言った。

「ええ……まあ」

「少し前に来年の新入社員向けの会社説明会があったでしょ。わたし、様子を見に行ったの。あなたはその場にいたのかしら?」

準備にはもちろん携わったけれど、当日は会社に残った。橋森さんが司会進行をつとめたはずだ。

「あら、そうなの。質疑応答のときね、女の子の学生が、『女性の管理職の割合はどの程度ですか』って質問したの。現時点ではもちろんゼロ。橋森君、もうなんだかしどろもどろになってしまって、見ていて本当に恥ずかしかった」

その姿は容易に想像できた。橋森さんはいろんな意味で正直者なのだ。

「最近、とくにおつまみ商品の顧客ターゲットを、おじさんだけじゃなく若い女性にも広げようって動きがあるじゃない？　それなのに、うちの会社の女性社員の扱いったらない。サポート役に徹してるって感じ。聞いてみたら、ほんの数年前まで、女子のお茶くみが当たり前だったっていうじゃない。女性の総合職も異常に少ない。もしかしたら、時代の流れに押されるようにして、少しずつ変わっていくこともあるかもしれない。でも、わたしはそれじゃイヤなの。うちはわりと老舗で、同じ商品を長いこと作り続けている。この先も、多分ずっと。そういう企業だからこそ、働き方の面では、他企業の先をいきたいの。いいえ、いかなきゃダメだと思うの」

「全くその通りだと思います！」

「い、いいえ」

わたしは思わず前のめりになってそう言った。そして、今しかチャンスはない、と何かに急かされるようにして、自分の考えを勢い込んでしゃべった。女性社員の待遇を改善していくべきだと考えるわけは、女性である自分が得をしたいからというのでは決してなく、この先の時代の潮流を読む限りそれは避けられない事態であり、だからこそ、いちはやくその流れに乗ることで、間違いなく企業イメージの向上にもつながっていくのだと。

女帝は口角をきゅっと上げた完璧スマイルを崩さず、黙って聞いていた。しかし、目の奥が全然笑っていない、とふいに気づいてわたしは口をつぐんだ。調子にのりすぎてしまったかもしれない、と後悔しはじめたとき、彼女は食器のようにつるりとした白い顔面をこちらにぐいっと突き出し、こう言った。

「あなた、わが社の女性社員活躍推進プロジェクトのリーダーにならない?」

その瞬間。胸の奥にボワッと火がともったような感覚を、わたしは一生、例えばもう一度過去に飛ばされるようなことがあっても、決して忘れないと思った。

そして、その日のうちに女性社員活躍推進プロジェクトチームが結成された。メンバーはわたし一人。プロジェクトは通常業務の合間に行う。要するに、業務外労働を暗に強要されているのだ。女帝は全くもって現代的な労務意識に欠けていると思った。

幸い、通常業務は少し落ち着いた時期だったので、自分なりに時間はやりくりできそうだった。女帝の計らいで、労務にパートさんを一人増やしてもらえることにもなった。

派遣社員時代、女性向けの経済誌がどの企業の休憩室にもおいてあってよく読んでいた。その雑誌には、女性社員の活躍推進に積極的な企業がよく取り上げられていた。そこでは、どんなアイディアが活用されていたか。

そういったことを思い出して抽出する作業を行いつつ、労務に関する書籍に何冊か目を通し、労務管理の基本を学びなおした。一ヵ月後には、さっそく最初の草案ができた。

五年計画で段階的に女性社員の地位向上を目指す、という内容にした。産休育休制度の整備など、早急に対応が必要なものを優先しながら、マネジメント教育の制度を充実させ、五年以内に総合職や管理職の女性比率30％アップを目指す。

草案を渡すと、女帝からは絶賛された。そのまま翌月の幹部会議でプレゼンをすることになってしまった。

けれど、幹部会議までの二週の間に、別の考えが頭をもたげるようになった。女帝の言葉にひっぱられすぎてはいないだろうか。本当に求められているものは違うんじゃないか。

前の人生でも、ときどき思っていたことだった。キャリアアップを目指すことだけが、働くことなのだろうか、と。女性がいきいきと働いていると認められるには、有能かつキャリア志向でなければならないのはなぜなのか。テレビドラマやコマーシャルなどに出てくる〝働く女性〟の姿は、大抵そんな感じだ（そして彼女たちの職業は編集者であることが多い）。そういうものを目にするたび、有能でもなければ非正規でしかない自分の働き方は、どこまでやってもいきいきとはせず、じめじめした、薄暗い、面白みの全くない労働なのだと感じていた気がする。

そこでわたしは幹部会議までの間に、パートや派遣を含む全女性社員を対象にしたアンケート調査をやってみた。結果は、やっぱりわたしの草案とだいぶズレがあった。最も多く見られたのは、総合職（とくに女性）と一般職で業務の区分けが一部曖昧になっていることに対する不満だった。社内結婚している人からの、夫の残業時間の長さを指摘する声も散見された。時短勤務への要望も高い。

今の草案のままでは、女帝を喜ばすことはできても、肝心の女性社員たちにはそっぽを向かれるかもしれない。

そんなふうに悩んでいるうちに幹部会議当日を迎えた。呼ばれて会議室に入ると、おじさんたちが自社製品を食べながらゴルフの話をしていた。この会社は業績がわりと安定していないせいか、全体的にのほほんとしている。でも、そんなところは決して嫌いじゃなかった。

社員から陰で「置物」というあだ名で呼ばれている社長もいた。女帝の二人の兄である副社長と専務は欠席していた。

わたしはまず、女帝に最初に話したことを、もう少し整理して彼らに聞かせた。とくに、女性社員の待遇向上に関して、他社からすでに大分後れをとっているわが社がここで大きく改革すれば、企業イメージや商品売り上げに多大な影響を及ぼすことは必至、という点を強くアピールしてみた。おじさんたちは関心を持って耳を傾けてくれていた。つかみは上々、といったところだ。

「総合職や管理職の女性を増やしていくためには、まず女性社員のための環境を整える必要があると思うんです。というかそもそも、総合職とか一般職っていう分け方もなんだかナンセンスで、合理的じゃないと思いませんか？　絶対将来的にはなくなっていきますよ。家庭を持つ女性は転勤や残業があるから、総合職にはなれない。でも一般職では業務が限定されるから、キャリアを積めない。そこで例えば、正社員の種類を、時短正社員とか、転勤のない地域型正社員とか、業務の内容じゃなく働き方で分けるんです。そうすれば、結婚して子育て中の女性でも、開発職や技術職、営業職を続けられます。

そういう環境が整ってはじめて、キャリアを積んでいこうという気になると思うんです。そのためには女性だけでなく、本来なら男性の育休も当たり前にとれるようになるべきですよね」

男性の育休、という言葉が出た途端、おじさんたちの顔が曇った。ひるむな、と自分で自分にハッパをかける。

「断言しますけど、この先、男性社員の育休取得の義務化についての議論が、世の中で急速に進んでいきます。是非はともかく、それが時代の流れなんですよ。最近は共働きが当たり前ですしね。女性だけが働いて、子育てもするというのでは家庭がもちません。皆さんがそんなのはくだらない、男は仕事を優先してこそだ、と思っていても、そうなってしまうんです。そんなとき、わが社がすでに積極的に男性社員の育休取得をすすめていたら、企業イメージアップのいい材料になると思いません?」

わたしはびくびくしながら話し続けた。何をくだらないことを、と一蹴されるような気がしていた。ところが、意外にも彼らの心に響いたようだった。

「最近、うちの娘夫婦がね、子育てで揉めて離婚寸前なんだよ」とグレート義太夫似の第一営業部部長が言った。「娘も働いてるのに、同じ会社で働く婿が何にもしないそうなんだ。ほぼ一人で子育てしてて、もうノイローゼ寸前だよ」

「あーワンオペ育児ってやつですね」とわたしはつい言ってしまった。意味がわからなかったのだろう、全員にスルーされた。

「うちはさ、女房が銀行の支店長なんだよ」と愛妻家で知られる第二営業部部長が口を挟んだ。「昔はさ、家事とか育児の分担で揉めて揉めて、ケンカばっかりだったけど、今となっては女房の稼ぎがあったから子供にいい学校いかせられたしね。だから俺はうちの部の女の子たちには言うの、仕事やめちゃダメだよって」

「今は若い女性向けの商品を売っていきたいときだから」と例の峰岸開発部長も言う。

「社員の子育て環境に意識的な会社ですってアピールするのはいいことかもね」

さすがにこのときは、どの口が言うんだお前はアホか、とぶん殴ってやりたくなった。

しかし、彼らの反応に、わたしは概ね満足していた。

「だから、このレジュメには総合職とか管理職の比率アップとか書きましたけど、それはいったん白紙に……」

「はあ?」

そのとき、女帝の甲高い声がとどろき、会議室にただならぬ緊張が走った。

「何よ白紙って。なんで勝手に白紙にするの? わたしに報告してないことを勝手にべらべらと……何様なわけ? 何か勘違いしてるんじゃないの?」

女帝の怒りに、その場にいる全員の顔が恐怖に引きつっている。わたしは突然のことで頭が真っ白になっていた。「何か言いなさいよ」と言われても、何も言い返せなかった。女帝は「マジ腹立つし」とギャルみたいに言って立ち上がると、ヒール音をこれでもかと響かせながら去っていった。

あくまで結果論ではあるけれど、女帝のこのブチギレ騒動は、プロジェクトにいい流れをもたらしたのだった。幹部会議に出席していた総務部部長が、自分もこの件に協力的にならなければいずれ怒りの対象になると恐れたようで、人事労務チーム全体でこのプロジェクトに取り組むことになったのだ。

一方、マリさんは九月終わりに、予定よりかなり遅れて、緊急帝王切開で女の子を出産した。送られてきた写メは、iPhoneの超高画質に慣れきったまま戻らないわたしの目にはかなり画質が悪く、うすぼんやりしたゴリラにしか見えなかった。でも、とてもとても可愛かった。

その時点で来年度の採用期間はすでにほぼ終わっていた。年が変わって2006年、2007年度へ向けた人事計画はなかなかうまくまとまらず、新卒採用も女子学生を多少増やす程度にとどまってしまった。しかし2006年半ばの女帝の副社長就任と、新商品のふわふわチーズパンケーキ(わたしがアイディア企画大賞に応募し採用された)

のスマッシュヒットも追い風になり、来る2008年度に向けて、プロジェクトはさらに本格化した。

議論を進めていく中で、女帝も少しずつこちらに歩みよってくれるようになった。わたしも彼女の扱い方が徐々にわかってきた。報告を怠らず、マメに相談をすれば、大抵のことは許してもらえる。しかし、他人を支配したがる傾向がみてとれるのは事実だった。一度きちんとカウンセリングなどを受け、さらにアンガーマネジメントについてぜひ学んでほしいとわたしは思っている。

我々がプロジェクトの中でとくに注力したのは、育休や時短勤務、在宅ワークなどの整備と、開発職や技術職の社内研修プログラムの立ち上げだった。一般職や事務方で採用された場合でも、社内研修プログラムを活用して、開発職や技術職につけるようにする。さらに正社員制度の抜本的な改革を行い、2009年四月までに新制度の運用開始を目指すことになった。個人的には社内ハラスメント教育を推進していきたいと思っているのだけど、今のところ後回しにされているのが悔しい。

秋から、新しいわが社のPRに向けて、ホームページのリニューアルや就職セミナーでの積極的なアピールなど、さまざまな取り組みがはじまった。その反響は、思いのほか大きかった。

資料請求も説明会の申し込みもエントリー数も、去年の倍以上なのだった。わたしも何度か就職セミナーに参加し、直に学生に接する機会があった。女子学生だけでなく、男女ともに関心を寄せてくれるのが嬉しかった。

そして、今回はわたしも参加した翌2007年三月の会社説明会、いつもと同じ会場で、予定していた定員を上回る八十名近くの学生が集まった。今年も司会進行を務めた橋森さんは、壇上の真ん中に立ち、自信に満ち満ちた表情で、新しいわが社について学生たちに語りかけていた。

わたしはその様子を、会場の隅っこでひっそりと見ていた。リクルートスーツを身にまとい、未来に向かって顔をあげている学生たちの背中を順繰りに見ながら、なんだか遠いな、とふと思った。

編集者になりたい、やりがいのある仕事をしてキャリアを積み上げたい、と悶々としていたかつての自分。やりたいことが叶わない。夢が実現しない。それだけで、人生の半分以上が失敗してしまったような気がしていた。やりたいことがやれない人生では意味がないと、それがさも絶対的な真実であるかのように思い込まされていた気がする、何かに、何者かに。

何をやるか、ではなく、どういった環境で働くか、という基準で仕事を選んでもよかったんだ。この会社でやりたいことなんかない、と思っていたのに、今は自分の働きが、周囲に大きな影響を及ぼしている。でもそれは今、それなりに恵まれた場所にいるからできること。

水もなく、光の当たらない場所で人の労力を搾り取ってはいけない。この会社で、少しでもそれを減らす働きができたら。この先、自分のいくべき道が見えてきたような気がする。

「あら、桜井ちゃん」

背後から女帝がこそっと声をかけてきた。今日は随分と機嫌がいいようだ。

「あなたに取材依頼がきてる。最近のうちの取り組みについて、担当者に話が聞きたいって。あの、女性向けのお堅い感じの雑誌。なんていったかしら、よく女優が表紙になっている……」

わたしは派遣社員時代によく読んでいた女性向け経済誌の名前を言ってみた。すると女帝は嬉しそうに「そうそう、それよ」と頷いた。

わたしが結婚と、それに伴い退職することを女帝に告げると、彼女は驚くべきことに、飲んでいたグラスの水をわたしにぶっかけた。

まさかここまでのことをされるとは思っておらず、唖然としてしまった。続けて彼女はこう言った。

「今どき寿退社なんて、古臭い女！　あんた、昭和からタイムスリップしてきたんじゃないの？」

「いえ、令和からきました」

やけのやんぱちでそう言った。しかし、怒り心頭の彼女の耳には届かなかった。

松尾君に大阪支社への転勤辞令が出たのは、わたしのインタビュー記事が載った雑誌が出てすぐのことだった。記事に対する彼の興味関心はごく薄かった。「すごいじゃん」とだけ言って、ろくに見もしなかった。その後に転勤の話をされた。プロポーズはなかった。転勤と結婚は彼の中でセットになっていて、わざわざ口にするまでもないことのようだった。

わたしの退職は、だからやむを得なかった。いろいろなことを、途中で手放すことも。しかもつるちゃんによれば、リーマンショックが間近にせまっているこの時期に。

結婚のほうは何もかもがとんとん拍子だった。両家の挨拶。新居選び。着任は十一月だったので、彼が先に一人で大阪へいき、わたしは十二月末付で退職したあと、年明けに転居することになった。会社の人たちは、もしかしたら口だけかもしれないけれど、別れをとても惜しんでくれた。師走の忙しい時期にもかかわらず、何回にも分けて送別会が開かれ、最後の一週間は出社するたび誰かからプレゼントをもらい、わたしは毎日泣いていた。

女帝とは、最後まで和解できなかった。

最後の日、マリさんが今の勤務先の大宮支社から会いにきてくれた。彼女は一年の育休を経て、大宮支社にあるマーケティングオフィスで市場調査を担当している。新しい正社員制度がはじまったら、転勤のない地域正社員になることを、今のところ希望しているらしい。娘の光ちゃんは二歳半になり、誰がどう見ても峰岸部長そっくりだった。

帰りはマリさんが社用車で駅まで送ってくれた。別れ際、彼女は不思議なことを言った。

「桜井ちゃんって、まるで空から降ってきた人みたい」

「どういうことですか？」

そう聞くと、マリさんは少し考えるような顔になった。

「……なんていうんだろう。桜井ちゃんがいなかったら、こんな幸せはやってこなかったと思うの。あなたの出現で、人生が急カーブしたみたいな感じがするというか」

そのときわたしはすでに、体の半分を車外に出していた。いったんシートに戻ると、彼女の顔をじっと見つめた。そして、わたしは強調するように「それはですね」と言った。

「わたしは空から降ってきたわけではありません。そうじゃなくて、実は未来から来た未来人なんです。マリさんの人生を変えにきました」

ハハハハ、とマリさんは明るく笑った。「相変わらず、バカばっかり言ってるわねー」

「じゃあ一つ、ここで予言します……元猿岩石の有吉、数年後、天下とりますよ」

「有吉って何」ときょとんとした顔でマリさんは言った。マリさんはテレビを見ないのだ。

「なんでもないです」と答えて、わたしは車を降りた。駅前のイルミネーションはきらびやかに輝いているはずなのに、なぜか目の前は薄暗かった。

2008年　5月（二回目）

ピンポーンとインターホンが鳴ってドアをあけるなり、真っ赤に目を腫らした凜子が「死ぬほどお腹すいてるから、十分で何か作って」と言った。

「いや、もうほぼできてる」

俺はそう答えると、台所に戻って最後の仕上げにとりかかった。

どんぶりに炊き立ての飯を盛り、その上に細かく刻んで焼いたウインナーと半熟の目玉焼きをのせる。そこへオイスターソースが決め手の甘辛ダレをまわしかけ、最後に黒コショウをガリガリひいてできあがり。

「これこれ、これが食べたかったのお！」

夜の十一時過ぎにもかかわらず、凜子はこの脂っこいメシを、部活帰りの中学生かという勢いでもりもり食べはじめる。このウインナー丼は前の人生で最も忙しかった家電量販店時代、夜中によく作って食べていた。手早く作れる上、ガチれば十秒で完食してすぐ寝られる。当時は飲み込みやすさと食べごたえを増すために、より細かく刻んだウインナーを大量の油で揚げ焼きにして、その油ごと飯にかけて食べていた。よく死なずに済んだものだ。

「どうだった？　コンサート」

俺は聞いた。凜子は今夜、ｈｉｄｅの十年忌追悼で開催されたメモリアルコンサートに出かけていたのだ。前の人生では、ステージからかなり遠い席のチケットしか入手できなかったらしく、今回はネットオークションでアリーナ前方席を信じられない高値で落札していた。今年三月の東京ドーム再結成ライブも同じ方法でプラチナチケットを入手し、ライブ後は泣きはらした顔でうちにきた。

「まだ感想は言えない。とても言葉にできない」

凜子は目に涙をいっぱいためて言った。何度人生をやり直しても夢中になれる何かがある彼女が、俺は妬ましいぐらいうらやましかった。

「あー、帰るの面倒だな。泊まっていっていい？」

「いいけどさ、明日仕事じゃないの？」

「仕事だけど、夜勤だし。あー働くのだるい。彼氏ほしい。結婚したい。ぴえん」

凜子は今年はじめ、同級生の新聞記者との結婚生活を送るために大阪へ旅立ち、五日後、家を追い出されて東京に帰ってきた。

「そんなに好きじゃないと気づいた」

というのが先方の言い分だった。

本当は、婚約した直後から気づいていたらしい。しかし、転勤になったら結婚すると言ってしまった手前、後に引けなかったそうだ。一緒に暮らしはじめたらまた違う気持ちが湧いてくるかもしれないと思い、同居に踏み切った。しかし、ダメだった。

「最初に体の関係からはじまったことがずっとひっかかっていた。自分から告白して付き合っていれば、また違ったと思う」

そう言われたとき、この男との溝はどこまでも深い、なんだったらブラジルに届くほどの深さで到底埋まらない、と凜子は悟ったそうだ。

さすがの彼女も、戻ってきてしばらくは毎日泣いていた。すでに北池袋のアパートは解約していたので、しばらくのうちは泊めてやっていた。婚姻届は未提出だったことが、不幸中の幸いだといえるだろう。しかし裏切られたことより、仕事を手放してしまったことを彼女は深く悔やんでいた。当然だ。あんなに楽しそうに働いていたのだから。

しばらくすると、再び北池袋にアパートを借り、職探しをはじめた。いくらかもらった慰謝料は、全て純金購入に充てたらしい。賢い選択だと思った。

しかし就活はなかなかままならず、結局、俺が数年前から小遣い稼ぎでやっているインフラ会社のコールセンターの仕事を紹介してやったのだ。日中は就活に充てられるよう、先月から凜子は夜勤専属になった。

「最近はどう？」冷えた発泡酒を冷蔵庫から出してやりながら、俺は聞いた。「仕事探してるの？」

「一応ね。でもぜーんぜんダメ。今って新卒の就職は売り手市場だって言われてるのに、中途採用となるとぜーんぜんダメ。求人誌に載ってるのは〝固定残業代月60時間〟の営業職とか、そんなのばかりだし。えげつないよ、60時間て。体壊すまで働かせて使い捨てるつもりなのが丸出し」

ああ、とつい重い息が口から漏れる。あの家電量販店も当然、固定残業制だった。しかも固定の枠を超えそうになったら自主的にタイムカードを切ってサビ残していた。奴隷以外の何者でもない。

「なんかさ、最近ニュースとか見てると思うけど」凜子が言う。「今って我々氷河期世代の窮乏や将来のことなんて、だーれも関心もってないんだよね。シニア層のリストラ問題はやたら話題にするのにさあ。なんか、存在そのものがなかったことになってない？　たった数年前のことなのに。氷河期で採用を絞りすぎて人手不足なら、その氷河期世代をこそ、今、今！　採用してくれたらいいのに」

「凜ちゃん、夜勤、続けるの？」

「うん」と浮かない顔で凜子は頷く。「深夜手当もつくから結構稼げるし。残業したら一日二万円以上になるんだもん。でもこれがさ、2018年頃には〝働き方改革〟とか言い出して、ろくに残業できなくなるんだよ。時給は据え置きなのに。今のうちに働きまくらなきゃ。非正規なんて残業してナンボだもん。マジぴえん」

最近、凜子の中で突如として「ぴえん」がマイブームになっているらしく、しょっちゅう口にしている。時代感がめちゃくちゃだ。

食べ終わると凜子はさっさと風呂に入り、勝手に俺の部屋着を出して着て、いつの間にか俺のベッドにもぐって寝入っていた。

俺はもろもろの後片付けを済ませた後、部屋の明かりを消し、出してあった寝袋にくるまって目を閉じた。

眠れない。

結局、俺たち二人とも、あっけないぐらいあっさりと非正規に舞い戻ってしまった。

凜子はまだいい。就活もちゃんとしているし、実はこっそり社会保険労務士資格の勉強をしていることも俺は知っている。それにひきかえ、俺はなんだ。週に三、四日働いて、そのほかの日は家でぶらぶらしている。

本当は、働くつもりなんかなかった。本気で株などの資産運用だけで食っていくつもりだった。しかし三年前、凜子が前の会社での仕事を軌道にのせていくのと時を同じくして、俺は人材派遣の仕事で稼いだ金の多くをデイトレードやFXで溶かした。欲をかきすぎたのだ。その後、ライブドアショックでさらに資産を減らし、やむをえず派遣会社に登録。インフラ会社のコールセンターで働きはじめた。

一体、何のために俺は未来からやってきたのか。ライブドアショックのことは知識としてあったのだから、はやいうちにホリエモンをどうにかしておくべきだったと、自分で自分をぶん殴ってやりたい。

「あー」

と天井に向かって、意味もなく声を出してみる。

やりたいことが、何もない。ユーチューバーの先駆けになる、なんて言っていた時期もあった。しかし結局、何もしていない。そもそもやる気がない。動画を毎日作り続けるバイタリティなど俺にはない。

今年、ついに二度目の三十歳になった。さすがに先のことが不安になってきた。

とはいえ今のところ、食うのに困っているというほどではない。短期投資にさえ手を出さなければ、非正規でもそれなりにやりくりできる。まだ貯金も少しある。社会の底の底には落ちずに済んでいる。死ぬまでこの状態を続けることも、可能かもしれない。けれどこの暮らし、この生き方には、大きな幸せが舞い込む隙間もない、気がする。

それでいいのか？　何か、何でもいいから、何かやったほうがいいんじゃないか？　凜子がうらやましくて仕方がない。やりたいことがある。それが叶わなくても、本や音楽など熱中できる趣味を持っている。

なぜ俺には、何もない？

そのとき、ｉＰｈｏｎｅ（初代！）が鳴った。電話だ。うんざりした気分で画面を確かめ、そこに表示された名前を見て、一瞬、体ががくっと震えた。

もしかして、これは……。三年前に垂らした釣り糸に、ついに魚が食いついたんじゃないか？

電話の相手である藤崎に最初に出会ったのは、２００５年の初頭。ＦＸで百万近く溶かして死にかけた直後のことだった。

大学の同級生だった裕介と、赤羽の飲み屋でばったり出くわしたことがきっかけだった。裕介は年商10億円規模の有名グルメサイトを運営するＩＴ企業の営業マンになってていた。仕事がうまくいっているのか、ずいぶん羽振りがよさそうだった。翌週、麻雀のメンツが足りないからきてくれと頼まれ、暇だったので応じることにした。

場所は西麻布の高級マンション。メンツは俺と裕介のほかに、裕介の上司とその友人だという自称放送作家。

上司のほうを一瞥して、すぐに気づいた。藤崎紘一だ。元ヤンキーから大手ベンチャーのCEOまで上り詰めた男。こいつが脚光を浴び出したのは、俺が前橋で一人暮らしをはじめて間もない頃だった気がする。2014〜16年頃だろうか。『元ヤンキーが年商一億の社長になりました』という品性下劣な自叙伝がベストセラーになったのだ。

一時間ほどして、なんとなく場が温まってきた頃、俺は思い切って「藤崎さん、フェイスブックとかマイスペースって知ってます？」と聞いてみた。

「えーっと、フェイスブックは聞いたことある。マイスペースってなんだっけ？」

2019年には月会費数千円のオンラインサロンを主催し、世の中の若き情弱を食い物にしていたくせに。2005年にもなってそんなことも知らないのかバカ野郎めと俺は思った。

俺は藤崎に、いやほかの二人に対しても、これからの時代、いかにWEB上でのネットワークが重要であるかを力説した。テレビや新聞ではなく、WEBを介した人と人とのつながりが、ヒットを生み出すようになると。

「この先、流行の仕掛け人は、大手メディアではなく個人になります。個人が持つアイディアが、WEBを介したネットワークで広がってブームになっていくんです。しかし大事なのは、アイディアの内容そのものじゃありません。拡散力です。情報をどれだけ広くすばやく拡散できるか。その力を持つ者が、未来のメディアを支配するんです。僕はそういった力を持つ人を、〝インフルエンサー〟と名付けました」

俺は話し続けた。話しながら、こんなにも詳細に未来のSNS事情を語ってしまい、いくらなんでも未来人だと気づかれてしまうんじゃないかとドキドキした。

「僕になら、藤崎さんをトップインフルエンサーにできますよ！」

しかし、そんなことは杞憂だった。三人とも完膚なきまでに無反応。質問一つ出てこなかった。

「へえ、君おもしろいねえ」藤崎はくわえ煙草の煙に目をほそめて言った。「そんなに自分の考えに自信があるなら、起業すればいいよ。テレアポのバイトなんてやめて」

「いや……テレアポじゃなくオペレーターで、バイトじゃなく契約社員……」

「ロン！」という藤崎の勝ち誇った声に、俺のみじめきわまりない弁明はかき消された。

別れ際、藤崎は極めて面倒そうに俺と連絡先を交換した。それでも、もしかするとなんらかのオファーがあるかもしれないと、俺はわずかな望みにすがった。

麻雀の誘いすらなかった。

そして約三年の月日が流れ、今、俺の初代iPhoneが藤崎からの着信で震えている。じっと見つめているうちに、切れた。すぐに折り返した。

翌日の晩、藤崎たちの会社が入っている都心のタワービルに呼び出され、その後、六本木の狭いバーに移動し、ありとあらゆるアルコールを飲まされてつぶされた。気づいたらなぜか渋谷の路上で一人で寝ていた。その二日後にも呼び出され、またしてもつぶされて死にかけた。

そんなことが十回ほど続き、その後に俺は、藤崎の会社に入社した。

藤崎が俺に連絡をよこしたのは、最近になって「インフルエンサー」という言葉をネットで目にしたことがきっかけだったという。俺のことを、なんて先見の明がある奴だったのかと、今さら気づいたというわけだ。

現在の藤崎は以前のプロモーション事業部本部長から出世し、プロモーション事業部担当執行役員になっていた。俺はプロモーション事業部の企画部に配属された。

自分でオファーを出しておきながら、入社してみたら奴は俺のことに全くの無関心だった。自分の鶴の一声で一人や二人簡単に採用できる、という己のパワーを誇示するためだけにやったようだ。現に数年に一人、俺みたいな人間が現れるらしい。大抵は周りについていけず、すぐにやめていくそうだ。

奴のうさんくささは十分わかっていたので、オファーがあったときは少し、いやかなり迷った。この手の新興企業は、外から見ただけはその実情がつかみにくい。入ってみたら超絶ブラックだった、という可能性は十分ある。

それでも、俺は最終的に、入社を決めた。理由は二つ。一つは、かねてから抱いていた、働くことに対する焦り。もう一つは、リーマンショックのことだった。

前の人生で今と同じ三十歳のとき、俺はコールセンターをやめて就活していた。あの頃、俺は思っていた。今が年齢的にも、就職する最後のチャンスかもしれない、と。

しかし、もたついているうちにリーマンショックが起こり、結果、家電量販店で働く羽目になった。あそこが俺の負け組人生を決定づけた、最後のターニングポイントだった。

今、藤崎のオファーを蹴って非正規のままリーマンショックを待つという道を選べば、もう二度と、就職どころか有名企業で働くというチャンスはやってこないだろう。人生を何度やり直しても非正規、という泥沼から永遠に這いあがれない。

2010年　6月（二回目）

凛子の部屋にあがるとテレビがついていて、鳩山由紀夫内閣総辞職のニュースを報じているところだった。

俺は「はい、これ」と頼まれていたケンタッキーの袋を掲げた。

凛子のリクエスト通り、発売になったばかりの「激辛挑戦パック」とやらを買ってきた。レッドホットチキンと新商品のハバネロボンレス（ひとくちサイズの骨なしチキンで、レッドホットチキンの約二倍の辛さらしい）がセットになっている。ほかにコーラとオレンジジュース、ビスケットとポテト。

「これこれ、これがずっと食べたかったのぉ！　嵐の大野君がCMしてるの見て食べたいーって思ってたのに、気づいたら販売終了してたんだよね。あ〜過去に戻ってきてよかったなあ」

そう言いながら、凛子はレッドホットチキンのサイ（腰の部分の肉）をつかみ取った。

「あ、それ俺が食べるやつ！　なんだよ。そのハバネロなんとか食べろよ」

「やだね。サイは一個しかないよ。やったね」

凜子は大きな皮をべろべろ〜っと大胆に剝がすと、その皮を一口で頰張った。

「なあ、婚活はうまくいってるのか」

「むかついたら婚活の話題出すのやめてくださる？　あのね、婚活もダメだし、就活も相変わらずダメだし、最悪だよ。つるちゃんはいいよね、何もかも順調そうで。忙しそうだし。引っ越し先はどう？」

俺は三ヵ月前、ずっと住んでいた北池袋の安アパートからついに脱出し、池袋駅近くの家賃十五万のマンションに引っ越した。

「駅からわりとすぐだし、十万超えとはいってもボロいよ。広さもここと変わらない」

「ふーん、なんか自慢に聞こえる」

入社して約二年、俺は自分でも意外なほどうまくやっていた。人材派遣の仕事では、あれだけ無能だ役立たずだとバカにされた俺が、今の職場では有能な人材として一目おかれているのだ。

2008年の九月、リーマンショックが勃発。役員報酬の減額に納得できず、藤崎は間もなく退社し独立した。ついてこい、と誘われたけれど断った。あの男がこの先、大手ベンチャーの社長として成功していくことはわかっている、未来が大きく変わらなければ。ついていけば、その恩恵にあずかれるかもしれなかった。しかし、俺は会社に残ることを選んだ。単純に、今の仕事が好きになっていた。

プロモーション、要するに広報の仕事は、他人には誰かれかまわず好かれておきたいという八方美人日本代表水準の自分の資質と、やはり相当に相性がいいようだった。それに、未来人としてのチートがかなり有効だった。有名人のブログを利用したプロモーション企画を立案したところ、驚くほどうまくいき、社長賞候補にまでなった。

今年のはじめには、地方の観光事業とわが社のグルメサイトを連携させるプロジェクトのチームリーダーに抜擢された。直属の部下は六人と小さなチームだけれど、それでも出世の一つの足掛かりであることは確かだ。

とはいえ、そうそういいことばかりじゃない。うちの会社はやはり当初予想していたようになかなかのブラックで、労務ルールはあってないようなもの。給料は悪くない。しかし休みもない。好調な業績のおかげで、彼氏にしたい企業ランキングなどの類にも名があがるようになったというのに、実際は恋人どころかセフレを作る暇もない。おかげで風俗三昧だ。しかも今の部署は社内でも花形で、その分、足の引っ張り合いがえげつなく、なにかミスればグルメサイト営業部に容赦なく飛ばされる。グルメサイト営業部はパワハラの温床と評判で、まさに心身破壊コースまっしぐら。

「なあ、そうだ」と俺はべたつく手をウエットティッシュで拭き、自分のｉＰｈｏｎｅ

3GSをバッグから取り出した。そして先日、会社のエレベーターホールでこっそり撮った画像を見せた。

「ねえ、この男の子、どっかで見た覚えない?」

凜子は画面をのぞきこむ。「あら、かわいい。モテそう。誰? 会社の子?」

「うん。はじめて見たときから、どこかで見たなあって気がして仕方がないんだよ。前の人生でのどこか、いや、どこかというより、テレビで見たような気がするんだ。俳優とかかな? 将来有名人になるかもしれない」

「えー、知らない。見たことないよ、こんな子」

凜子は興味をなくしたように目をそらした。頰杖をつき、テレビ画面に大写しになった鳩山由紀夫のうつろな顔をぼんやり眺める。

「もう、2010年かあ……2011年の三月まで、あと一年もないよ」

東日本大震災。俺たちはそのことについて、まだ一度もまともに話し合っていない。どうするべきなのか。俺たちが何かをすることで、一人でも命を救えるのか。それは誰かを生かし、誰かを見捨てるという選別なのか?

その男をはじめて見たのは、今年四月の入社式のときだった。

俺はプロモーション事業部の社員を代表して挨拶するために、その場にいた。八十人近い若者の中から彼の姿を見つけたとき、自分でもよくわからないぐらい激しく動揺した。絶対に、前の人生のいつかどこかで、俺は彼を見た。あの、目がくりっとしたあどけない顔。テレビ、あるいは映画か？　そしてそのとき彼に対し、相当に強い思いを抱いたはずなのだ。その感覚が、脳にドカーンと雷のように落ちてきた。

しかし彼が何者なのか、それから二ヵ月近くたった今も、全く思い出せない。そのせいかずっと、彼のことが頭から離れない。

大げさでなく、このところ俺は毎日彼のことを考えている。名前は調べた。川藤英《かわとうすぐる》。記憶にひっかかるところはない。フェイスブックのアカウントは簡単に見つかった。都内の中堅大学の経済学部卒、学生時代はバンド活動に熱中していたらしい。アップロードされている何枚かの画像に、見覚えがある気がした。男女とも友達はかなり多いようだ。社会人になって以降の投稿はなかった。

川藤英は入社後、数週間の研修を経て、ＩＴ部門に配属された。そこはグルメサイト営業部に並ぶ、わが社の地獄の一つだった。

リーマンショック後、社内の一部は大きく変わった。ＩＴ部門にそれは顕著だった。ＩＴ部門の以前の主だった業務はコンサルティング事業だ。それが縮小し、代わりにクライアント先にエンジニアを派遣する下請け事業の割合が急増した。そっちのほうが儲かるからだ。

エンジニアとして新卒中途、経験の有無問わず大量に雇い入れられた若い社員たちは、まず厳しい研修によってふるいにかけられる。話によれば、少なくともここで五分の一がやめていくという。研修を終えると、すぐにクライアント先へ派遣される。一人一人のエンジニアに求められるのは、派遣先で利益を出すこと。それができない人間には仕事がふられなくなり、そうなるとやがて社内で〝業務改善トレーニング〟と呼ばれているものへ召集がかかる。業務改善とうたいつつ、その内容は契約社員への降格か、あるいは自主退職を強要するパワーハラスメントという話だった。

聞くところによれば、それは相当に辛く厳しいもののようだ。ほとんどの社員が、数カ月以内に自己都合退職を選ぶという。

過酷な環境にさらすことで、しぶとく、頑丈で、利益の出せる奴隷を効率よく選別できる。全てがそのためのシステムなのだ。そしてそれが成立するのは、どれだけ掃いて捨てても、代わりの人間が次々にやってきてくれるおかげだろう。華やかな企業イメージにつられてか、毎年多くの学生や第二、第三新卒の若者が我が社の門戸を叩く。

2005年、JR福知山線脱線事故が発生した(俺の記憶だと事故発生の時間帯は午前中だった気がするけれど、どういうわけか正午過ぎだった。でも、記憶違いかもしれない)。乗務員に対する「日勤教育」と称した懲罰の横行が、事故の背景にあったと批判された。あれからもう何年も経つのに、全く同じことが東京でも、いや日本中でいまだに続いている。うちのように、リーマンショックでさらに悪化した企業も多い。死者を出しても変わらない社会に、うんざりした気持ちになる。

俺が飛ばされる可能性のあるグルメサイト営業部も、以前から使い捨て方式が常態化していた。こっちは例の家電量販店のときとよく似た体育会系のしごきが幅をきかせている。うちの部署とは業務が重なる部分が多くフロアも近いので、若手社員がきつく叱責されているところをしょっちゅう目にする。

俺の順風満帆な有名企業リーマン生活は、薄氷の上に成り立っている。明日は我が身というやつだ。

俺は、まだやめたくない。今の生活を続けたい。失いたくない。何にもないからっぽ人間には、まだ戻りたくない。

そのために大事なのは、余計なことにはかかわらないということだ。見たくないものは、見ない。自分のことだけを考えて仕事をする。

こんなこと、東京の、いや日本のいたるところで行われているのだから。

川藤英は今のところ、業務改善トレーニングには呼ばれていないと思われた。先週写真を盗み撮りしたとき、疲れ気味な様子が見て取れたものの、先輩社員と楽しそうに雑談していた。

しかしもう明日にも、そのときが迫っているのかもしれない。

そう考えると、なんともいえない不安な気持ちが、酸っぱい胃液とともにせりあがってくる。想像したくないことだった。なぜ彼にだけ、ここまで肩入れしてしまうのか、わからない。もしかして、俺、俺は、あいつのことが……。

八月の盆休みが明けて間もなくの金曜日、珍しく夜八時前に仕事を終えることができた。ふわふわした気持ちでエレベーターに乗り込むと、すぐ下の階で偶然にも川藤が乗り込んできた。

駅直結の出入り口は二階にある。しかし彼は一階のボタンを押した。俺は少し迷って、同じ一階で降りることにした。ほかに乗客は十人ほどいたけれど、一階までいったのは俺たち二人だけだった。

彼はこちらを怪しむ素振りもなく、すたすたと早足でタワービル裏側の出入り口から出ていった。

俺は数秒立ち止まって再び逡巡し、そして決断した。彼と三メートルほどの距離を保ちながら、後を追った。とくに何か考えがあったわけじゃない。外に出た途端、むっとした空気が顔面に張り付いてきた。今週は猛暑日が続いた。日が暮れても地面から熱気が立ち上るようだった。

裏側の出入り口はビルの住居階に入居している住人用の中庭につながっていて、オフィス階の関係者はほとんど使用しない。中庭を横目に敷地を出ると目黒川にぶつかる。その川沿いの道を迷いのない足取りで、川藤は進んでいった。

このあたりはマンションが並ぶばかりで静かだった。彼はどの建物に入る素振りもなく、ひたすら歩き続けた。やがて、一つ隣の駅も通り過ぎた。すでに会社を出て二十分。俺は全身ぬるぬる人間だった。丸一日働いて体に蓄積したストレスや怒りやその他いろいろとネガティブなものが、汗と一緒にどくどくと噴き出してイヤな匂いを発散させている。そう、俺は今、臭い。彼も同じはずだ。一体、俺は何をやっているのか。いっそ話しかけてしまおうかと思ったとき、川藤がふいに足を止めた。

いつの間にか、線路沿いの細い道に入っていた。川藤の目の前にあるのは、古いラブホテルだった。

俺は彼に見つからないよう、その隣のネイルサロンの看板に隠れてから、思わず膝に手をついた。なんだよ。風俗かよ。ここはデリヘル客御用達のラブホテルじゃないか。俺も二、三度使ったから知っているよ。

看板の陰から川藤の様子を探る。心なしかウキウキしたような足取りで中に入っていく。いいようのないみじめな気持ちが込み上げてきた。本当に、俺はなんとバカバカしいことをやっているのか。もう、今日限りであいつを気にするのはやめよう。

せっかくの金曜夜だ。一人でビールでも飲んで帰るか。ラブホテルに背を向けて歩き出し、しかし、数歩で再び立ち止まった。

ラブホテル。

その、入り口の前までいってみる。

どこにでもある古いラブホテルだ。薄汚れた白っぽい外壁。洞窟に続いているかのようにわびしく、不気味な入り口。

「古いラブホテル」とつぶやいてみる。「古いラブホテル、古いラブホテル……」

次の瞬間、「あっ」と口から声が漏れ出た。

そうだ。思い出した。やっぱり俺は、川藤英を見たことがあったのだ。そしてそれはやっぱり、テレビだった。

どこの局の番組だろうか。思い出せない。ドキュメンタリーだ。新卒で入社した会社で長時間労働を課せられ、さらに過酷なパワハラを受けた結果、自死に追い込まれた青年とその家族を取材したものだった。青年の実名が出ていたかどうかは覚えていない。ただ、生前の本人を写した写真が何枚か出ていた。学園祭でギターをひきながら熱唱する姿。同じものを川藤のフェイスブックで見た。

その青年はある日、会社から徒歩三十分ほどの場所にある古いラブホテルに一人で入り、その一室で――

俺は一気にパニックに陥った。次の瞬間にはラブホテルの中に駆け込んでいた。受付は無人で、パネルで部屋を選択する仕組みになっている。精算は室内にある機械で行う。何度も使ったことがあるから知っている。ほとんどの部屋が埋まっていた。

どうしたらいい？　俺は何をするべきなんだ？　すっかり動転してその場で右往左往した。そのとき、背後からコツコツと靴音が聞こえた。

地味な服装をした女が入ってきた。嬢だ。時間的にいって、川藤が呼んだ嬢で間違いない。俺はほとんど無意識のうちに嬢の腕をつかみ、「すみません！」と叫んでいた。

「ななな何号室にいくんですか？」

「え？　え？　何？」と嬢はあきらかにおびえていた。

「とにかく！　部屋の番号教えてください。それだけでいいです！」

「さ、さ……３０３」

俺は猛ダッシュで階段を駆け上がった。三階の廊下に出る。３０３。あった。ドアをノックする。すぐにドアが開いた。

全く知らない小柄な男が立っていた。

俺は何も言わず、静かにドアを閉めた。そして再び猛ダッシュで一階に駆け下りた。さっきの嬢がどこかに電話をしていた。まずい、と俺の本能が警告を発していた。外に出ると、闇に向かってただ走った。

約一時間後、川藤英は心なしかすっきりした顔つきでラブホテルから出てきた。

あれから俺は、嬢や、嬢が呼んだと思われるデリヘル店関係者に見つからないようにしながら、こっそりまたホテルの近くに戻った。久しぶりのダッシュと蒸し暑さで全身汗だくだったものの、その間に十分、頭は冷えた。なぜ、あの嬢は川藤が呼んだはずだと決めつけてしまったのか。あれだけ部屋が埋まっていたのだから、他の男の可能性も十分あるじゃないか。それに、ドキュメンタリー番組についての記憶も、さっきより鮮明になってきた。

青年はある日、会社を無断欠勤して昼間にホテルに入り、亡くなったと語られていたはずなのだ。少なくとも番組上ではそうだった。俺も家電量販店時代、無断欠勤して死のうとしたことがあった。だからとても印象に残ったのだ。

ということは。

今夜の奴は、ただデリヘルを利用しただけ。

バカバカしい。人生で最もバカバカしい時間を過ごしてしまった。それでも万が一に備え、奴が出てくるまで待つことにした。そして奴は今、ホテルから出てきて、俺の数メートル先を歩いている。そのまま駅前のマクドナルドに吸い込まれていった。

さっきホテル前で奴を待っている間、三ヵ所も蚊に食われた。そんなことはつゆ知らず、あの男は嬢とアレやらナニやらコレやらやっていたのだ。よい金曜の夜を過ごせたようで何よりだ。

しかし彼はいつか、そう遠くないうちに、死ぬ。

その晩、眠る前、いつか見たそのドキュメンタリー番組のことを、思い出せる限り思い出そうとしてみた。

まず見た時期。これは三十八歳の秋で間違いない。ということは、２０１６年。当時、曖昧な関係だった年上の女の家で見た覚えがはっきりある。

会社で具体的にどのようなハラスメントが行われていたのか、役者を使った再現VTRで紹介されていた。強制的に丸坊主にさせられて先輩社員から殴られたり、上司から執拗に暴言を浴びせられたりする場面があった気がするけれど、俺自身の体験とごちゃまぜになっているかもしれない。

自死を決意する直接的なきっかけとなったのは、上司になんらかの約束を反故にされたこととされていた。昇進とか、昇給とか、そんなようなことだった。

母親がテーブルに彼の写真や持ち物を並べて、思い出を語る場面もあった。その中でも当時、最も俺の心を揺さぶったのは、彼の手帳に残されていた言葉だった。

上司に対するものと思われる悪口や、「つらい」「しにたい」などという当時の心情を表した言葉が、メモページに乱暴に書きなぐられていた。中でも一番多く書き込まれていたのが、「にげたい」という言葉だった。

えんぴつかシャープペンシルで乱雑に、大小さまざまに。重なった文字がにじんでしまいほとんど読み取れず、幾何学模様のようになっていた。

「会社をやめるだけで逃げられたのに、なぜ人生から逃げてしまったのか」

母親はそう語っていた。

一番肝心の亡くなった時期ははっきりとは思い出せないけれど、入社して一年未満だったのは確かだ。

「入社後、一年未満で死に追いやられた」

そのフレーズが番組内で、繰り返し強調されていたから。


次に川藤を見かけたのは、約二週間後の九月はじめのことだった。

昼過ぎ、飯を食いに行くために乗ったエレベーターで、またしても偶然、彼と乗り合わせた。今回、川藤は俺やほかの乗客とともに、二階で降りた。俺はすぐに背後から彼に声をかけた。こんなときのために、ずっと考えていたセリフを口にした。

「君、『青空』のメンバーだったよね？」

それは、彼が学生時代に所属していたバンド名だった。

彼は俺の胸元の社員証をチラッと見て、目をわずかに見開いた。

「あ、そうですけど……」

「甥っ子の大学の学園祭にいったときにさ、ステージで君たちを見たんだよ。コンテストで優勝してたよね？」

何もかも嘘っぱちだった。バンド名も学園祭のコンテストのこともフェイスブックで知った。

「君たち、スリーピースですごくかっこよかったのを覚えてるよ」

川藤は明らかに怪しんでいたけれど、俺のその言葉には、素直に表情をほころばせた。

「よかったら一緒に昼飯どう？　おごるからさ」と俺は誘った。川藤は戸惑いつつも了承した。彼のリクエストで、隣のオフィスビル一階にあるマクドナルドにいった。ハンバーガーが何よりもの好物らしい。

二人で窓際のカウンター席に並んで座る。窓からは駅前の景色が見下ろせた。川藤はバンド時代の話をしたいようだったけれど、俺はさりげなく仕事の話題を振った。

「俺、めっちゃ無能なんすよー。大学でも何もやってこなかったですし。本当は観光業界とかがいいなーって漠然と思ってたんですけどね。なんせリーマンショックのせいで、採用数少なくて。ここしか受かりませんでした」

川藤は中学生みたいにあどけない笑顔を浮かべながら、おどけた口調で話した。

「入社前はＩＴの知識がなくても、社内研修で手厚くサポートしますって言われてたんだけどなあ。実際やってみたら研修はレベル高すぎて、いやマジで、俺やべえって絶望しました。ついていけない奴はひたすら十キロ走とかやらされるんですよ。マジきついっす。実際、同期の半分もうやめました」

「今はどんな仕事してるの？」

「今は……待機中です」

川藤はそう言い、俺はハッとした。業務改善トレーニングの前に、数日の待機期間があると聞いたことがある。ということは……。

「ハメられたんすよ」

俺の表情を見て、川藤は小さくつぶやいた。

「何日か前まで、クライアント先に常駐してたんです。そこで、深夜の作業中に飲食していたところを先輩に見つかっちゃって……。飲食っていっても、フリスクを一粒二粒、口に入れただけなんすよ。でもそれだけで、荷物まとめて帰れってキレられて。次の日会社いったら、始末書書かされました」

「ハメられたっていうのはどういうこと？」

「俺らの働きが、所属のリーダーの査定に直結するらしいんですよ。だから使えない奴認定されたら、ハメられて蹴落とされるんです。フリスクなんか口実ですよ。そもそも俺、入社したときから、リーダーにもそのちくった先輩にも目の敵にされてたんです。俺、身長が大きいほうじゃないですか。デカい奴はその二人に絶対嫌われるらしいんですよね。向こうは二人とも百六十センチぐらいなんで」

なんというセコい男たちだ。俺は言葉もなかった。

「でも、俺だけじゃないから。みんな同じようなもんです。別のチームの同期は派遣先で私語が多いって因縁つけられて、今、トレーニング中です。今日はリーダーの命令で原宿いってます。女子高生をナンパして一緒にプリクラ撮ってこいって命令らしいです。コミュニケーション能力が低すぎるから、鍛えてこいって……」

「そんな職場、むちゃくちゃじゃないか。はやくやめろよ」

俺は思わず大きな声を出してしまった。川藤は一瞬目を丸くして、それからプッと吹き出した。

「そんな職場って、自分の会社でもあるのに。でも鶴丸さんはプロモ事業部だから俺らとは全然違うのか。花形だし、鶴丸さんは社内の有名人ですもんね。結果も出しまくってて、俺とはレベルが違う」

「いや……」

「俺、今の会社に受かったとき、マジ嬉しかったんですよ。だって、なんだかんだ有名企業じゃないですか。友達とかにもうらやましがられたし、内定出た途端、すり寄ってきた女子もいましたよ。だから、やめたくないっすよ。もったいないです。やめたらもう次はないです。負け組確定っすよ」

「そう考えてしまうのはわかるけど、案外そうでもないよ? もっと視野を広く持って……」

「就活のとき、身にしみて思いました」川藤は俺をさえぎるように言った。「若いうちから努力をしてこなかった奴には、それ相応の仕事しか与えられないんだって。人がやりたくないこと。体力的にきついこと。当たり前ですよね。はやい人は、子供のときから気づいている。あーあ、才能なんかないんだから、バンドなんてさっさとやめて、英語とか勉強しておけばよかったなー」

俺も昔、全く同じことを考えていた。学生時代に努力してこなかった人間に、まともな仕事を与えるほど社会は甘くない、と。就職試験で落とされれば落とされるほど、その思いは強くなった。

だから、やっと正社員として雇ってもらえたとき、そこにどれだけ理不尽なルールが横行していようと、耐えて働き続けなければならないと思い込んだ。やめたら自分みたいな奴は、もう何もなくなってしまうから。そう、負け組確定だ。

「でも別の仲のいい先輩が言うには、俺にはまだチャンスがあるらしいんです」川藤は言った。「うちのリーダーが『なんだかんだ、あいつは根性ありそうだから、まだ使える』って言ってたって。とにかく資格をとったら評価されるらしいんで、今、必死で家で勉強してます」

そう言う彼の表情や口調は、あくまで明るかった。事態を正確に把握できていないのか。針の穴ほどのわずかな希望に、本気ですがっているのか。

「いやあ、それにしても、ビッグマック久々食ったけど、うまいっすね。マックはやっぱこれが一番ですよ」

そう言って無邪気にハンバーガーにかじりつく様子は、まるで食べ盛りの小学生男子のようだった。口の端からレタスがぽろぽろこぼれる。

「マジうめえ。マジで、マジでうめえっす」

ふいに、あのドキュメンタリー番組で見た、彼の子供時代の写真が脳裏をよぎる。同時に俺は、呼吸がしづらくなった。

読売ジャイアンツのキャップを斜めにかぶり、ビッグマックらしきハンバーガーにかじりつきながら、おどけた顔を作る小学生の頃の川藤。隣には彼とうり二つの弟もいた。十数年後にこの少年が自ら命を絶つなんて、とても信じられなかった。

「え、ちょっと、鶴丸さんどうしたんですか？」

気づいたときには、涙と鼻水があふれていた。平常心を保とうとしても、顔が勝手に歪んでしまう。恥ずかしくて思わず彼に背を向けた。

深呼吸を繰り返して、気持ちを落ち着ける。しばらくして、再び川藤に向き直った。

しかし、その眉間にレタスの切れ端がちょこんとついているのを見て（なんでそんなところにつくんだよ……）、またしてもあっけなく鼻水が噴き出た。

「大丈夫っすか、鶴丸さん。何か悩みがあるんですか？　仕事が辛いんですか？」

「いや……」

「もし何か辛いことあるんだったら、俺、いつでも話、聞きますんで」

「うん、ありがとう」

「いえ……」

「なあ、君、死ぬなよ」

「えっ、突然なんですか」

「とにかく、一日でもはやく会社をやめなさい」

「いやですよ」

川藤はハハハッと軽く笑って、ナゲットを二ついっぺんに口に入れた。

昼休憩から戻る前に、川藤と連絡先を交換した。それ以降、俺はマメに連絡し、ときどき飲みに誘うようになった。会うたびに、ときにさりげなく、ときに率直に退職を促した。

彼は一笑に付すときもあれば、黙って最後まで話を聞いてくれるときもあった。俺は勝手に求人情報を調べて、良さそうな企業をみつくろって彼に提案したりもした。大手の旅行会社が第二新卒を募集している情報を見つけたときは、興奮が収まらず深夜三時すぎに電話してしまった。

しかし、川藤からの返事は常に芳しくなく、やがて、飲みの誘いもかわされがちになり、メールもときどき無視されるようになった。

十月になった。川藤が入社して半年。俺の知る限りでは、先月からずっと、川藤は自席で待機させられている。俺はときどき本人の迷惑も顧みず、彼の部署まで様子を見に行くようになった。大抵いつも、自席にじっと座って、友達作りに苦慮する転校生みたいに、まわりを不安げな顔で見ているだけだった。

ところがその月の半ば、ずっと無視されていたメールに、川藤から久しぶりの返信があった。

クライアント先に派遣されることになりました！　鶴丸さんと親しくしていることをリーダーにそれとなく言ったおかげかもしれません！　マジありがとうございます！

そんなこともあるのか、と驚いた。もしかすると、と思う。今、少しずついい流れがきているのかもしれない。そう、俺との出会いが多少の影響を及ぼし、このまま何もなくても、彼が自死する未来を回避できるのかもしれない。

十一月、俺は北海道のいくつかの市町村を回る長期出張に出ることになった。出張中、川藤にはマメにメールした。忙しいのか、返信はまちまちだった。

少なくとも、来年の一月まではクライアント先に常駐する予定らしい。とりあえず、年内は心配する必要なしとみていいだろうと思った。

十二月のはじめに出張から戻ると間もなく、広告営業部との新しいプロジェクトが立ち上がった。

二つのプロジェクトを同時進行するのははじめてだった。ここで結果を出せば、間違いなく大きなステップになる。人生でかつてないほど忙しく、飯を食べ損ねる日も少なくなかった。そのせいで、川藤のことを忘れがちになった。メールの頻度も少し落ちた。今はクライアント先に派遣されているのだし、早急に対策をうつ状況ではないから大丈夫、というのは言い訳で、俺は、自分の仕事に集中したかっただけなのだ。

そんな年の瀬も押し迫ったある日、午後十一時過ぎまで続いた会議がやっと終わって廊下を歩いていると、背後から「雑巾絞りもまともにできねぇのかカスが」と言って笑う声が聞こえた。

またグルメサイト営業部の誰かが新人でもいびっているのかとちらっと確かめると、汚水のしたたる雑巾を片手に、廊下の壁に背をぴたりとくっつけて立つ川藤の姿があった。

「やめないって言ってるじゃないっすかー」

翌日の昼、いつものマクドナルドで川藤は言った。眼球が赤くにじんでいる。しかし、顔つきはいつも以上にへらへらしていた。

彼は十月下旬に、ある小売メーカーに派遣された。数週間ほどしたある日の深夜の作業中、同期と私語をしているのを先輩に見咎められた。その後、なぜか川藤だけトレーニング行きになった。

どうやら俺が長期出張に出て間もなくのうちに、トレーニング行きになっていたようだ。三日間のトレーニング後の処分は、三カ月という期限付きでのグルメサイト営業部への異動だった。

三カ月以内にIT部門のリーダーが提示する売り上げ目標を達成できたら、元の業務に戻れる、という話になっているらしい。達成できなければ、時給八百円の契約社員か、自主退職のどちらか。

営業部では丸一日飛び込み営業をして、帰社すると成果を先輩やリーダーに報告する。契約をとってきてもとってこなくても、一時間以上は叱責されるという。またその合間に、IT部門のリーダーによるトレーニングも受けなければならない。さらになぜか男子トイレの清掃も義務づけられていた。しかも素手。川藤は完全に退職への道に追い込まれていた。

「いや、マジきついっす。やばいっすよね。へへへっ。便器を素手で掃除って、もうこれ懲役じゃねーか、みたいな、マジで。やってて自分でも笑えてきます」

川藤はへへっ、へへっと笑い続ける。俺は涙が出そうになるのを、歯を食いしばってこらえた。

家電量販店で働いていた頃、自分が受けている暴力、あるいは自分がふるっている暴力を、俺は笑いながら飲み友達に聞かせていた。出勤して五秒以内に丸刈りにされた後輩の昼飯にゴキブリを入れた。友達はみんなげらげら笑ってくれた。もはや俺の中で、それらはすべからない話と化していた。笑ってもらえると、ほっと心が安らいだのだ。お前やべえよ、頭おかしいよ、などと言われると、救われたような気持ちになった。家に帰ると同棲相手が、心配がって真実を聞き出そうとする。それが死ぬほど苦痛で仕方がなかった。バカにするなと殴りそうになったことさえある。

俺はどうしてやればいいのだろうか。一緒に笑ってやるべきなのか?

「やめる必要なんかないっすよ。マジでマジで、マージで。俺、営業成績、絶対達成できますから。飛び込みの営業なんて、ITの仕事みたいに知識やスキルが必要なわけでもないし。余裕っすよ」

「本当に元の部署に戻れるのか?」と言いそうになって、口をつぐんだ。ドキュメンタリー番組で語られていた、彼が自死する直接的なきっかけになった出来事。上司に約束を反故にされたこと。ITの仕事に戻れるという話が、全くのでたらめだったと気づいて……ということだったんじゃないか?

「そもそも、お前、元の部署になんか戻りたいのか?」代わりに俺はそう聞いた。「戻ったって、また同じことを繰り返すだけだぞ。こんな会社にいたって……」

「だーかーらー、やめたくないんですよー。何度も言わせないでくださいよー。俺、この会社でまだ何にもやれてないんです。三ヵ月以内に目標達成できますから、気長に見守っててくださいよ。とにかく今は結果を出さないと。このまま何の結果も出せなかったら、俺なんてなんの価値もないですよ。もしやめるとしても、ちゃんと社員として、会社に利益をもたらせるようになってからやめたいんです。このままじゃ、ヤバイです。結果出さなきゃ。今は文句を言う資格もないんです」

「本当にそう思ってるのか？　誰かにそう言われて、思い込まされているだけじゃないのか？」

「思ってます。とにかくやめたくないし、元の部署に戻りたいです」

川藤のあまりのかたくなさに、いけないとわかりつつも感情が高ぶり、俺は思わず「あのさあ」と声を荒らげた。

「君のやらされていることは異常だよ。あきらかな人権侵害だよ。わかってくれよ、なあ、もうやめよう、こんな会社。やめるべきだ」

「やめません」

「今まで何度も言っただろ？　会社をやめることは逃げることと同義じゃないし、逃げることは負けることでもないんだ。この会社はまともじゃない。何もかもおかしい。そんなところで頑張って何になる？　それよりも……」

「そういうことは、鶴丸さんみたいな、ちゃんと結果を出している人にのみ、言う資格があるんです」

俺は何も言えなくなった。そのとき、はじめて川藤が俺の目をまともに見た。そこには、はっきりとした失望が浮かんでいた。

その日以降も川藤は俺の前で弱音を吐こうとせず、会うといつもへらへらしていた。ただ「家に帰りたくない」とよく言うようになった。川藤は今も実家で暮らしている。だから、週に三度ほど俺のマンションに泊まらせるようになった。

会社の話をすると雰囲気が悪くなるから、あまりしない。川藤は音楽の話もしたがらない。代わりによくするのは、お笑い芸人の話だった。川藤はbaseよしもと時代から大阪に頻繁に通うほど千鳥のファンで、ラストイヤーだった今年も含め、M-1グランプリの決勝進出を三年連続で逃したことに、苦汁を飲む思いでいた。あと七年か八年生き続ければ、東京での彼らの輝かしい活躍を目にすることができるのに、と思うと俺は涙が出てくる。俺は千鳥の話が出るたび泣いてしまう。そんな俺の胸中もつゆしらず、川藤は「鶴丸さん、きもいっす」などと言うのだった。

やがて年が明けて、ついに2011年になった。年末年始の休暇中に、俺はあるアイディアを思いつき、休み明けにすぐに実行に移した。

川藤は子供みたいに、窓に額をくっつけるようにして外の景色を眺めている。その背中に向かって、「大宮から仙台ってあっという間だよな」と声をかけてみた。無視された。東京駅で落ち合ってからずっと、彼は不機嫌だった。

今回の東北出張に、サポート役になる社員を一人貸してほしい、とグルメサイト営業部のリーダーに申し出たところ、あっさり了承をもらえた。最近、プロモーション事業部内で出張中のセクハラ事案が頻発していて、問題になっていた。うちのチームには俺以外、若い女性しかいない。よって、俺の依頼はきわめて妥当なものとして受け入れられた。川藤を指名したことにも、とくに難癖をつけられることはなかった。

反対したのは川藤本人だった。出張の期間中、外回りができず営業成績に悪影響を及ぼすことを心配したのだ。今回の出張で何らかの成果が得られたら、川藤の評価に反映させるよう掛け合う、と約束してなんとか納得させた。

その後で、もしかして約束を反故にした上司というのは俺のことなんじゃないかと思い至り、小便ちびりそうになった。

そういう恐ろしいことは、考えないことにする。

今回の東北出張の期間は五日間。以前から取り組んでいる観光プロジェクトにおいて、東北地方の各自治体と協力して、夏に楽しむレジャーとグルメの企画を立ち上げたところだった。今回は自治体の担当者と話を詰めたり、企画に合いそうな飲食店やレジャー施設を回ったりするのが主な目的だった。

俺はひそかに三月の震災を見越して、震災以降にボランティアやチャリティーなどのオプション企画を盛り込もうと勝手に目論んでいる。また、各地をまわって誰かと話をするたびに、津波に気をつけるよう言い添えようと思っていた。俺にできることなんてその程度だ、などと心の中で言い訳をしながら。

しかし今回の一番の目的は、〝松島町のマイケル〟に川藤を会わせることだった。

マイケルは観光協会で契約社員として働いている。今回の観光プロジェクトの発足当時から携わってくれている彼とは、出張のたびに酒を汲みかわす仲だった。今回はこちらのスケジュールの都合で日暮れ前に松島をたつ必要があったので、観光協会での打ち合わせのあと、近くのカフェに移動して話をさせてもらうことになっていた。

海が見渡せる居心地のいい明るい店だった。窓際のソファ席に座った川藤は、最近めったに見ないほどリラックスした表情でアイスコーヒーをちびちびすすっている。うっすら白い雪をかぶった松島の景色を眺めて、「リアル絵葉書じゃないっすか！」と一人で笑っていた。

不機嫌だったのは初日だけだった。久しぶりの旅がいいリフレッシュになったようだ。

観光業界で働きたかったというだけあって、各地域をまわるたび、その土地の名産品や観光名所に強い関心を持ってくれることが、俺は素直に嬉しかった。それに、どこへいっても彼は可愛がってもらえる。とくに、漁協とか道の駅なんかにいるベテラン女性従業員にめっぽう強かった。俺もそのあたりは得意とするジャンルなので、二人でいくと食べきれないほどの試食品を出されたり、大量の土産物を渡されたりした。

「ねえこれ見て、この首の跡。これね、自分で首つろうとして失敗した跡」

三人そろって注文したチーズケーキが運ばれてすぐ、マイケルが真顔で首を突き出して言った。川藤が心を閉ざしてしまわないよう、なるべく自然な流れで話してほしいとあらかじめ頼んでおいたのに、極めて不自然かつ不気味な切り出し方に、俺は心底落胆した。そもそもマイケルは身長百九十センチ体重五十五キロ、逆三角形の顔面に長すぎる手足を持つカマキリ人間で、存在しているだけですでに若干不気味なのだ。

マイケルは俺の二歳上で、だから当然、氷河期ど真ん中世代だ。しかし俺とは違い、国立大学院卒の理系エリートである彼は、氷河期の喉の奥さえ焼けそうなほど冷えきった空気を吸うこともなく、活動のごく初期に大手電機メーカーの内定を得た。

入社して、最初に配属されたのは地方にある研究所だった。入社二カ月目には残業時間が月百時間を超え、夏にはうつ病と診断された。二週間休職し復帰すると、同じ研究所内の別の部署に配置転換された。残業時間は変わらず、それにくわえて、新しい上司からのパワハラがはじまった。

「正直、何があったか、ほとんど記憶がないんだよね」と、マイケルは言った。「なにせほとんど眠れていなくて。休みもないし。あったとしても、眠れないし。ただ、毎日上司から長時間叱責されて、そのたびに大量の鼻血を出していたことは覚えてる。会社をやめてしばらくたってから気づいたよ。自分の持ち物のほとんどが自分の血で汚れてた」

最初の自殺未遂は、一年目の終わりだった。社員寮の部屋のドアノブにネクタイをひっかけて首をつろうとした。幸い、部屋に様子を見にきた同僚に発見されて一命をとりとめた。首にある跡はそのときについたものだった。二度目はそれから二年半後。衝動的に研究所の最上階から身を投げたのだった。両脚や腰などを骨折、全治半年のケガを負った。

「四年近くもあの会社にいたなんて、今考えたらとても信じられない。もっとはやくやめるべきだった。でも当時は、やめるなんてこと、一秒も考えなかったんだよね」マイケルは言った。「あんなケガをしたあとでも、会社に迷惑をかけたことがひたすら申し訳なくて、一日でもはやく復帰することばかり考えてたよ。休んでいる間に、どんどん仕事がたまっていってしまう。そういう考えがとまらなくて、狂いそうなほど怖かった。でも俺の入院中に、一つ上の先輩が本当に命を絶ってしまった。それで考えが変わった」

そこまで言って、マイケルは黙った。俺はちらっと川藤を見た。うつむいて、もう溶けた氷しかないグラスの中身を、細いストローですすっている。

「俺がいなくなったあと、その先輩がターゲットにされたんだよ。俺と同じようなことを言われたりされたりしていたようだったけど、一つ違ったのは、毎日、素手で便器を掃除させられてたこと。そのトイレで、首をつったんだ」

俺はまた川藤を見た。無反応だった。

「そういうことに耐えていると、いつかくる。絶対くるんだ。逃げたい。休みたい。死んだら逃げられるんじゃないかって思うときが。はじめは小さな声。すぐにかき消せる。でもだんだん、その声が大きくなって、どうやっても消せなくなる。君はどう？　もしも……」

「いや全然ないっす」

川藤は即答した。

「マイケルさんってなんでマイケルっていわれるんですか?」

通路を挟んだ隣のシートに座った川藤が言った。俺は遊覧船の窓から、午後の光を反射する海面と、白い粉砂糖をまぶされたケーキみたいな島々を眺めている。松島海岸駅からの電車は本数が少ないので、いっそ遊覧船で塩釜までいってしまったほうが、帰りがスムーズだとマイケルが教えてくれた。

「わからない。とにかく、最初に会ったときにマイケルですって自己紹介された。このへんの人はみんなマイケルって呼んでいるらしい」

乗客は俺たちだけだった。平日でも観光客はたくさんいたけれど、人気なのは松島を出て松島まで戻ってくる周遊コースのほうだった。

マイケルは電機メーカーを退職した後、十年近く実家の自室に引きこもっていた。それから唐突に家出して、親戚を頼って松島にきた。

しばらくはアルバイトでその日暮らしをしていたらしい。数年前、現地でできた知人のつてで今の仕事に就いた。もちろん、非正規だから稼ぎは少ない。安アパートで一人きりで暮らしている。金がなくても、命のほうが大事だ、と彼は言う。

別れ際「俺、失敗しちゃったんじゃない?」とマイケルは心配そうに言っていた。彼の話は間違いなく川藤の心に響くはずだと、相当の自信を持って俺はこの出張に臨んでいた。今は、わからない。川藤の表情からは何も読み取れない。

川藤が何か言った。エンジン音でよく聞こえないので、すぐ隣に移動した。川藤はあからさまに不愉快そうな顔になった。

「え？　なんて？」

「あの人、とってつけたようなことを言ってたなって」

「何が？」

「今が一番幸せだ、とか。はやく逃げたほうがトラウマは残らない、とか。俺、トラウマとかすぐ言う奴、大嫌いなんすよ」

ぺっとガムを吐き出すような口調。その、自分が吐き捨てた言葉をさげすむように、じっと足下を見ている。

「俺はあんなに弱い人間じゃない。負け犬でもない。逃げません。いつか全員見返してやります」

「お前さ」と俺は思わず声を荒らげた。「せっかくお前のためにマイケルは話してくれたんだぞ。彼だって、完全に傷が癒えたわけじゃない。それを負け犬なんて……」

「別に俺は何も頼んでません」

川藤は窓のほうへ顔を背けて、きっぱりと言った。相変わらずのかたくなさに、俺はますますイラついた。

「なあ、もっと客観的に物事を見ろよ。今の会社にこだわる必要あるのか？　たとえ元の部署に戻れたとして、その仕事にお前は向いているのか？　向いていないことにこだわり続けても、時間の無駄……」

「鶴丸さんは、ずっと変わりませんね」

川藤は言い、ちらっと俺を見る。その目に浮かんでいたのは、軽蔑だった。

「俺をずっとバカにしている。俺の話なんて、聞く価値のないものだと思ってる」

「そんなわけないだろう！」

「バカにしています。心底バカにしている。俺のことを何にもできない役立たずの無能だと思ってる。下に見てる。はっきり言って不愉快です。頼みますから、もう俺にかかわらないでください。迷惑です。もし今後も近づいてきたら、セクハラされたって訴えます」

「セクハラ!?」

「上、いってきます」

川藤は勢いよく立ち上がると、俺の脚をまたいで通路に出て、逃げるようにデッキへ続く階段をかけ上がっていった。

……俺は何かを間違えたのか？　何を？　全部か？　強引すぎたのか？　でも、じゃあどうすればよかったんだよ。いっそ俺は未来人だと告げるべきだったのか？　入社してもう間もなく一年だ。本当に時間がない。

そのとき、窓枠から何かがごとんと落ちた。拾い上げる。川藤の手帳だった。さっき、何かをこそこそと書きつけていた。

俺はまずそれを、奴が座っていたシートの上に置いた。

そして。最初に試してみたのは、念力だった。

手帳よ、開け！

もちろん何も起こらない。背後を確かめる。外はかなり寒い。風も相当強いはずだ。しかし、あの様子ではしばらくここへは戻ってこないだろう。

背後を警戒しつつ、そっと手帳を開いた。

カレンダーページにはこれといったことは書き込まれていなかった。どんどんめくってメモページにたどりつく。

息をのんだ。

そこには一ページ一ページにぎっしりと、悪口が書き込まれていた。

俺の。

俺の悪口が。

ツルマル、バカにしやがって。いちいちうるせえんだよ。コネ入社のくせにえばりくさってバカじゃねえの。しつけえんだよ。めーるしてくんな。うぜえ。バカにするな。あんなやつにバカにされたくない。絶対にまけない。みかえしてやる。オレのほうが正しかったってみとめさせてやる。

メモページの最後にたどり着く。そこにはえんぴつかシャープペンシルで「たたかいたい」という言葉が五つ、大小さまざまに書き込まれていた。

「あ」と俺は声を発した。

これは、あのドキュメンタリーで見た「にげたい」の言葉が書き込まれていたのと同じページじゃないか？　いくつも同じような言葉が書き重ねられ、ほとんど判読不明だったけれど、数個の言葉がかろうじて「にげたい」と読めた。だからすべての言葉が「にげたい」だと誤読されてしまったのだ。

そうだ。それは間違いだ。ここには最初「たたかいたい」と書かれていたのだ。それがいつしかたくさんの「にげたい」に覆い隠されてしまった。そういうことだったのだ。

俺の話なんて、聞く価値がないものと思ってる。

さっきの川藤の言葉が脳裏によみがえる。その気持ちを、俺は十分理解しているつもりだった。社会で何の役にも立っていない自分の言葉に、耳を傾ける者は誰もいない、という果てしない悲しみ。結果。結果が全て。結果が出せない会社員に、文句をいう資格など一切ないという底のない絶望。

結果を出せない奴には価値がない、という声は、この先の社会の中でますます大きくなっていく。そのことを、俺は知っている。その俺が、今、川藤に伝えるべきことはなんだ？　考えろ、それは、何だ？

手帳をシートに置き、立ち上がる。階段をつたってデッキにあがる。川藤はデッキの先頭部分でびゅんびゅんと風に当たられながら海を見ていた。今にも洗濯物みたいにとばされそうだった。

やがて俺に気づいて、ちらっと振り返った。すぐにまた前を向いた。俺は彼に近づいていき、「たたかおう」と言った。

風の音が強すぎて、聞こえなかったようだ。

「会社とたたかおう」と俺はできる限り精いっぱい、大声を張りあげた。

「え?」と川藤が振り返った。

「一緒にたたかおう。俺たちはたたかえる。結果を出しているとか出していないとか、そんなことは関係ない。理不尽な目にあったら、誰だって文句を言っていいんだ。誰でも抗議できて当然なんだ」

川藤は詐欺師でも見るような目で俺を見ていた。塩釜方面からのびる西日が、死ぬほどまぶしかった。

「でも、今のお前のたたかい方は間違ってる。そんなやり方じゃ通じない」

「は?」

「会社を訴えよう」

川藤は小さく息を吐いて、また海を見た。まだ俺に失望し続けているような顔だった。

それから三日後、会社帰りの川藤を凜子と一緒に待ち伏せして、強引に俺のマンションへ連れて行った。そして、会社を訴えることについて、凜子の労務に関する専門的な知識を活用しながら、川藤にプレゼンした。要はパワハラ訴訟をおこすということだ。

川藤は全く、これっぽちも関心がなさそうだった。しかし、凜子の「会社に文句を言うなんてただの甘えだって思ってるでしょ。でもわたしに言わせれば、従業員を酷使しないと経営を成り立たせられない会社のほうが甘えてるんだよ」という言葉には、少し心を揺さぶられたようだった。

訴訟にはとにかく証拠が大事だ、と凜子は繰り返した。会社でされたことの一つ一つを記録に残してほしいと訴えた。川藤は「鶴丸さんも一緒に会社をやめてくれるならやりますけど」と言ったあと、「あ、やっぱりいいです」とつぶやき、それきり口をつぐんだ。本当に、それから始発で帰るまで、一言も話さなかった。

「もう余計なことはしないほうがいいと思うよ」という凜子の言葉に従い、その後、俺は川藤への接触を控えた。本当は心配でたまらなかった。一方で、自分の余計な行動が引き金になるのが怖くて、だんだん川藤について考えることからも、逃げがちになった。

そのまま月日は流れる。ついに、2011年三月十一日を迎えた。俺はなすすべもなく、仕事を休んで家にいた。夜勤明けの凜子もきた。二人並んでソファに座って、ずっとNHKを見ていた。2ちゃんねるに予言書き込みをするかどうか、少し前に二人で相談して、しないと決めてあった。どうせまともにとりあってもらえないし、後々誰が書き込んだのか追われても嫌だ。

しかし、何も起こらなかった。

そのまま一晩中起きていたけれど、これといった異変は一切なかった。凜子は深夜二時過ぎに「もし揺れたら起こして」とつぶやいてついに眠りに落ちた。明け方、うとうとしかけたとき、ピンポーンとインターホンが鳴った。

ドアを開けると、Tシャツ短パン姿で坊主頭の川藤がいた。

「外見のクセがすごい」

「え？」

「いや、なんでも……」

川藤がここ一週間ほど、このトンチキな服装での出社を命じられていることを俺は知っていた。結局、前の部署には戻れなかったことも。髪は社内で刈られたことも。

川藤は以前より大分やせていた。目はさらに充血し、近づくとほんのりと納豆の匂いがした。外はまだ暗い。ここにたどり着く前に、間違いなく最低一度は職質を受けたことだろう。

川藤が無言のまま、何かを差し出した。ICレコーダーだった。

「今日、やっと『死ね』って言われました。これ、証拠になりますよね。俺、たたかえますよね？」

彼の赤い目からはなたれる強いまなざし。芯の通った強い声音。心が激しく震えた。

怖い、とすら思った。このとき俺ははじめて、俺こそが誰よりも、川藤のことをずっと舐めていたのだと自覚した。

社会で何の役にも立っていない、文句など口にする資格もない人間だと。俺は今の今まで、川藤はもうダメだとあきらめてしまっていた。

あまりの恐ろしさに、次第にがくがく体が揺れ出した。思わず川藤にしがみついた。その肩と腕は氷のように冷たく、骨ばっていて、今にも死にそうな人間の体つきだと思った。

でも違った。

俺の体を支えようと差し出されたその手の力は、信じがたいほどたくましかった。「地震です」と彼は言った。「やばい、めっちゃ地震です。超地震です」

超地震ですってなんだよと俺は思った。やっぱりこいつは舐めてかかってちょうどいいやつなのか?

そのとき、部屋の中から何かが倒れる音がした。ついで凜子の甲高い叫び声が聞こえた。

2013年　5月（二回目）

「よし、俺はもうここで全部売る！　これ以上はあがらない！　おりゃー！」

次の瞬間、つるちゃんがついに、所有していたガンホー株全て、指値で売り注文を出した。すぐに約定した。

「うわー！」

「おりゃー！！」

あまりの興奮に、わたしたちは床に転がってわけのわからない声をあげながら大騒ぎするしかなかった。しばらくしてどちらからともなく「ちょっと落ち着こう」と言い合い、一緒に深呼吸した後、もう一度、つるちゃんの買ったばかりのマックブックエアー（13インチモデル）のモニターを見た。

「……で、わたしたち、いくら儲かったの？」

「えーと……だいたい三千万だな」

「え！　そんだけ⁉　だって、ガンホー株で一億円儲けた人もいるって聞いたよ？」

「そりゃ、より安い時期に仕込めた人だよ。俺らは遅かった。凜ちゃんがもっとはやく言ってくれたらよかったのに」

「そんなあ」

そう、それは、去年の秋のこと。つるちゃん家のトイレで用を足しているとき、脳裏に唐突に、「パズドラ」の言葉がひらめいたのだ。

「ねえ、パズドラってゲームあったよね？　最近流行ってない？」

トイレを出てすぐ、わたしはつるちゃんにそう言った。

「よく知らないんだけど、株がすごく高騰したって話なかったっけ？　もしかしてもう持ってる？」

その途端、つるちゃんの目の色が変わった。そして、彼は何か恐ろしい事実に気づいたかのように声をふるわせて「忘れてた」とつぶやいた。

「何を」

「ガンホーだ！」

そう叫ぶなり、つるちゃんはそのとき使用していたマックブックエアー（11インチモデル）にとびつき、証券会社のサイトを開いた。あれから数カ月。わたしはすっかり一億円儲けるつもりでいた。

前場が終わった後、つるちゃんがものの五分で作ってくれたチキンラーメンそばめし

(材料はチキンラーメンとご飯と卵と、ほんのちょっとの鶏ガラスープの素。それだけ。それだけだけど、抜群にうまい)を食べながら、わたしは逃した七千万円に思いをはせた。

「ねえ、売ったの早かったんじゃない？　午後にもっとあがるんじゃない？　明日は？　もう一回買えば？　三千万じゃ全然遊んで暮らせないよ？」

「ガンホー株で儲けた人もいるけど、損した人はもっといるんだ。ここで手じまいしたほうがいい。俺の第六感がそう言っている」

「今までの成績からいったら、その第六感、全然あてになんないんじゃないの？」

「うるさいだまれ」

「お前こそだまれ」

「あーやだやだ。せっかく俺は有り金全部つっこんだのに。そっちはどうせ貯金のごく一部だけだろ」

毎度のごとくあっという間に平らげたつるちゃんは、ごろーんとあおむけに寝転がった。

「凜ちゃん、午後から仕事なんだっけ？　俺は何しよっかなあ。パズドラでもするかなあ」

つるちゃんが前の会社をやめて、もう間もなく一年になる。池袋のオシャレなマンションを引き払い、再び北池袋に戻ってきてからも、約一年。

「そういえば、川藤君、元気にやってるかなあ」

「元気なんじゃない？　公私ともに順調ってところだろ」

川藤君はあの後、外部の労働団体の協力を得て、あのIT企業をパワハラで訴えた。解決は思いのほかはやく、数ヵ月で百万円の和解金を得た。「さっさと首をつれ」「誰にも迷惑をかけないで死ぬ方法を考えろ」などといった暴言を録音した音源、暴行を受けた際にできたケガの写真と診断書だけでも十分証拠として有効だったけれど、なんと川藤君は秋葉原で仕入れた小型カメラを自分のバッグと洋服に仕込み、先輩社員に髪の毛をつかまれ引っ張り回されている姿を録画することに成功していた。

それは、見ているだけで動悸がしてくるようなおぞましい映像だった。あんなものがネットに流出したら大ごとだ。あれでしらばっくれる会社があったら、日本中から大バッシングを受けるだろう。

訴訟を終えた川藤君はさすがに疲れきってしまったようで、しばらくは失業保険をもらいながら休みたい、と話していた。和解金は両親に全額預けたという。ところがその後まもなく、訴訟についてのドキュメンタリー番組の取材依頼が舞い込んだ。担当ディレクターは、偶然にも彼の中学時代の同級生だった。放送は大反響を呼んだ上に、それが縁となり、川藤君はそのテレビ番組制作会社に契約社員として採用されることになった。

一方、つるちゃんは。

川藤君の訴訟に陰で協力していたと社内で噂されるようになってすぐ、グルメサイト営業部への異動辞令が出た。わたしと川藤君の「一日でもはやくやめろ」という忠告をつっぱねて三カ月耐えた結果、あるときから昼も夜も眠れなくなり、休職を余儀なくされた。

結局その後、自己都合で退職し、今は前にわたしも夜勤でやっていたインフラ会社のコールセンターに出戻り、遅番の時間帯のSVとして働いている。

コールセンターは女性が多い。年齢は二十代から定年間際の人まで幅があり、また、ワニのように気の強い人もいれば、ちょっとした注意で泣いてしまうような人もいる。だから当然、人間関係の小さなトラブルが発生しやすい。とくにあのインフラ会社のコールセンターはベテランの派閥争いが激しく、新人がなかなか定着しない職場だった。ところがつるちゃんがSVになった途端、トラブルが目に見えて減った。わたしは同僚として、しばらく観察して気づいた。つるちゃんは年齢や見た目にとらわれず、誰にでも平等に、本当にごくわずかの差もなく接するのだ。だから職場に平和がもたらされる。

もちろん、男性にも同じように接するし、もっというと、お客さんに対してもその平等さは変わらない。電話口で怒髪天を衝いている相手だろうが、何かトラブルにあってパニックに陥っている相手だろうが、態度が同じでブレがない。

それは努力してできることじゃない。本人は喜ばないだろうけれど、コールセンターのSVという仕事は、彼の天職だと思う。

ただ難点は、この国ではこの手の仕事のほとんどが非正規だということ、そのせいで賃金も地位も不当に低いということだ。

「川藤の奴、そういえばお笑い番組のADになったって前に嬉しそうに話してたな」

つるちゃんが寝転がったまま、爪楊枝でシーシーやりながらそう言った。

「人生、どこにどんなチャンスが転がってるか、わかんねえな」

本当にその通りだ。

人生、どこにどんなチャンスがあるかわからない。

あの震災の日、そう、わたしたちの記憶より十五時間も遅れて発生した地震（時間にズレはあったものの、災害規模はほとんど同じくらいだった）で、わたしはつるちゃん家の本棚の一番てっぺんから勢いよく落ちてきた『超訳　ニーチェの言葉』で後頭部をしたたか打ち（本当、なんでそんなの読んでるんだろ）、三針縫うケガをした。病院の救急科は大混雑で、診察まで三時間も待った。その待合室で偶然、富士子さんと再会した。

この思ってもみない再会が、わたしの二度目の人生の、新たな転機になった。

富士子さんとはさらにさかのぼること２００９年春、婚活パーティではじめて出会った。当時、わたしはちょうど二度目の三十歳を迎えたばかり。対して富士子さんは四十五歳。オーストラリア生まれの帰国子女で、職業はピアノ教師。腰までのストレートヘアーに足首までの超ロング丈ワンピースといういでたちの彼女は、いかにも行き遅れのお嬢様といった雰囲気をぷんぷんにまき散らしていて、男性の参加者たちからあからさまに避けられていた。

結果、彼女は誰ともカップルになれなかった。わたしは三十二歳の大手IT企業勤めの男性を第一希望にしたつもりが、番号を書きまちがえて五十歳の国家公務員の人とカップルになってしまい、パーティのあと、会場の出入口でこれから飲みにいこうとしつこく誘われるハメになった。そこへ富士子さんがさっそうと現れ、「ちょっと〜さっさと焼肉いくよ！　予約したって言ったでしょ〜」と友達のふりをして連れ出してくれたのだった。

その後、「せっかくだから」と二人で近くのホルモン焼き屋にいき、一杯三百円のビールでシマチョウやらマルチョウやらをたらふく食べた。酔っぱらいすぎて連絡先も交換できず、それどころか、わたしはどうやって帰宅したかも覚えていない。

そして、それから約二年がすぎた、２０１１年春。病院の待合室で再会した瞬間、富士子さんは両腕を大きく広げて天井を仰ぎ、「ついにきた！」と叫んだ。

「神様、ありがとう！　わたし、ずっと願い続けていたの。凜子ちゃんとまた会いたい、会わせてくださいって。強く願えば会えるはずだって信じてた。やったぁ！」

富士子さんは、二年前と全く変わっていなかった。長い髪はつややかで美しく、真っ赤なシルクのワンピースは、とても素敵でゴージャスだった。そして、やっぱり周囲から浮きに浮いていた。彼女はわたしの隣に座ると、一方的に自分の結婚ビジネスプランを語りはじめた。

「あの夜、ホルモン屋で凜子ちゃんが話してくれたことが忘れられなくて、ずっとずっと考えてたの。……え？　覚えてないの？　あんなに二人で熱く語り合ったのに？　まあいいわ。凜子ちゃんは、こんな話をしていたの。わたしたち女性が、結婚相手に求めるものとして、例えば年収七百万円以上とか正社員だとかいった条件をあげると、高望みだ、身の程を知れって言われるじゃない？　でも、まあ七百万はなくても、五百万程度の年収もない人が、こんなにもたくさんいる世の中のほうがおかしくない？　物価は上がり続けてるのに、手取り収入はここ数年全然上がってないのもおかしい」

富士子さんは以前と変わらず声が大きく、わたしは周囲が気になって話になかなか集中できなかった。

「晩婚化や少子化の原因は、女性の社会進出や高望みばかりがやり玉に挙げられる。結婚しないのも、子供を産まないのも何もかも女の勝手のせい。でも、氷河期世代からがくんと結婚率が下がっているわけだから、本当の原因は仕事にある。男女とも、まともな仕事につけないことが問題なのよ。そもそも、働く女性の半分以上が非正規なのに、何が社会進出よ？　ちゃんちゃらおかしいわ」

「いや、全くその通りですね」

「……ねえ、全部凜子ちゃんが前に言ってたことなんだけど？」

「あ、すみません」

「まあいいわ。だけど、そういうことを凜子ちゃんみたいにはっきり断言できる女性って、今まで一人も出会ったことがなかった。だってね、結婚できない女には、基本、発言権はないの。結婚できない時点で、一方的に説教されるしかない存在でしょ？　わたしたちは」

話を聞いているうちに、少しずつ記憶が鮮明になってきた。新橋のホルモン屋。キンキンに冷えたビールと、脂ののったマルチョウ。前の人生からたまりにたまった鬱憤。

「とくに女性はやむを得ず非正規で働いている人も多いわけだし、結婚相手に安定性を求めるのは当然よね。というか、〝結婚は安定した仕事についている男性としなければならない〟っていう、親世代からの呪縛にとらわれすぎている部分もあると思うの。でも、そういうのはもう古い。どちらかがどちらかに、経済的に、あるいは生活的によりかかるためにする結婚の時代はもう終わり。一人でも生きていける人間同士が、より充実した人生を送るために、助け合って営んでいくもの。本当にそうなっていけば、職業的な安定さを男性側だけに求める必要もなくなる。そんなふうに人々の認識、いや社会が変われば、結婚できない人も少なくなるんじゃないかなと考えるようになったの、わたしは。凜子ちゃんのおかげでね」

「そういったことをビジネスにつなげたいんですか？」

「そうね、あともう一つ。こっちのほうが大事」そう言って、富士子さんは顔の横で人差し指をたてた。「あのとき凜子ちゃん、言ってたでしょ？『かれこれ十年は婚活してるけど、こう断言せざるをえない。どう考えてもこの国にはまともな男が少なすぎる！』って。三十歳で十年は計算おかしいんじゃないって、当時も思ったんだけど」

「……そんなことわたし言いましたっけ？」

「言ったね。はっきり言った。素晴らしい、その通りって膝を一万回打ちたかった。わたしもそうなんじゃないかなって薄々思ってたわけよ。でも、それをはっきり認められなかったのは、自分がモテなくてひがんでるだけじゃないか、やっぱり高望みのしすぎなんじゃないか、なんて自分を疑っていたから。でも、そうなのよ、やっぱりどう考えてもそうなの。ろくな男がいない。変なやつばっかり！　男女交際という土俵に上がる資格のない男が、この国には多すぎ！」

さすがにここにきて、「ちょっと声のトーンを落としましょう」とわたしは注意せざるをえなかった。富士子さんは「あ、ごめん」と全然申し訳なくなさそうに言ったあと、ほとんど変わらない大きさの声で先を続けた。

「コミュニケーションしかり、身だしなみしかり。信じられないレベルの男が多すぎよ。例えば婚活パーティに参加者が男女それぞれ二十人ずつ集まったとしたら、様子がおかしい女はわたし一人ぐらいでも、男はひどいときだと十五人ぐらいいる！」

「いや……富士子さんは様子おかしくなんかなかったですよ」という自分の声は、明らかに弱々しかった。

「学生時代に女子から冷遇されて、そのまま同性とだけつるみ続けて、社会人になっても自分磨きを一切しないくせになぜか相手からのアプローチを待ち望んでて、それで気づけば四十前。そのときになって出会いの場にきたって、三十分のお茶デートさえ普通にできない。その上、まともな仕事に就いていなかったら、もう一生女性と接する機会さえないと思いこんで殻に閉じこもる。でも、そういう男性でも、本当はほんの少しの工夫で結果は違ったものになるはずなの。そのことをわたしたちはよく知ってるでしょ？」

あと少しの工夫。確かに、前の人生で婚活していたとき、もう少し身なりに気を使ってくれたら、もう少し積極的に話してくれたら、と思うことがよくあった。

「ねえ、一緒に結婚ビジネス、やってみない？　わたしたち、いいパートナーになれる気がするの」

そのとき、診察室から「桜井さーん」と呼ばれた。そこでいったん解散することにした（富士子さんは突然の胃痛で病院にきたらしいけれど、話しているうちに治ったらしく診察を受けなかった）。

夕方、再び我が家に集合し、富士子さんからビジネス展開についての具体的な説明を聞いた。資金は裕福な彼女の父親から出資してもらえそうだという。わたしは夜勤の仕事を続けたければ続けてもいいし、簡単な手伝いをするだけでもいいと言われた。

会社の起ち上げに一からかかわるなんて、これまで想像もしたことがなかった。正直、最初はあまり乗り気でもなかった。

けれど、富士子さんの「わたしはこのビジネスで、結婚できない人を結婚させることだけをゴールにしたくない。それよりも、婚活中の男女がお見合いの場、とくに初対面の場でがっかりしたり、イヤな目にあったりしたあげく、相手探しをあきらめてしまうという事態を何とかしたい。そうならないための手助けがしたいの」という言葉に、強く心を動かされた。

かつて結婚相談所に登録していた頃、初対面の場で不快な目にあう度、自尊心がけずられていくようだった。あの頃のわたしと同じような気持ちでいる女性を、一人でも減らす。そのための仕事。それなら、やってみてもいい、いやぜひやってみたいとわたしは思った。

それから。

今日に至るまでの日々は、前の人生も含めて、一番目まぐるしかったと思う。富士子さんはすぐに会社を起ち上げ、婚活パーティの主催などを手掛けるところからはじめた。最初にわたしに任ぜられたのは、SNSを活用して婚活コンサルタント・紅林富士子の知名度を高め、彼女をこの分野での第一人者にすること。

ブログ、ツイッター、インスタグラム、そしてYouTube、あらゆるツールを活用した。すぐに軌道に乗ったわけじゃなかった。ターゲットをしぼらず、さまざまな層に向けた記事や動画を作成したり、また富士子さんはタロット占いや引き寄せの法則にも精通しているので、そっち方面にも手を出してみたりと、半年間は試行錯誤が続いた。いわゆるはじめてのバズりは2011年の終わり。ずっとわたしたちの間で時期尚早だと温存していたテーマ「この国にろくな男がいない問題」というタイトルのブログ記事が、とある女性インフルエンサーにツイッターでとりあげられたことをきっかけに拡散された。

一方的に男性を責める内容ではなく、この国の労働問題に言及した点などが、好感をもって読まれたという感触があった(もちろん反発もあった)。その後も非正規職や低収入の男女、あるいは恋愛経験のない男女の婚活をテーマにしたブログ記事を続々と書いてアップし、また、そういった人たち向けの婚活セミナーを開催するようにもなった。

やがて、本の出版や講演依頼などが舞い込み、その特異なキャラクターのおかげもあって富士子さんはどんどん有名になっていった。それとともに、事業規模も拡大した。

わが社は今、富士子さんの執筆やメディア出演などの個人活動のマネジメント業務と、セミナーやマンツーマンでの相談を請け負う婚活コンサル業務、そして、婚活イベント主催や小規模な結婚紹介業などの結婚情報サービス業務の三本柱で成り立っている。将来的には婚活サイトの運営も視野に入れ、目下、鋭意準備中だ。

わたしは現在、副社長という肩書を与えられ、事務全般を担当しつつ、最近は婚活イベントの企画も任されている。まさに少し前のつるちゃんみたいに、月の半分は全国各地を忙しく飛びまわっているのだった。地方自治体の仕事をすることも多く、そういうときはつるちゃんをフリーのアドバイザーとして雇うこともある。

あわただしい日々の中、ときどきふっと我に返る。妙、としかいいようのない気分がこみあげて。

「信じられる?」とかつてのわたしに問いかけたくなるのだ。名古屋の出版社で卑猥なあだ名をつけられ、毎日絶望していた頃のわたしに。あるいは派遣先でほかの人たちといっしょくたに「派遣さん」と呼ばれ、名前まで失っていた頃のわたしに。それが今では「副社長」だ。

将来の不安が、ないわけじゃない。去年の秋頃までは夜勤も続けていた。富士子さんが何か問題を起こしたり、あるいは死んだりしたら、それだけでうちは一巻の終わり。

でも、今のわたしは、労働の対価を何者かにピンハネされることもなければ、突然、契約を切られて野に放り出されることもない。

自分の足で立って、生きている。

そういう実感を、はじめて持てたかもしれない。

「そういえば」というつるちゃんの声で、思い出から現実に戻る。

「宮城出張っていつだっけ」

わたしは手帳をめくって、日付を伝えた。

「あ、そう。最終日、余分に一泊して遊ばない？　いいよね？　マイケルに連絡するわ」

「マイケルって誰」

というわたしの問いかけをつるちゃんは無視して、どこかに電話をかけはじめた。

翌月下旬、わたしとつるちゃんは三泊四日の宮城出張へ出かけた。今回は県内のいくつかの自治体と協催する婚活パーティの打ち合わせや会場の下見などが、主な目的だった。

梅雨の晴れ間に、出張は上々に終わった。つるちゃんと一緒だと、どこへいっても話がスムーズに運ぶし、何より彼が前職で得た人脈が侮れない。今までどれほど、それに助けられてきたか。

三日目はつるちゃんの希望で松島町に移動し、一泊することになっていた。なんでも例のマイケルというつるちゃんの友人が、わざわざ休みをとって我々をアテンドしてくれるらしい。

夕方、そのマイケルが駅まで迎えにきてくれた。改札に佇む彼をはじめてみたとき、これはまさしくカマキリ人間だと思った。顔が逆三角で、体はガリガリ、手足が異様に長い。しかも頭は白髪がほったらかしにされ、服装は寝間着同然。生まれてから一度も彼女ができたことがないらしいけれど、さもありなんといった感じだった。

マイケルは地元料理がとてもおいしい居酒屋に連れていってくれた。彼の若い頃の壮絶な苦労話を聞いて、なんて気の毒なのだろうとわたしは酔いも手伝って号泣してしまった。

翌日、ホテルのロビーに九時に集合のはずが、なぜかつるちゃんは現れなかった。先にさっさとチェックアウトして（しょっちゅうお互いの家に泊まりにいっているのに、出張のときはなぜか別々に部屋をとる、なぜか）、日帰り温泉施設に一人でいってしまったらしい。やむを得ず、マイケルと二人きりで観光することになった。

のんびりしたい、というわたしのリクエストに応えて、マイケルはとてもゆったりした観光プランを練ってくれた。マイケルは子供のときから少女漫画を読むのが趣味だそうで、互いの好きな漫画の話で会話も弾んで、一日とても楽しかった。

「わたしたちって、ウマが合うのかも」と夕方、つるちゃんをピックアップするための車内で彼に言った。するとそれまで上機嫌でいくえみ綾の画力について語っていたはずのマイケルは、急にふてくされたような顔になり、それから一言も口をきかなかった。

やがてわたしたちは別れ、つるちゃんと一緒に東京への帰途に就いた。新幹線に乗り込むとすぐ、わたしはつるちゃんから買い取ったマックブックエアー（11インチモデル）を開いて、富士子さんのブログ記事を書きはじめた。

すぐに、マイケルからスマホにメールがきた。わたしは画面を握りしめたまま、しばし硬直した。

「……ねえ、つるちゃん。マイケルからメールきたんだけど」

「ん？　なんて？」

「わたしと、結婚を前提に付き合いたいって」

目を閉じ、今日のことを思い返してみる。彼の気遣い、楽しかった会話……。

「いいじゃんいいじゃん。凜ちゃんさ、一回ぐらいちゃんとプロポーズされてみたいって前に言ったじゃん。『結婚を前提に』ってはっきり言ってくれるって、男らしくていいと思うけどなあ。俺は一生口にしねえだろうな、そんなセリフ。『同情するなら金をくれ』って言うほうがよっぽど確率高いね。お試しで付き合ってみれば?」

目を開ける。

「無理」

「なんでだよ」

「生理的に無理。セックスできない!」

その瞬間、前の座席の背もたれからのぞく男性の頭が、ぴくっとした。セックスという単語に反応したのだ。

みんな、セックスのことばかり考えている。わたしだって、本当はそうだ。

翌日の昼、マイケルに断りのメールを送った。ほかに好きな人がいると書いた。わたしの中では、それは嘘のようで、嘘じゃない。

返事はなかった。心の底からホッとした。

ところが。

出張から一週間たって、「今週土曜、東京へいきます」というタイトルのメールが彼から送られてきた。そこには、渋谷のカフェのURLが添付されていた。

午後三時頃から、ここであなたを待っています。閉店までずっと待ち続けます。五分でもいいので話をさせてください。

そうあった。

当日、午後四時過ぎ、わたしは決して大げさでなく、恐怖でぶるぶる震えながらその場に出向いた。

店の一番奥のテーブル席で、カマキリ人間がこわばった顔つきでアイスカフェラテを飲んでいた。

最初の一時間は、なぜ交際できないのかということについて、延々と追及され続けた。「ほかに好きな人がいる」の一点張りで突破しようと試みたものの叶わず、ついにははっきりと「生理的に無理です」と口にしなければならないところまで、わたしは追い込まれた。

しかし意外にもマイケルは「そういうことなら理解します」と平然としていた。そして続けて、こう言った。

「それならば、思わせぶりな態度をとり、僕を勘違いさせた償いとして、どなたか結婚相手となる女性を紹介してください」

さらに、彼が求める結婚相手の条件を次々に挙げていった。

・職業は公務員か看護師などの医療系
・年齢は二十歳から三十三歳まで
・結婚後は家事、育児を夫に任せてフルタイムで働き続ける意思がある
・貯蓄五百万円以上

「僕はメンタルが不安定で、まともな仕事にはつけません」マイケルは抑揚のない声で言った。「そのため、配偶者を養うことはできない。だから、ずっと結婚はあきらめていました。でも、数年前にふと気づいたんです。僕だって、社会の一員です。ちゃんと働いている。なぜそんな僕が、結婚をあきらめなければならないのか。なぜ、孤独を当たり前のように受け入れなければならないのか。おかしい、不公平です。それに、必ずしも男性が家族を養う必要はない。女性が一家の大黒柱になったっていいんです」

「は、はあ……」

「多くは望みません。鶴丸君から、あなたは副社長で、貯蓄もたくさんあると聞いたから惹かれましたけど、やっぱり自分には身分不相応でした。でも、民間の会社員だといつつぶれるかわからないので不安定です。だから、公務員か看護師の女性がいいんです。年齢については、正直妥協しても構いません。できるだけ元気に長く働いてほしいから若い人のほうがいいというだけで、収入が高ければ年上でもオッケーです。ただ、子供を持つにしても、不妊治療はお断りさせていただきたい。お金のことはともかく、自分のメンタルが持たないと思うので」

ここ数年、彼は誰にも内緒で婚活に勤しんできたのだという。月に二度は仙台などの近隣都市まで出かけてパーティに参加し、また、婚活サイトにも複数登録しているそうだ。しかし、成果はゼロ。

「僕は非正規かつ低収入で、精神疾患の既往歴があり、なんといってもルックスが悪い。この三重苦のせいで、どんな女性であろうと、話をするどころか、目も合わせてもらえない」

「三重苦は、言いすぎでは……」

「あなたの会社は、僕みたいな人間を結婚に導く手伝いをしているんですよね。ホームページに書いてありました。『結婚できない、を見捨てない』って。だったら僕を、結婚させてください。僕でもいいといってくれる女性を探してください。無理だというのはおかしいです。もしそうなら、あなたたちは詐欺師ということだ！」

マイケルはそのアスパラガスみたいに長い指で、わたしをビッと指さした。

わたしはうつむき、出張につるちゃんを連れていったのは大間違いだったと自分を恨んだ。ここ数年、いろいろなことがうまくいっていた。わたしは調子に乗っていたのだ。

けれどその一方で、こうも思った。

マイケルの主張を全面的に受け入れることはできない。でも、結婚したい、誰かと結ばれたいと願う気持ちは、わたしと同じなのだ。「結婚できない、を見捨てない」はわたしが考えたコピーだった。そんな自分が、彼のことを簡単に見捨ててしまっていいのだろうか。

「凜子ちゃんがその人の主張に納得できないのは、〝モテない人間に異性をあてがうサービス〟をやれって言われてるからじゃない？」

富士子さんに相談すると、そう返ってきた。

「結婚サービスっていうのはそういうものじゃないのにね。自分は男なのに、ほかの男のように女をあてがわれないのは不平等だって思ってる男性って一定数いるけど、あれなんなのかしら、本当。女は配給制じゃないのに」

富士子さんのもとに婚活相談にくる男性たちの中に、マイケル的な人は少なくない。本人と比較してもあまりにも高すぎる条件を掲げ、こちらが何を言っても譲らないという人だ。もちろん女性でもいる。女性の場合は、活動をしていく中で徐々に自分の市場価値（という表現はわたしは好きではないけど）を知って、おのずから条件を下げていくケースが多い。一方、男性はなかなか譲らない。お金を支払っているのだから探してきてください、という態度を崩さない。その人たちからしたら、うちは〝異性をあてがう業〟なのかもしれない。

あまりにひどい場合、富士子さんは容赦なくお断りする。それはやむを得ない対処だと思う一方、結婚を心から熱望しながら、断念せざるを得ない人々の多さに、わたしはときどき、どんよりとした気持ちになるのだった。

結婚って、なぜこんなにも難しいのだろう。

生涯未婚率が２０１３年現在の時点で、男性は二十パーセント、女性は十パーセントを上回っている。これが少なくとも２０１９年までは、右肩上がりに上昇していくことをわたしは知っている。五人か四人に一人が結婚できない。

富士子さんと会社をはじめてから、あらためてこの国の非婚化、少子化問題を調べた。

生涯未婚率はやはり、2000年頃から増加している。この頃はとくに男性の上昇率が顕著だった。2005年以降は男女ともに急激に増えていく。富士子さんがかつて言っていたように、仕事がなくなったから、結婚もできなくなった。基本的にはそういうことだ。

しかし、仕事をしていなければ結婚できないというのも、よく考えたら変だ。そして、結婚できない人の多くは恋愛できないことにも悩んでいる。一体なぜか。

モテない人間に異性をあてがうサービス。その言葉がぐるぐる頭の中を回っている。そんな仕事はしたくない。マイケルの意に沿うことが納得いかない。しかし、あてがうと紹介するは、何が違う？　本人の心持ちの問題？

一体わたしは、どうしたらいい？

「何かで悩んでいるときは、初心に返ればいいんだよ」

毎日うじうじ悩んで愚痴っていたら、あるとき、つるちゃんにこう言われた。つるちゃんは極めて適当な気分で口にしたのだと思う。

けれど。

その通りだと思った。初心。わたしがこの仕事をやろうと決意したきっかけ。初対面の場で不快な目にあう女性を減らしたいと思ったこと。

マイケルは自分に相手が見つからない原因を、収入と外見のせいにしている。しかし、わたしにはわかる。事実はそうじゃない。彼は間違いなく、出会いの場で何らかの過ちを犯している。相手の女性をおおいに戸惑わせ、困惑させ、傷つけている。そういう女性を、一人でも減らそう。あくまで、マイケルがこれから出会う女性のために働く。それだと、女をあてがう感がなくていい。そしてきっと、その一つ一つの積み重ねで、何らかの結果が見えてくるはずなのだ。

それから、マイケルと密に連絡を取り合い、メールや電話で何時間もディスカッションを重ねた。わたしも婚活イベント主催の責任者として、さまざまな男女を見てきた。この経験で得た知識、培ったノウハウの全てをマイケルにぶつけた。

例えば、ルックスの改良。とくに髪型とファッション。わざわざ仙台まで出張して服や靴を一緒に買いそろえた。髪も美容室で真っ黒に染め直し、清潔感のあるスタイルに整えてもらった。

女性との接し方については、とくに綿密に話し合いを重ねた。二人で松島観光をしたときの彼は、非常に感じがよかった。話題を積極的に提供してくれて、とても話しやすかった。しかしどうやら出会いの場では、彼は全く違う態度で臨んでいるようなのだ。

「余計なことを言って嫌われるのが嫌だから、聞かれたことしか話さない」

彼はそう言った。つまり、会話のリード役を相手に丸投げしているということだ。「女性はみんなおしゃべり好きだからいいでしょ」という彼の言葉には呆れるしかなかった。

マイケルの場合、相手を異性として意識しすぎず、友達を作る気持ちで出会いの場に臨むのがいいのかもしれない、とわたしは思った。はじめてわたしたちが会ったときのように、少女漫画の話をしたっていい。男だから少女漫画を読んでいるなんておかしい、なんていう女性はいないし、いたとしてもそんな人とはきっと付き合わないほうがいい。男だから、女だからという思い込みは一度とっぱらって相手を見てみようという提案を、マイケルは案外すんなり受け入れてくれた。

そういった話し合いを重ねながら、わが社が主催する婚活パーティに積極的に参加してもらい、ときに東北在住の女性を紹介して引き合わせた。少しずつ、マイケルは変わっていった。もともと高身長で手足も長く、見方を変えればモデル体型だ。新品の服を着るだけで、ずいぶんあか抜けた。そのうち、パーティなどで出会った相手と、二回、三回とデートできることも増えた。わたしも、自分の仕事の成果が目に見えて現れて嬉しかった。マイケルとのやりとりが、イベント主催などの業務にかかわる上で役立つことも多かった。

そして、マイケルの婚活に協力するようになって約五カ月が過ぎた年の瀬、ついに彼に、七歳年下の看護師の恋人ができた。真美さんはもともとわが社の婚活パーティの常連だった人だ。去年、家族の事情で東京から岩手県花巻市の実家に戻った。写真をマイケルに見せたところ、どうしても会いたいというので引き合わせた。

二人は初対面から意気投合した。真美さんが相当の漫画好きだったことが幸いしたようだ。

しかし。

「向こうに子供がいることが、どうしても受け入れられない」

というマイケルからの一方的な理由で、交際半年で破局に至った。

真美さんは小五の男の子を持つシングルマザーだ。真美さん自身は、少なくとも金銭的な面で再婚相手に負担をかけようとは思っていない。しかしマイケルは「息子は柔道部で顔が船木誠勝にそっくりだ。ケンカになったら勝てない。怖い。自信がない」などと言うばかりで、最終的には真美さんからの連絡を無視して強引に関係を断った。

許せるはずがない。半年もの間さんざん期待を膨らませて、急にぷいっと背を向けるなんて。子供がいることは会う前から言ってあった。隠していたわけじゃないのだ。わたしは何度もマイケルに抗議のメールや電話をした。するとやがて真美さん同様、無視されるようになり、そしていつしか、音信が完全に途絶えた。

そしてそのまま、あれよあれよという間に時が流れ、気づけば最後にマイケルと連絡をとってから一年近くが経過した。彼のことはずっと気にはしていた。ときどきつるちゃんから伝え聞く話によれば、真美さん以来、なかなか相手に恵まれないようだった。

そのうち連絡しなければと思いつつ、つい後回しにしてしまったのには理由がある。一つは、ついにわが社で婚活サイト事業が立ち上がったこと。もう一つは、仕事を通じ知り合った関根文彦さんに、交際を巡って振り回されまくっていたこと。

とはいえ、婚活サイトについては、わたしはサポート役にとどまるので影響はごく小さかった。やっかいなのは、関根さんのほうだ。

知り合ったのは2013年の十一月。ちょうど、マイケルが真美さんと交際するかしないかの頃のこと。彼は、千葉県内の漁業関係の男性を対象にした婚活イベント企画を立ち上げたときの、自治体側の担当者の一人だった。

年齢は同じ。眼鏡をかけている、ということ以外に外見に目立つ特徴はなく、人当たりがよくて少し猫背で、〝公僕〟という言葉にぴったりの雰囲気の男性だった。

結構大がかりな企画だったので、約三ヵ月間、二週間に一度の頻度で現地に通い、一緒に仕事をした。出会ってすぐに、いい人だな、フィーリングが合うような気がするな、と好感を持った。いつもおだやかで、どんなこともゆっくり丁寧に話してくれる。彼のような人と結婚したいと、珍しくも打算ゼロでわたしは思ったのだった（いや、少しはある……かも）。

イベントが無事終わったあと、わたしから連絡をとり、食事に誘った。それから、ともに仕事をしていたときと同じ、二週間に一度の頻度で会うようになった。いつも、二時間ほど食事をするだけで、解散。そんなデートとも呼べない何かを何度も何度も繰り返し、ついに辛抱が限界に達したわたしは、ある晩ついに、「わたしのことをどう思っていますか」と彼に尋ねた。

午後八時過ぎの、船橋駅改札前で。

「いい人だと思います」と彼は消え入りそうな声で答えた。

「そういうことじゃなくて、付き合う気があるのかどうかってことです」

反対にわたしは、周囲の人が振り向くほど、きっぱりと大きな声で尋ねた。返ってきた答えは、思いもしないものだった。

「付き合うとかそういうことが、僕にはよくわからない」

言葉が出なかった。そういうのって、遊び目的の男が言うようなセリフじゃないの？ その場はもう何も言えないまま、別れるしかなかった。

その後、わたしたちは数日間かけて、LINEのメッセージ等でディスカッションを重ねた。彼の主張を要約すると、こうだ——付き合うとかいった類の口約束の意味、意義はやっぱり理解できない。よって受け入れることは不可。しかし、わたしのことはいい人だと思っているので、今のペースで会い続けたい。

意味不明。さらに意味不明なのは、結婚については「ちゃんと考えてるし、そのときは凜子さんしかいないと思ってる」というのだ。

付き合うことはできない、しかし、いずれはわたしと結婚したい。

それこそ、こちらにとっては受け入れがたい話だった。

が、わたしも気づけば二度目の三十五歳をとうに越していた。焦りはある。もうありあまるほどある。それだけじゃない。彼のことが好き、という気持ちだってちゃんとある。ほかの誰より、彼と結婚したかった。

とにかく、会う時間を丁寧に重ねていこう、そうすれば少しずつでも距離が近づいていくはずだから、と考えることにした。後から振り返ったら、それはあまりにも甘すぎる見立てだった。現実は手厳しいのだ。

２０１５年六月現在。会う頻度は二週間に一度のまま、二時間の食事のみというのも変化なし。お泊まりどころか、遠出デートの誘いもない。だから当然、体の関係もないし、それどころか手をつないだことすらない。まさにないないづくし。

この間の彼の誕生日に会ったときも散々だった。いい加減、食事以外のデートをしてほしいと、通算一億回は軽く超えるお願いをした。公園を散歩するとか、ららぽーとをぶらつくとかでいいから、と。彼はしばしの無言の後、やはりこれまでに一兆回は耳にしたセリフを口にした。

「ただ歩くだけなら、一人でやればいいと思うけど」

帰りの地下鉄の中、暗い窓に映る自分の顔を一人見つめ、再び手にしたはずの若さを、再び失いつつあることを実感した。とくにこの、目じりのシミ。でっかいヤツ。地下鉄の窓ですらはっきりわかる。このシミは前の人生で三十二歳のときに発見して以来、じわじわと巨大化してやがて取り返しのつかないことになった。だからこそ、二度目の人生を手に入れたときから、わたしは雨の日も雪の日も日焼け止めを塗るのだけは怠らなかった。しかし結局、前のときと全く同じ場所に全く同じ大きさのブツができた。肩こりも、腰痛も同じ。

結婚できないのも同じ。

誰からも、求めてもらえない。

あなたと一緒に生きていきたいと、言ってもらえない。

美人でないから？　胸が小さいから？　料理だってちゃんとする。仕事もしていて稼ぎもある。養ってほしいなんて思ってない。愛想がいいわけではないけれど、相手が不快になるようなことは口にしないよう気をつけている。それなのに、なぜ？

みじめで、情けなくてたまらない。その晩に食べた鮮度の悪い鶏レバーの嫌な後味も手伝って、吐きそうになった。涙目になりながらほうほうの体で家にたどり着いてすぐ、マイケルに関する意外な知らせがもたらされた。

あいつ、テレビ出てたよ！　慌てて録画しちゃったよ！

つるちゃんからＬＩＮＥがきていた。動画も添付されていた。

それは、お昼の情報番組のグルメレポート部分を切り取ったものだった。松島町のカキ小屋が取り上げられ、地元の広報担当者としてマイケルがほんの数分出演していた。

なあ、あいつ、しばらく会ってない間に、イケメンになってない？

つるちゃんがLINEでそう言う通り、動画の中で動く彼は、お世辞の余地もなくあか抜けて素敵だった。黒のスキニーパンツと黒の革ジャン。いつの間に革ジャンなんてものを購入するセンスを身に着けたのか。

レポートの最後に、スタジオにいる女性タレントがマイケルに向かって「すごくモテそうですよね？　彼女とかいるんですか？」と尋ねた。マイケルは自信に満ち満ちた笑顔をきらりと輝かせ、「それは……秘密です」と答えた。

こんなの……絶対いるじゃん。いるやつじゃん。しかも、うまくいってるやつじゃん。

悔しい。

これまでの断絶状態のこともすっかり忘れ、わたしは次の瞬間には、マイケルに電話をかけていた。

予感は的中した。

その女性、比呂美さんとマイケルが出会ったのは、今年のはじめのこと。場所は仙台で開催された婚活パーティだった。

マイケルより少し年上の四十歳、仙台市在住、職業は医師、未婚。恋人はかれこれ十年おらず、結婚というより、ともに生きていけるパートナーがほしいとかねてから願っていた。しかし不器量で話下手で、しかも家事が大の苦手な自分と付き合ってくれるような男性は一人もいないと、あきらめきって生きてきた、そういう女性だった。

マイケルは真美さんと別れた後、なかなか新しい出会いに恵まれず、すっかりふてくされてあっという間に元のカマキリ怪人に戻ってしまったという。外見に無頓着になり、出会いの場では以前にも増して受け身になっていたようだ。彼曰く「自分の中身だけを見て選んでくれる女性を見つけるための作戦」だったらしい。

そんなものがうまくいくわけもない。しかしその敗因を、〝外見や収入や口のうまさだけで男を見る女たち〟のせいして、ますますふてくされていった。ところが今年のはじめ、わたしからのメールを見返したことがきっかけで、考えを改めたという。

それは、わたしたちが出会ったばかりの頃に彼に送ったものだった。

少女漫画の主人公は好きな人に振り向いてもらうために、どうしたら自分はもっと素敵な人間になれるか、常に悩んでいるでしょ？　読者だったあなたはどうして同じことをしないで、誰からも相手にされないって怒ってばかりいるの？

女に好かれるために努力することに、ずっと嫌悪感を抱いていた。もし努力しても無駄だったら、いよいよ絶望するしかない、という恐怖もあった。しかしそんな態度こそ、傲慢そのものかもしれないと気づいた。それから再び、彼は出会いの場で好意を持ってもらうための努力をはじめた。いつも頭にあったのは、わたしからの数々のアドバイスだったそうだ。

そんな話を聞かされて、泣かずにいられるだろうか。

成果は少しずつ見えてきた。ときには女性側から交際を申し込まれることもあった。比呂美さんより若く、条件に合う女性との出会いもあった。それでも最終的に彼女に決めたのは、一人でも生きていけるけど、ともに支え合える誰かと一緒にいたい、という彼女の考えに共鳴したから。

今はまだ、松島と仙台で中距離恋愛を続けているという。いつも金曜日の夜にマイケルが彼女の自宅を訪れ、日曜の夕方まで一緒に過ごす、というのが二人の定番デートらしい。

マイケルと再び連絡をとるようなってから約三ヵ月後の九月の半ばの連休、うちの会社で一緒に労務をやっている栞ちゃんと、三泊四日で仙台・松島旅行にいくことになった。マイケルがバーベキューをやるのでこないかと誘ってくれたのだ。本当は関根さんと一緒にいきたかったけれど、母親のガーデニング作業の手伝いをするから無理だとあっけなく断られた。

栞ちゃんははっきり明かしてはいないけれど、たぶん、不倫している。相手は前の職場の上司らしい。連休はいつも暇そうだから誘った。

ちなみにつるちゃんとは、ここ数ヵ月、会っていない。なにやら毎日忙しそうだ。もしかすると、また投資に失敗して非正規の仕事を増やしたのかもしれない。正直、わたしは自分の仕事と関根さんのことで頭がいっぱいで、彼に構っている余裕がなかった。そろそろ、別々に生きていくタイミングなのかもしれない。

バーベキュー会場は、海が見渡せる白亜の豪邸だった。マイケルの知り合いの家らしい。

二十人近くの人が集まり、ウニやホタテ、マグロにヒラメなどの高級食材がこれでもかと振る舞われていた。しかし、わたしも栞ちゃんもその手のものがそれほど得意でなく、二人して庭の隅っこに座り、缶ビール片手に焼いた笹かまぼこばかりをもそもそと食べる羽目になった。実をいうと二人とも、心の片隅でいやど真ん中で、新たな出会いを期待していた。しかし、ほとんどが四十代の既婚の男女であてが外れに外れて、心底がっかりしていた。

一方マイケルは、食材を焼いたり運んだりと、楽しそうにせっせと働いていた。どの女性が比呂美さんなのかわからなかった。何度か彼に話しかけてみたけれど、忙しいのか全く相手にしてもらえない。

「よかったら、ずんだ餅食べる?」

和菓子屋のヒロシが話しかけてきた。この男は初対面のとき、「君たちが一番若いからホステス役をやってもらおうと思ってたのに、なんでズボン穿いてきたの?」などとのたまったバカ野郎で、わたしと栞ちゃんは、絶対に口をきかないでおこうと二人で誓いをたてていた。しかし、ずんだ餅はありがたかったので受け取った。

「凜子ちゃんって、今三十六? 七? いやいや、女性として一番きれいな頃だよ。俺とは九歳差か。ちょうどいい差だよね。どう? どう思う? 俺のことどう思う?」

バカ野郎だと思います、という心の声を押し殺し、「マイケルの彼女ってどの方ですか?」とわたしは話の矛先を変えた。

「ああ」とヒロシは右眉をあげる。「今日はきてないよ」

「なぜですか?」

「なぜって、もう付き合ってないからじゃない?」

「えっ、何かあったんですか?」

「相手から結婚を迫られて、マイケルも困っちゃったみたいよ。まあ、しょうがないよね。だって相手、四十すぎだっけ? そんな子供も産めない人に結婚迫られたら、普通の男だったら逃げるでしょ。逃げ切れるといいけどねえ。凜子ちゃん、助けてあげてよ」

マイケルのほうを見ると、網の上の魚をトングでひっくり返しながら、周りの人たちとのんきに談笑している。わたしは次の瞬間には立ち上がり、彼に向かって突進していた。

「ちょっと来いよ」

その細長い腕をつかむと、わたしはそう言った。そのままマイケルを豪邸の門の先の、誰もいない私道まで連れていった。そして、さっきヒロシが話していたことの真偽を確認した。

マイケルは何も言わなかった。むっつりと口をつぐんだまま、手に持ったままのトングをかちゃかちゃやっているだけだった。

「また、裏切るの?」

そう言う自分の声が、すでに鼻声だった。

「もう付き合って、半年近くたつって言ってたじゃん。その間、彼女の家に何度もいって、週末婚みたいに過ごして、相手の期待を散々あおったところで、またポイッと捨てるの？」

アルコールのせいか感情が高ぶり、涙があっけなくこぼれてきた。自分でもバカみたいだと思った。他人の色恋沙汰にもらい泣きするなんて。

でも、比呂美さんの気持ちを思うと、とても我慢できなかった。いろいろな感情が胸の中で渦を巻いていた。

二人の未来に期待をしてしまうのは、こちらの一方的で勝手な思い込みなのだろうか。はっきり「結婚しよう」と言ってもらえない限り、ずっと不安な心持ちでいなければいけないのは、なぜなのか。

この人は、どういうつもりなのだろう。わたしとどうなりたいんだろう。いつこの関係に、答えが出るんだろう。

「今は長くは話せない。明日話そう」

マイケルがそう言うので、仕方なくその場は引き下がることにした。

そして翌日、本当は松島観光をする予定だったのを急遽中止し、昼前から喫茶店で、栞ちゃんと二人でマイケルを待った。彼女に事情を話したところ、観光などどうでもいい、ぜひ自分もその話し合いに参加したい、と意欲的な答えが返ってきたのだ。

そこは、いつも閑古鳥が鳴いているらしい、地元民しかこないような暗い洞穴みたいな喫茶店だった。マイケルは十分ほど遅れて現れた。

窓もない奥のテーブル席。染みの目立つカップに注がれた真っ黒なコーヒー。マイケルはそれをちびちび飲みながら、「自信がないんだよ」と言った。

「彼女、昔、過労でメンタル壊して、今も心療内科に通ってるんだ。そのせいか仕事も続かなくて病院をいくつも転々としていて、今は非常勤のバイトしかやってない」

「だから？」と即座に栞ちゃんが前のめりになって聞いた。なぜか、わたし以上に臨戦態勢だった。

「それで、その、ついこの間、『そろそろ籍入れない？』って突然言われて。びっくりしたけど、とにかく、『そういうことはいつか俺からちゃんと言うから待って』って、言ったんだ」

「うん。それで？」

「それで、それからいろいろ考えて……本当に彼女は、俺が結婚するべき相手なのかな、とか」

「前の彼女のことは連れ子が負担で捨てて、今の彼女は病気のことが負担だから捨てたいというわけ？」

「負担っていうか、俺はそんな包容力のあるタイプじゃないから。もともと専業主夫になりたいって思ってたぐらいだし」

「ふーん。で？　どうしたの？　『待って』って彼女に言った後」

「それきり連絡してない」

「はーあ？　あんたふざけてんの？」

栞ちゃんにすごまれて、マイケルはすっかり小さくなっていた。横に置いてある本人のリュックと、大きさ的にほぼ変わらないようにすら見えた。

「そんなのダメ！　ダメダメ！！」

栞ちゃんがテーブルをバンバン叩いた。カウンターにいる店主が何事かと顔をあげる。ほかに客がいないのが幸いだった。

「バカバカしい。バカバカしいよ。あんたはね、顔もぶっさいくでガリガリで見た目も超キモい上に、たいして稼ぎもよくないくせに、今更、男のメンツにこだわるわけ？『そういうことはいつか俺からちゃんと言う』って何それ？　くだらないよ！　年収一億でも稼いでからそういう態度をとりなさいよ」

さすがにマイケルはむっとして栞ちゃんをにらみつけた。わたしも思わず「栞ちゃん、言いすぎだよ」と口を挟んだ。

「言いすぎじゃないです。だって、彼女は籍入れたいとは言ったけど、別に病気の自分を養ってほしいとは言ってないわけですよね。それなのに、なんで勝手に彼女をお荷物扱いしてるわけ？」

「お荷物なんて……」とマイケルはモゴモゴと言った。

「本当は年上女に押し切られて結婚するなんて、男らしくないからイヤなんじゃないの？　のちのち、後悔するかもしれないって思ったんじゃない？　それだったら、若くてかわいくて大人しい女の子に乗り換えて、自分からプロポーズしてOKしてもらいたいってね？　男はね、いつでもメンツメンツ。女に人生を決められることが嫌なの」

「いや、そうとは限らないんじゃない？」わたしは言った。「それに別にマイケルは、若い子がいいとは……」

「凜子さんも同じです！　前からムカついてたんですよ！」

栞ちゃんはきっとこちらをにらみつけてきた。矛先がなぜかこちらに向いたようだ。

「なっさけない。いつまであのつまんない公務員男の言いなりになってるんですか？　自分で決断できないの？　前に破談されたときも、相手が結婚してくれるまで大人しく待ち続けたあげく、最後も向こうの一方的な言い分を飲んだんですよね？　凜子さんは自分の人生、男に丸投げし続けて恥ずかしくないんですか」

「あんたに言われたくない！」カチンときて、とっさにわたしはそう言い返していた。もう、止められなかった。

「栞ちゃんだって不倫してるくせに。どうせ『カミさんとはもう何年もセックスしてない』とか『君にしか本当の自分を見せられない』とか調子いいこと言われて、信じてるんでしょ？　そんなの全部嘘っぱちだから！　向こうはやりたいだけだから！」

「わたしの何を知ってるっていうんですか！　友達でもないのに！」

「あの、二人とも落ち着いて」というマイケルの声は、栞ちゃんが自分のスマホをテーブルに叩きつけるバンッという激しい音にかき消された。

「大丈夫？　画面割れてない？」

「割れてないです」心配するマイケルに、栞ちゃんは憮然と言い返した。「いいでしょう。ならばこうしましょう。三人ともこの場で、相手に電話するのです」

シーンと静まり返る。わたしとマイケルは目を見合わせた。

「マイケルさんは彼女さんに電話してプロポーズ、プロポーズしないんだったら『もっと若い女がいい』と正直に言って別れを告げてください。凜子さんは彼氏に逆プロポーズ」

「栞ちゃんは?」

「彼と別れます」

わたしとマイケルは無言になり、各々熟考した。その間に栞ちゃんは手帳を出してあみだくじを作製した。わたしとマイケルは無理やりくじを選ばされ、そしてなぜか、わたしが一番手になった。

わたしは関根さんに電話した。三回かけたけれども出なかった。実は、どうせ出ないとわかっていたのだ。

二番手は栞ちゃんだった。

こちらもつながらなかった。何度かけても出ないので、なんと栞ちゃんは彼の自宅電話にかけ、留守電のメッセージに「栞です。別れます」とだけ残した。

「奥さんにバレたらまずくない?」

「もうバレてます。慰謝料も払うつもりでいます。はー、終わった終わった、超スッキリ。新しい朝がきました。希望の朝です。ありがとうございます」

その悟りを開ききったような顔を見て、もしかしてここまで全てがあらかじめ仕組まれたものかもしれないと思った。わたしもマイケルも、彼女の再出発の踏み台にされただけなのではないか？

「さあ、次はマイケルさん」

マイケルは震えていた。それはまるで子猫のように。「はやくしてください」と栞ちゃんに命じられ、リュックからスマホを出し、その長い指で操作する。「スピーカーにしてください」というさらなる命令にも、素直に従う。

やがて静かな店内に、コール音が響きはじめる。

その後は、まさに絵に描いたような展開が待っていた。

比呂美さんはすぐに電話に出た。しかし、マイケルの口は重かった。唇をむずむずと動かすばかりで、なかなか言葉が出てこない。やっと出てきたかと思ったら「東北地方の天気」というわたしと栞ちゃんにとっては死ぬほどどうでもいい話題を延々しゃべり続けた。わたしは途中から、腕時計の秒針でタイムを計測しはじめた。そこからさらに三分三十秒が過ぎたとき、マイケルは意を決したように姿勢を正し、言った。

「あの、あの、その、そうだね、今年はあまり台風……いきなりですが、その、僕と結婚してください！」

まもなく、スマホからはすすり泣きの声が聞こえた。それからしばらく荒々しい呼吸音が続いたあと、やっとのことで彼女は「あにゃにゃにゃにゅう」と口にした（ありがとうと言ったらしい）。通話を終えると、わたしたち三人は誰彼ともなく立ち上がり、手元のコーヒーカップで乾杯した。マイケルは涙目だった。栞ちゃんも鼻をすすってい る。二人とも、わたしと関根さんのことはすっかり忘却のかなたへ追いやってしまっているようだった。別にそれでも構わなかった。

それからわたしたちは店を出て、近くにあるマイケルいきつけの昼から飲める食堂へ移動した。栞ちゃんが「マイケルが結婚するんです！」と店主に言うと、あれよあれよと人が集まってアッという間に大宴会になった。

わたしは。

わたしは、普段は飲まないワインを一人でがぶ飲みした。気づくと外は日が暮れかけていた。ふらふらと一人で店を出て、海に向かって歩いて行った。薄闇に溶けていくような海面で、カキの養殖筏がゆらゆらと揺れるのを眺めて。

わたしは。

結局。

決めるのは、やっぱり男なんだ。

そう思った。

わたしは2019年まで一度生きたあと、なぜか1999年からやり直すことになり、そして今、2015年。いつの時代も、そして一度目だろうが二度目だろうが常に、わたしは男が決断するときをひたすら待ちわびている。わたしに決める権利が与えられないのは、自分の経済力の低さのせいだと思っていた。不安定な非正規社員だから、あるいは相手より年収が低いから、結婚すればいずれ経済的に相手に依存するしかなく、だから相手がそれを受け入れようと腹をくくってくれるまで、待たなければならない。それは当然のこと。

単に女だから、とは思いたくなかった。だからこそ、キャリアを積んでいきたい、と必死になっていたのかもしれない。

そして今のわたしは非正規社員でもなく、副社長という身に余る肩書も持ち、人より多少は多い収入を得ていて、しかしそれでも、なぜか決定権を持っていない。比呂美さんもそうだ。なぜ？　なぜ男に何もかも合わせて生きていくんだろう。なぜそうしてしまうの？　なぜ自分で決断できないの？

関根さんにまた、電話をかけてみる。やっぱり出なかった。いつもそうだ。会えない休日は基本、連絡がとれない。彼はわたしとは無関係ないろいろで忙しい。

しばしスマホの画面を見つめて逡巡したあと、LINEを開いて、「結婚してください」とメッセージを送った。

翌朝になっても返事はなかった。既読にもならない。わたしと栞ちゃんは、昼前の新幹線で帰京の途についた。東京駅で彼女と別れる頃には、いろいろなことがどうでもよくなっていて、駅弁でも買って帰るかとのんきにブラブラしていた。そのとき、関根さんから電話がかかってきた。

「あの、結婚は四十歳でするつもりでいます」彼はいきなりそう言った。

意味がすぐに理解できなかった。わたしは深呼吸を三回繰り返した後、「じゃあ、わたしはそれまでのつなぎってこと？」と聞き返した。

今度は関根さんのほうが理解できなかったらしく「つなぎ……」とつぶやいたきり黙ってしまう。だからわたしは重ねて聞いた。

「自分が四十歳になるまではわたしと適当に遊んで、四十歳になったら若くてちょうどいい子を探して結婚したいって意味ですか」

「いや、結婚するなら凛子さんと……」

「わたしたち同い年ですよね？　わたしも四十歳になってしまいますけど？　それまで待てってこと？　子供は？　あきらめるの？　それにもしそこまで待ってあなたがほかの人と結婚したくなったらどうするの？　四十歳で一人になって、その先のわたしはどうするの?」

矢継ぎ早に言いすぎたのか、関根さんは完全に沈黙した。ムフー、ムフーという息遣いばかりが聞こえる。

「わたしはもう三十七歳です。一秒でもはやく結婚したいの。子供もほしい。もちろん仕事も続けるし、家事もちゃんとやるし、仕事やめてほしければやめるし、とにかく、あなたの負担になるようなことは決してしませんから。だから、結婚してください」

早口で言いながら、わたしは屈辱で死にそうだった。こんなセリフを口にしなければならない女が、この世でわたし以外にいるんだろうか。

関根さんは何も言わなかった。そのままぷつっと電話が切れた。すぐにLINEがきた。

すみません、結婚は四十歳と決めているので。

グランスタのど真ん中、人が激しく行きかう場所でわたしは茫然と立ち尽くした。人生を何度やり直しても、わたしがわたしである限り、決定権は与えられない、という絶望に打ちひしがれて。

そのとき、またスマホが震えた。それでもわずかな期待（ごめん、今やっと君の気持ちを理解した的な？　そんな彼の反応を？　期待して？）を抱いてスマホの画面を見ると、関根さんではなく、つるちゃんからの電話だった。

それから一週間後、わたしの身にかつてないほどの衝撃的な出来事が襲いかかった。

そのとき、数カ月ぶりにわたしとつるちゃんは向かい合っていた。うちの近所のファミレス。テーブルの上には、ドリンクバーの紅茶とコーヒー、そして大量の「飲めるアロマオイル」の瓶。

つるちゃんは。

人生二度目にして、マルチ商法の手先になっていた。

2015年 9月（二回目）

「美奈？」

ファミレスの窓際のテーブル席で、凜子は不審そうに眉を寄せた。「誰？ どこのどちら様？」

「大学出てすぐ人材派遣の仕事してたとき、短期間だけ同棲してた子だよ。ほら、凜ちゃんに電話かけてきてさ、浮気相手と勘違いして……」

「そんな女、いたっけ？」

無理もない。俺だって長らくその存在を、完全に忘れていたのだから。

美奈とは大学四年の夏、二度目の就活をあきらめて遊び呆けていた頃に、飲み会で知り合った。

飲み会には有名女子大の学生が十人から十五人ぐらいいたと思う。読者モデル風の細身の女たちの中で、美奈は浮きに浮いていた。

小柄というより短軀、さらに頭が大きくてユニークな顔立ち。しかも髪はアフロでthe smithsのTシャツを着ていた。当然、男たちからは完全に無視されていた。けれど俺は彼女の、内に秘めた激しいコンプレックスを、個性的なファッションと明るい振る舞いでカバーしようとするそのいじらしい姿に、好感を持った。

身も心も大学生だったときの自分なら、ほかの男たちと同様、美奈を視界にすら入れなかっただろう。しかし、外見は大学生でも中身は人生に負け疲れ切ったおっさんであった俺には、そんな美奈がなんとも可愛く思えたのだった。

美奈は熊本の老舗旅館を営む家に生まれた。東京にいくなら女子大しか許さない、という親の意向で、都内でも有数のお嬢様系女子大に通っていた。アナウンサーや客室乗務員、大手商社の一般職などを目指す同級生が多い中、美奈は映画関係の仕事に就くのを夢見て、自主製作映画のインカレサークル活動に没頭していた。

就活もテレビ局や映画配給会社などをメインに受けていたけれど、当然全くうまくいかなかった。結局、美奈は就職せず、卒業後はフリーターになった。

その後間もなく、俺のアパートに向こうが転がり込んでくる形で、なし崩し的に同棲がはじまった。しかし、すぐに関係はぎくしゃくしたものになった。二人ともうまくいかない現状にストレスをため、それを互いにぶつけていた。俺は彼女にきちんと向き合わなくなり、彼女はどんどん精神的に不安定になっていった。

いつ別れを告げられ、いつ彼女が出ていったのかも、よく覚えていない。

２０１１年の秋に偶然、新橋の飲み屋で再会する頃には、美奈と出会ったのが前回の人生なのかそれとも今回なのか、それすら曖昧になっていた。

その日、俺はコールセンターの同僚の良一と、一緒に飲み歩いていた。良一は二十代半ばの俳優志望で、見た目がいいのでとにかく目立つ。一軒目に入った餃子屋では、女店主がこっそり会計を半額にしてくれた。二軒目の立ち飲み屋に入った瞬間、店中の女たちからの熱いまなざしを一斉に浴びた。

その中でもひときわまっすぐ、そしてつきすぎた餅のようにねっとりとした視線を彼に送ってくる女がいた。それが、美奈だった。

俺が声をかけると、美奈は「わー！　久しぶりー！」と嬉しそうにはしゃいだ。しかし、依然として良一へねばつく熱視線を送るのをやめなかった。

彼女はしばらくそうして良一を見つめていたけれど、やがて全く相手にされないとわかると、俺と別れてから今に至るまでのことを語りはじめた。

一緒に住んでいたアパートを出たのは、２００４年になって間もなくのこと。俺が仕事にいかなくなってすぐだったようだ。

友達とルームシェアをしたり男のところに転がり込んだりしつつ、派遣で日銭を稼いでいた二十代を経て、三十歳のとき、何らかの教育機関で健康や医療に関する何かを学び、今はマッサージの仕事に就いている。しかし、その教育機関とはどういったものなのか、専門学校なのか大学院なのか、そしてマッサージの仕事というのは具体的には何なのか、指圧系か美容系かはたまたスポーツ系なのか、詳細を尋ねてもよくわからなかった。「うーん、そんな感じ」とか「いろんなことやってるの」などと、妙にぼやかした言い方をするのだった。

俺は困惑していた。昔の美奈は感情表現が激しく、さっぱりとした物言いをした。しかし目の前の女は、夢見心地のような、なんとも地に足のつかない笑顔を絶えず浮かべ、歯切れの悪いしゃべり方をする。どことなく薄気味悪かった。

ファッションも変だった。明るいグリーンのパンツスーツが死ぬほどババくさかった。昔の美奈は古着を着こなすのがうまく、原宿なんかを歩いているとしょっちゅうファッション誌のライターに声をかけられ写真を撮られていた。肩にかけたナイロンのバッグが、やたら大きくパンパンに膨らんでいるのも気になった。バラバラ死体でも入れてるのかよ、と俺はひそかに思っていた。

美奈は一通り自分のことを話すと、こちらの近況を尋ねた。俺は正直に、非正規のコールセンター職員だと答えた。

「何か夢はある?」

そう聞かれ、なんとなく思いつきで「いつか、飲食店やりたいかな」と答えた。

「料理、得意だったもんね！　うん、すごくいいと思う。わたしはね、今、叶えたい夢があるんだ」

「へえ、何？」と特に興味もなかったけれど、尋ねた。

「あのね、場所はどこか、空気と水が綺麗なところ。そこに広大な土地を買って、マッサージとか、漢方とか、不妊の相談ができたり、とにかくそういう、あらゆる種類のセラピーができる小さな家みたいなものをいっぱい建てて、そういう、リラクゼーションに特化した小さな村をつくりたいなと思って。その夢に向かって、今、驀進中って感じ」

途方もねえな、と俺は思った。

別れ際、連絡先を交換した。美奈の電話番号とメールアドレスは昔と同じままだった。

翌日、すぐにメールがきた。二日後の昼間に会おうと誘われ、暇だった俺は了承した。

ところが当日、ドタキャンされた。その後、ドタキャンが五度続いた。

間抜けにも、六度も同じ約束をしてしまったわけは。

当時の俺は、恥ずかしいぐらい寂しく、自信を失っていたから。

ITベンチャーをやめ、コールセンターに出戻って数ヵ月。時給千四百円にSV手当が一日三千円。それを週に三回か、気が向けば四回。ITベンチャー入社前と、全く同じ生活に舞い戻っていたわけだ。何度人生をやり直しても俺は非正規だという、悲しみ。その上、凜子に「つるちゃんはコールセンターのSVが天職だよ。つるちゃんほど仕事のできるSVはいないよ」と言われたことにも、打ちのめされていた。
本人はほめ言葉のつもりだったのだろう。わかっている。けれど、自分に最も向いている職業が、この国ではほとんどの場合、非正規雇用としてしか存在していない、なんて。
例えば、地球上、あるいは宇宙の銀河のどこかに、全ての人間の天職が書かれた書物があるとする。そこに、
鶴丸俊彦　コールセンターのSV（非正規）
と書かれていたとしたら。まず、泣く。むちゃくそ泣く。その先、まともに生きていけるのか。
無理だろ……。
俺は多分、誰かに必要とされたかったんだと思う。

しかし結局、その計六度のドタキャン後、次に連絡がきたのはまるっと一年後だった。

それからさらにまた六度ドタキャンされ、2012年末、前回と合わせると十三度目の約束はついに実現し、新橋のカフェで俺たちは久々に対面した。

美奈は自民党初出馬！　みたいな感じの薄紫のツーピースを着ていた。俺が以前と変わらず非正規で働いていることを知ると、彼女はこう言った。

「労働してお金を稼ぐなんて、バカらしいことだと思わない？」

俺はそれには答えず、代わりにこう尋ねた。

「なあ、美奈。いつからマルチ商法にハマっているんだ？」

すると美奈は、面喰らったように小さな目を見開いた。しかし次の瞬間、フフフフフッと甲高く笑うと、「気づいてたの？　じゃあ話がはやいわ！　一度、うちのグループのセミナー来てみなよ。世界が変わるから！　本当にすごいの！」と言ってテーブルに身を乗り出した。俺のアイスロイヤルミルクティーのグラスが揺れて少しこぼれた。

彼女は気にもとめなかった。

「けどその前に、まず訂正させて。マルチ商法っていう表現は正確じゃないの。わたしがやっているビジネスはそうじゃなくて、いってみれば、ただの通販。カタログから注文するだけ。全然怪しくないでしょ？　今日はそのことを詳しく話してあげるね？」

それから約二時間、美奈は小顔矯正用マッサージ機と、体脂肪が溶けるダイエットサプリメントの話をし続けた。コンプレックスだった巨顔が、そのマッサージ機の使用で二周りも小さくなったそうだ。さらにサプリメントのおかげで体脂肪率が10％も落ちたという。

どこがどう昔と変わったかわからない、とはさすがに言えなかった。

「昔のわたしは偽物だった。ブスでスタイルが悪くてモテない見た目の自分が大嫌いで、でも、自分がブスだって認められなかった。わたしは周りの子たちより、おしゃれでセンスがよくて、個性的な女の子なんだって思い込もうとしてたの。才能もないのに映画サークルに入ったり、興味もないのに古着集めたり、周りに認めてもらおうと必死だった。本当、滑稽だよ」

そんなことないよ、と俺は言ってやるべきだったんだろうか。そんな美奈が俺は好きだったんだ、と。ゴッドファーザーシリーズを三作いっぺんにレンタルビデオ屋で借りてきて、はじまって二十分で熟睡してしまったり、the smithのことなんて何にもしらないのにTシャツを何枚も買い込んだり。そんな美奈が、とても可愛いといつも思っていた、と。

でも、言えなかった。最終的には、俺は美奈を見捨てたも同然だったから。

「でもね、今の仲間に出会って、全てが変わったんだ。まず、ありのままの自分を好きにならなきゃだめだよって教えられたの。それで、自分の大嫌いな顔や体型と、きちんと向き合うことに決めたの。仲間に教えられた通りに、わたしは可愛い、そのままでも可愛いって毎日鏡に向かって言ってたのね。そしたら、本当にそう思えてきた！　そして、この可愛さを、もっともっと磨いてあげようって思えた！　今の仲間に出会えたおかげで、いろんなコンプレックスが解消した！」

話しながら、美奈はどんどん興奮していった。しかしそのとき、俺の意識は前の人生へと飛んでいた。

三十代後半頃から働いていた前橋のコールセンターに、佐々木という女のSVがいた。佐々木とは数回だけ体の関係を持った。勢いでそうなった、という感じだった。しかしあるとき、「わたしたちって付き合ってるんだよね？」と言われて怖気づき、俺は彼女からの連絡を無視するようになった。会社でも、なるべく顔を合わせないようにした。

それから数カ月ほどたった頃、佐々木が怪しい健康食品を売りつけてくるという苦情があちこちで立ち、それを見かねた人たちで、彼女の解雇を会社に要請するための署名を集めることになった。

俺も頼まれて、署名した。とくに意味のあることとは思っていなかった。そもそものときすでに、佐々木はあまり出勤しなくなっていたのだ。ただ、なんとなくそうしただけだった。

結局、署名が提出される前に、佐々木は自ら退職を申し出た。最後の日、彼女は俺のデスクまでやってくると、いきなり「働かなくても毎月定期的に三十万が転がり込んでくる方法、知りたくない？」と言った。そのときの、夜空の星のようにキラキラと輝く目つき。

その目つきと美奈のそれが、そっくり同じだった。

だから俺は美奈と再会してすぐ、マルチだな、と気づいた。あの立ち飲み屋で再会したときからわかっていたのだ。

俺との関係なんて、誰もそこまで惜しがらないだろう。そう思って、わずらわしいことから目をそらしていた。その一つ一つの無責任な行いで、誰かの人生を損なってきたのだろうか。ここ数年、そんなことをよく考えるようになった。凜子が男のことで右往左往する姿を、長年間近で見てきたせいかもしれない。

誰かが高く跳ぶための、ロイター板にされている。かつての人生で俺は、そう思いながら生きていた。と同時に俺は、彼女たちを踏みつけながらここまで生きてきたのだ。

しかも佐々木のことはともかくとして、美奈と俺は、実際には二十歳近くの歳の差がある。おっさんが若い女の子を傷つけたまま、逃げ続けていていいのだろうか。

とにかく俺は、美奈を救い出そうと思った。


とはいえ、俺はこの手のことの専門家でもなければ、近しい人が深くかかわってしまい迷惑をこうむった、という経験もなかった。

美奈と新橋のカフェで会ってすぐ、凜子に「マルチ商法に勧誘されたこと、ある?」と聞いてみた。

「一万回ぐらいある」と凜子は即答した。

前の人生を含め、マルチ商法だけでなく宗教や投資やガチのねずみ講まで、ありとあらゆる勧誘を受けまくってきたという。本人曰く「わたし、カモがネギしょってる系の顔なの」だそうだ。なんとなくわかる、と思った。

「今のこの婚活ブームに乗って、すっごい流行ってるよ、この手の勧誘。うちのパーティにもそれこそネズミみたいにこそこそ紛れ込んできて、料理教室だの無料マッサージだのタコパだのに手当り次第誘ってる。しかもむかつくのはさ、今の時代に結婚相手を探してる人の多くは氷河期世代でもあるわけよ。仕事もうまくいかない、恋人もできない、その心の隙にマルチが入り込んでくる。ひどいもんだよ」

「タコパもそうなの?」と俺は聞いた。「それは本当に、ただのホームパーティなんじゃないの?」

「バカだね。今、東京でタコパやってる連中、九割マルチだよ。そうやって普通のホームパーティにみせかけて、二、三人のカモ以外は全員マルチ、なんてこともザラなんだから」

東京は恐ろしいコンクリートジャングルだと俺は思った。

「友達がマルチにハマったら、頭ごなしに『だまされてるよ』とか『やめなよ』とか言っちゃダメなんだって」凜子は言った。「そうすると関係絶たれちゃう。現にわたしは婚活友達にそれやって、速攻LINEブロックだからね」

その話を参考に、その後、美奈と会うときは、とにかくまず彼女の言うことを黙って聞くようにした。

大抵、彼女から「明日お茶しない?」と誘われ、いつも同じ新橋のカフェで会った。ドタキャンされることはもうなかった。

話すのは毎度同じこと。マッサージ機やサプリメントの信じがたく素晴らしい効果について、月収一千万を稼ぎ出すという「女性だけど男前でかっこよくて超尊敬できる」

先輩のこと、「めったに参加できない超貴重なセミナー」の話。しかし、直接的な勧誘の言葉は一切なかった。どうやら、俺のほうから具体的な関心を示す発言をする必要があるらしかった。彼らにも彼らなりのルールがあるようだ。

そのうちあたたかくなってくると、花見やバーベキューに誘われるようになった。しかしその頃、コールセンターの人手不足で土日出勤が増えてしまい、なかなか予定を合わせられなくなった。やっと誘いに応じることができたのは、五月のゴールデンウィークのさなかのことだった。それはあの悪名だかき、タコパだった。

当日、満員の東横線に揺られ、武蔵小杉のタワーマンションに出向いた。五十平米ほどのパーティスペースに、ざっと見た限りでも五十人近くのさまざまな年代の男女が集まっていた。

参加費の五千円（バカ高え）を支払い、のそのそと中に入った。中央にテーブルがあって、そこで五、六人の若い男女がタコ焼きを焼いていた。美奈もその中にいた。俺はとりあえずバーコーナーにいる若者からビールをもらい、端に並べられた椅子の中から空いた場所を見つけ、座った。

「あの、もしかして、美奈のお友達ですか？」

すぐに女が寄ってきて話しかけてきた。化粧っけのない顔に黒いシャツと、黒いパンッ。これ以上ないほど地味な雰囲気の——

「あ、君……」

「覚えてます？　わたし、美奈の友達で」

「えーっと、ユリちゃん！」

「違います、ユイです。ツルタさんですよね？」

「鶴丸です」

俺たちはしばし見つめ合い、そして同時に吹き出した。

彼女は美奈の高校時代の同級生であり、一番の親友でもあった。同棲していた頃、よくうちに泊まりにきていた。当時から見た目の印象があまりにも薄く、俺は陰でシースルー女とあだ名をつけていた。

「看護師さんだったよね？」俺は聞いた。「まだ続けてるの？」

「ううん、今は現場の仕事を離れて、看護の学校の講師をしてるの。わたしって気が小さいから、そっちのほうが向いているみたい」

彼女の真面目で堅実な人柄を思い出した。ミーハーな美奈とは、何もかも対照的だった。

「あの……鶴丸さんも、美奈と同じ、アレ、やってるの？　サプリとか……その……」

「マルチ？」と俺は口の動きだけで言った。「俺は違うよ。やってない。今日ってやっぱり、そういう集まりなの？」

「多分ね。でも全員じゃない。この手の集まりには何度も呼ばれてるけど、毎回メンバーが違うの。でも、いつも来てる人もいる。あの赤い服着ている女性、わかる？」

俺はさっきからやたらと大きな声ではしゃいでいる女を見た。四十代前半ぐらいだろうか。真っ赤なボディコン風ワンピースにハイヒールというでたちは、今すぐ八〇年代の六本木に降り立っても何の違和感もなく生きていけそうだった。この集団の中で一番目立っているのは確かだった。何人かが、彼女に妙にへりくだった態度をとっていた。

「あの人が美奈をビジネスに誘った人で、みんなからマリリンって呼ばれてる。わたしも最初は一緒に声をかけられたの」

彼女は周囲に気を配りながら、ささやき声で語り出した。

「二年半前かな、わたしたち、もう三十路なのにちっとも彼氏ができなくて、二人で婚活農業体験っていうのに参加したのね……」

婚活農業体験とはその名の通り、農業体験と婚活パーティがあわさったもので、その日は男女あわせて二十人ほどが参加していたという。千葉のとある農場で、みんなで芋掘りや山羊の乳搾りなどを体験したそうだ。

「参加している男性は四十代が多くて、わたしたちはなんだかしらけちゃって。そしたら、『楽しんでますかー』ってマリリンが声をかけてきたの。すごく話しやすい雰囲気の人で、気づいたらわたしも美奈も身の上相談とかしちゃってた。そしたら、『もっと素敵な人に出会えるパーティがあるよ』って誘ってくれて。そのときはわたしも、この人と友達になれたら楽しそうだなって、素直に思った」

それから間もなく、二人は高輪にあるタワーマンションの一室で行われたパーティに誘われ、参加した。ドラマのセットのような豪華な部屋に、着飾った男女が数十人集まっていて、中には外国人もいたそうだ。

「なんだか怪しいなって思った。みんな妙にキラキラした笑顔で話しかけてくるし、誰それにハワイに連れて行ってもらったとか、ポルシェに乗せてもらったとか、そんな話ばかりしてる。はやく帰ろうって美奈に言ったんだけど、美奈はもうその場の雰囲気に完全に呑まれ切っていて……。結局わたしは先に一人で帰って、それから何もかも変わってしまった」

それまで毎週のように一緒に出かけていたのに、忙しいと断られるようになった。それから半年ほどたち、病院の同僚と久々に婚活パーティに参加したら、偶然、美奈とばったり出くわしたのだという。

「もう、服装からしゃべり方から、すっかり変わっててびっくりした。あとから考えたら、みんなあのマリリンの影響。それから、何度もやめるように説得しようとしたけど、全然ダメ。今はもう、ビジネスの話はしないようにしてる。二人で遊んだり、ご飯いったりっていうこともない。でもなぜか、こういうパーティがあると必ず誘ってくれるの。『彼氏がいないならくれば？』って」

いつの間にかタコ焼きがたくさん焼き上がっていて、誰もが紙皿にのせてハフハフいいながら食べていた。その人々の頭上を何本もの自撮り棒が、工事現場のクレーンのように交差している。〝リアル充実〟への強い渇望を感じる風景だった。

「多分ね」とユイは言葉を続ける。「自分には、こんなにも素敵でキラキラしたすごい仲間が、友達が、たくさんいるんだよって、わたしに見せつけたいんだと思う」

そうなんだろうと、俺も思った。

「仕事と人間関係、どっちもうまくいかないっていうのが、わたしたちの共通点だった。わたしはどこにいっても失敗ばかりで、二十代で病院を三度も変わったの。美奈は派遣で事務やりながら、映画の脚本家を目指してたんだけど、なかなか芽が出なくて。わたしが今の講師の仕事を得て安定してきたのと、美奈がビジネスにハマったのは同時期だった。距離をおかれたのは、そのせいもあったのかな」

ふと、昔のことがよぎる。俺はあの頃、いつも思っていた。ユイの友情は常に純粋で、本心から美奈を慕っているのだな、と。反対に美奈は、いつもどことなく彼女を見下していた。

そのとき、キャハハ、と美奈の甲高い笑い声が耳に入り、俺たちは同時に視線をそちらへ向けた。キャベツを切っている背の高いダルビッシュ似の男にすり寄って、大はしゃぎしていた。

「美奈ってさ、ああいうモテ風のイケメンが大好きなんだよね、昔から。相手にされたとしても、遊ばれて捨てられるだけなのに。同じことを何度繰り返しても、懲りない」

そのとき、脳裏に一つのアイディアがひらめいた。イケメン。イケメンか。イケメンで釣る、という手があるかもしれない。

「わたしね、来月結婚するの」

ユイが唐突に言った。

「三カ月前に知り合った人と、トントン拍子でそうなって。美奈に話したら、わたしたちきっといよいよ終わりだなって思うんだけど、言わないわけにもいかないし……」

その彼女の口元が若干ゆるんでいるように見えて、俺は思わず目をそらす。

美奈の焦燥感も、ユイの優越感も俺はわかる。知っている感覚だ。俺たちは自ら競っているのか、誰かに競わされているのか。

とにかく、俺はそのアイディアを実行に移すことにした。非人道的な手段かもしれないという葛藤はもちろんある。しかし背に腹はかえられない。

それは、美奈と再会したときに居合わせた良一を利用するというものだった。良一に美奈を誘惑させるのだ。マルチ脱会を条件に、真剣交際をちらつかせる。美奈が欲しているのは、周りに自慢できる何かであって、必ずしもビジネスでの成功でなくてもいいのかもしれない。それに賭ける。

もし脱会させられたら、その後のケアはまた考えればいい。とにかく一刻もはやくやめさせることが肝心だ。

俺と良一は職場で会うたびに、入念に打ち合わせした。もちろん、相応の報酬は渡すつもりだった。良一も自分の演技力を鍛えられるいい機会だと思っているようだったし、何より、奴は金に困っていた。

偶然を装い、いつもの新橋のカフェで二人を引き合わせたのが、六月下旬。それから約三週間後のある日、コールセンターの同僚のSVから、深刻そうな顔でこう相談された。

「最近、良一君が、飲むだけで体脂肪が燃えるっていうサプリメントをみんなに売りつけようとしてるって噂があるの。つるちゃん、何か知ってる？」

それから間もなく良一はコールセンターをやめて、もっと効率よく稼いで商品を買い込めるように、ホストクラブで働きはじめた。

それでも俺はあきらめなかった。美奈が今のマンションを出て、シェアハウスに移ると言い出したのもあり、事態は切羽詰まりつつあると思った。もちろんほかの住人を勧誘するのが目的だろう。シェアハウス内でマルチや宗教の勧誘が横行しているという話は、何度か耳にしたことがあった。そこまでいったらもう終わり、のような気がした。

そこからはもうなりふり構わず、思いつく限りの手段を講じた。セミナーに参加し、そこで語られていたことがどれほど胡散臭く嘘に満ちているか、長文にしたためてＬＩＮＥで何度も何度も送った。例のマリリンにも会い、美奈の前で彼女の話を一から十まで完全否定した（それらには前の人生でよく見ていたＹｏｕＴｕｂｅの論破系動画から得た知識、ノウハウが役立った）。挙句の果てに、俺はついに美奈のグループに入り、正式な販売会員となった。まさに火中の栗を拾いにいったのだ。

入会金もちゃんと支払った。「自分で実際に商品を使ってみないとわからない」などというお決まりのたわ言にもだまされたふりをしてやり、なんだかんだ最初の一ヵ月だけで五十万近くつぎ込んだ。どうやってもうまくいかないところを、美奈に見せつけてやるためだった。

しかしこの作戦は、全くの無駄に終わった。そもそもこの手の連中は、自分より下位の会員が失敗しようが借金しようが、誰も気にもとめないのだ、美奈を含めて。

そうしている間に月日が流れ、気づけば何も解決しないいまま、あのタコパから一年がたっていた。2014年春。街中ではいたるところで「ありの〜ままの〜」の歌声が流れていた。解決どころか事態はさらに悪化していた。美奈がついに俺の反対を押し切って、シェアハウスに入居した。そしてそのまま連絡がとれなくなった。

ところがそこで、思わぬ転機が訪れた。

それは、良一だった。良一は俺の説得も無視してどっぷりとハマりにハマり、美奈よりもはやくそのシェアハウスに入居していた。しかし仲間と女がらみでもめたらしく、美奈と入れ違いでシェアハウスを出て、そのまま脱会した。その後、何か腹に据えかねることがあったのか、美奈のグループ内で違法な勧誘が横行していると本部にクレーム電話をかけまくったらしいのだ。

その手の電話は基本無視されるという。しかし、あまりにしつこいので美奈のグループの上位会員(聞くところによるとマリリンよりさらに上の人の、相当な大物らしい)に、重いペナルティが課せられることになった。グループ内では良一を連れてきた張本人である美奈に、その責任が擦り付けられた。

全員からの無視。大事な情報も共有してもらえず、グループLINEからも追い出され、居場所を失った。美奈にとってキラキラに輝いていた宝物も同然の仲間たちは、いとも簡単に美奈を捨てた。

俺に連絡をよこしたのは、シェアハウス入居から間もなく一年の、今年の二月のことだった。美奈は完全な一人ぼっちになっていた。ただ二百万円近くの借金だけを、手元に残して。

しばらくの間、俺の家に居候させることにした。美奈は夜勤の清掃仕事と、派遣の事務をかけもちでやりながら、借金をコツコツ返しはじめた。正式に脱会したわけでなく、「モノはいいから」と商品の買い込みは続けていたし、会話の九割は商品のことだった。例のリラクゼーション村をつくるという途方のない夢にも、変わらず執着していた。

梅雨入り頃、美奈はようやく一人暮らしのための物件探しをはじめた。そのあたりからダイエットサプリをやめて、飲めるアロマオイルとやらに凝り出した。また何かよくないビジネスに手を染めているのは明らかだった。そんな矢先、熊本から彼女の兄が突然、俺たちの前に現れた。

父親が亡くなったのだという。美奈は数年前から家族との音信を断っていて、父親の死も、それどころか三年前の母親の死も知らなかった。兄は興信所を使って、今の居所をつきとめたらしかった。美奈は実家の旅館の人手不足を補う要員として、強制送還されることになった。

最後の晩、美奈は何も言わず俺のベッドにもぐりこんできた。俺たちはそのまま、十数年ぶりにセックスをした。

熱帯夜のせいか、それとも美奈の体型が昔と随分ちがっていたせいか、あるいはその体臭が、なんというかどことなく、その、野球部の部室っぽくもあったせいか、俺自身の役立たずっぷりが悲しいほどで、とにかく目を閉じていろんな想像をして死に物狂いで最後までたどり着いた。全てが終わった頃には、汗だくだった。

エアコンは、数日前に壊れていた。

終わると、美奈は全裸のままベランダの窓を開け放ち、昔よくやっていたように、夜空に向かって「わおわおーん」と犬の遠吠えのマネをした。美奈は声帯模写が得意で何でもできる。当時は近所に外飼いされている犬が何匹かいて、美奈の遠吠えに応えてくれることもあった。

月光か、あるいは街灯かわからないけれど、白い光が外から美奈のたるんだ体を照らし、伸ばしっぱなしのすね毛や腕毛や股の毛を浮き上がらせて、まさしくオオカミ女のようだった。美奈はそうして俺に裸の背を向けたまま、独り言のように、二十代の半ばに出会ってから、ずっと片思いをしていた男のことを話した。

そいつはやっぱり見た目がよくて、大手企業に勤めているモテ男だったそうだ。遊びの関係にすらなってもらえず、一方的に想いを寄せているだけだった。

「マリリンに、心の中で強く念じていれば、いつかそれが相手に伝わって両想いになれるって言われたの。そしてそれがうまくいけば、恋愛だけじゃなくて他のどんな願いも叶っていくって。マリリン自身も、周りの人も、その方法で好きな人と両想いになれたし、ビジネスで成功もできたって。当たり前で簡単すぎるから、誰も信じない。『あなたは自分に自信がなくて、いつも不安で、そのせいで相手にしつこく連絡してしまったり、あるいは向こうから連絡がくるのを、何日も苦しみながら待ったりしてるんじゃない?』って言い当てられて、ああ、すごい、この人の言うことは本当かもしれないって思っちゃった。今ならわかる。単にわたしは、そういう、楽な方法にすがりたかっただけ。わたしが悪いの、何もかも自業自得、自己責任ってやつ」

そこまで言うと、今度は「ピーコンピーコン、キュイーン、火事です」と、昔最も得意にしていた火災報知機のマネをした。「近所迷惑だからやめろ」と言うと、振り返ってえへへと笑った。昔の美奈の顔だった。明るくて、ちょっと見栄っ張りで、少し意地悪な。わからない。気のせいかもしれない。

翌朝、美奈はいつもの薄気味悪い顔つきに戻り、「親戚に配る」と言いながらアロマオイルを大量にトランクに詰め込んでいた。昼過ぎ、兄に連れられてふるさとへむけて出発した。

「なんでそんな話、急にしだしたの」

凜子は言った。眉間にしわをよせて不機嫌MAXの顔をしながら、テーブルの上の飲めるアロマオイルを、俺のほうにおしやる。

「これは、いらない」

「凜ちゃんに、なんとなく聞いてほしかったから」

「ふーん。あのね。解決策を教えてあげようか。つるちゃんが、その人とちゃんと付き合って、結婚してあげたらよかったんだよ」

俺は凜子から視線をそらした。

「社会からも見放されて、さらに男からも真剣に向き合ってもらえない。その人の気持ちわかる。何かにすがりたくなる気持ち、ものすごくわかる」

次の瞬間、俺はぎょっとして手に持ったコーヒーカップをすべり落としそうになった。凜子がいきなり、顔面をくしゃくしゃにして泣き出したのだ。

「なんだよ、急に。そんな知らない女のことで……」

「……そうじゃない！ そのマルチの女のことなんてどうでもいいの！ わたし……わたしだって、わたしだって辛いんだよ！」

凜子はぼろぼろと大粒の涙をこぼしながら、最近まで付き合っていたという公務員の男とのすったもんだについて語りはじめた。前に何度か相談されたことがあり、知っているエピソードもあった。ただ、逆プロポーズをかまして断られた件は初耳だった。

話をひととおり聞き終えた後、俺は言った。

「あのさ、そいつのこと好きだったって凜ちゃんは言うけど、それはそいつの安定性ありきの話じゃないの？」

凜子は子供みたいに唇を噛んで、こちらをにらみつけてくる。俺はめげずに続けた。

「もうさ、そういうのはやめたら？　凜ちゃんが本当に求めてるものとは違うってわかってるんでしょ？　安定した仕事に就いている相手と結婚するってことが、そんなに大事かな。それよりも凜ちゃんはさ、もっとこう……いろんな気持ちを人と分かち合って生きていきたいタイプじゃん。同じご飯を食べておいしいとかまずいとか、同じ映画を見て、つまんないとか監督がバヵだとか言い合えて、そんなふうにいろんな気持ちを共有できる、そういう人を探しなよ。肩書や勤め先に惑わされないでさ。だってもう凜ちゃんは非正規でもない……」

「それ、つるちゃんじゃん」

「え……」

「いろんな気持ちを共有できる人って、つるちゃんしかいない」

「あの……」

「わたしはつるちゃんのこと嫌いじゃない。付き合ってって言ってくれたらいつでも付き合うのに。なんでわたしを女扱いしてくれないの」

俺は。

凜子が。

今、またいだのだと思った。俺たちの間にひかれた境界線。何度、一つ屋根の下で夜を過ごしても越えなかった、境界線。

「わたしは女として無理なの？　生理的に無理？　そういうこと？」

「いや、そうじゃなくて。だって、昔約束したじゃない。もし男女の仲になってこじれたら取り返しがつかないからさ、ずっと友達として協力し合って……」

「そんなの全部関係ない。詭弁だ！」凜子はテーブルをバンと叩いた。「つるちゃんは誰とだって、きちんと向き合いたくないだけ。面倒だから。女はすべて面倒なんでしょ？」

通路を挟んだ隣のテーブルで日替わりランチを食べている女が、平静を装いつつも明らかに聞き耳を立てていた。凜子はそれに全く気づかぬ様子で俺をにらみつけながら、

「わたしと結婚してよ」と言った。

「ほかの女と付き合ってもいいし、風俗いってもいいよ。でも、結婚はわたしとしてよ。そうしたら、わたしのいろいろな苦しみが解決するの」

「……いや、俺は、結婚は……俺はまだ……」

「まだって、じゃあいつならいいの？　なんなの？　結局つるちゃんもそうなの？　つるちゃんもわたしを待たせるの？　死ねば？　男なんて、もうね、クソ、クソクソクソ！」

「クソクソクソ」と言い続けながら、凜子は注文ボタンを連打した。駆け寄ってきた店員に、山盛りフライドポテトを二皿注文した。

それから、俺たちはずっと無言だった。やがてフライドポテトが運ばれてきた。凜子はドリンクバーのところから大量のケチャップを持ってくると、皿が真っ赤になるほどまわしかけ、ものすごい勢いで食べはじめた。悟空の食べ方だった。山盛りだったそれが最後の一本になったとき、凜子は消え入るような声でまた、「結婚してよ」とつぶやいた。

「いいよ」

今、俺も境界線をまたいだ。

しかし自分から切り出しておきながら、帰る頃になって「お互い冷静じゃない気がする」などと凜子が言い出し、結局、一週間の間をおいて改めて話し合いの場を持つことになった。

俺はなんだか不思議なぐらいに、腹をくれていた。

結婚。凜子が求めるなら、それをしよう、と。

他人の人生を背負い込むことが、きっと、俺はどうしても嫌だった。佐々木の人生も美奈の人生も、俺は少しも、一グラムも支えたくなかった。今までそういうことから逃げ回っていた。

男として。

そう。男として。結婚がちらついた途端、そのプレッシャーが顔をのぞかせる。けれど凜子となら、あるいは、一緒に暮らそうが結婚しようが、わずらわしいプレッシャーを負わずに済むかもしれない。男とか、女とか、そんなことにとらわれず、今まで通り気楽に暮らしていけるかもしれない。

しかしそれが、夫婦として幸運なかたちなのかは、わからない。

ところが一週間後の晩、久しぶりに俺の家にきた彼女は、俺がささっと作ったさんまのかば焼き丼をむしゃむしゃ食べながら、「とりあえず結婚は後回しにしよう」と言った。

「なんで」

「理由は二つ。一つは、転職したいから」

「なんで」

「なんでなんでってうるさいな、二歳児かよ。前から考えてたの。今の仕事は楽しいけど、でも、いわゆるベンチャーな場所でしのぎを削るより、大きな組織の中の一つの歯車になるほうが、自分の性格的に向いてる気がするの。そろそろ、働き方を変えたいなって」

「なるほど」

「わたしの記憶では、来年あたりから、リーマンショックで採用を絞ったツケが出てきて、人手が足りなくなる。とくに中途採用市場が活発になるはず。いい会社に転職する最後のチャンスかもしれない」

年齢的にも、やはり今が最後のチャンスだろう。少し遅いぐらいかもしれないけれど。

「それともう一つは、子供のこと。やっぱり子供はほしい。せっかくなら授かりたい。前の人生で悔やんでいたことの一つはそれ。子供を持たなかったこと。でも、もうわたし三十七だし、産めるかわからない。だから、子供ができたら結婚しよう。そのほうが、もしできなかったとき、お互い人生のやり直しがスムーズでしょ」

俺自身はそこまで子供にこだわりはなかった。でも、そうは口にせず、「わかった」とだけ言った。正直、近々の結婚を回避できて、少しほっとしてもいた。

そんなわけで俺たちはその日から、できちゃった結婚を前提に交際するカップルになった。

もちろん、同棲もするつもりだった。しかし、凜子の転職活動もあるので、しばらくは互いの家を行き来する生活を送ろうということになった。つまり、これまでと全く変わらない。もちろん、子作りも先送りになった。

そのまま年をまたぎ、2016年一月、凜子の転職先が決まった。

超大手総合電機メーカーの子会社で、配属は希望していた人事労務部門。待遇も申し分ない。中途採用市場が上向きになる、という読みが当たったのは確かだけれど、年齢的に厳しい状況だったのは間違いないわけで、つまりこれまでの実績がそれだけ高く評価されたということだ。

二月、凜子の新しい職場の二駅隣に部屋を借り、ついに一緒に暮らしはじめた。満を持して初の子作りにトライしたのは、それからさらに約一カ月後のことだった。一カ月間、俺たちはあまりに照れくさくて、三十代後半の男女とは思えないほどもたつき、うろたえ、とにかくひどい有様だった。あまりにも友達期間が長すぎたのだ。それでも一度完遂したら、それからは案外スムーズにできるようになった。

そして。

そういったもろもろの合間に、俺は凜子に隠れて、ある計画に着手していた。

それは、もとはといえば、美奈がきっかけだった。八年ぶりに再会した立ち飲み屋で夢はあるかと聞かれて、とっさに答えたこと。

飲食店をやる。

あれ以来、心の中でその計画が芽を出し、少しずつ育っていた。前の人生でも、一時期考えたことがあるにはあった。しかし、貯金ゼロの負け組非正規だった俺にとって、それはあまりにもはかない夢。

しかし、今の俺にとっては、違う。

ここ数年、アベノミクスを利用して、資産を順調に増やせたというのが大きい（安倍ちゃん本当にありがとう）。自分の小さな店を持つぐらいなら、決して、非現実的な夢じゃなくなった。

凜子が新しい職場で忙しく働いている間に、俺は飲食店開業について必要な手順を調べ、空き店舗を探し、コンセプトを練りはじめた。全てを凜子に打ち明けたのは、事業計画書に着手した五月の半ば頃だった。そのときにはすでに、居抜きで手に入れたいと思える物件も見つけていた。

「なんで？　なんで今、そんな冒険をする必要があるの？　うまくいくかわからないことに挑戦する理由は何？　コールセンターの仕事じゃダメ？」

凜子は半泣きの顔でそう言った。彼女の考えはわかっていた。凜子は今の仕事に人生を賭けている。入社したばかりなのに、女性管理職候補として大きく期待されているらしい。だからもし子供ができたら、家事や育児はできるだけ俺に負担させたいのだ。

「やりたいことを、やっと見つけたんだ」凜子の目をまっすぐ見つめて、俺は言った。「料理好きだし、人をもてなすのも好きだし、飲食の仕事こそ、自分の熱意を注げるものになると思うんだ。凜ちゃんに迷惑はかけない。ちゃんと家庭と仕事のバランスはとるよ」

その後の話し合いで、凜子のことや子作りをおろそかにしないこと、アベノミクスで増やした資金（ほんとにほんとに安倍ちゃんサンキューな）をある程度残しておくこと、経営がうまくいかなくなったらすぐ畳むこと、などを条件に、なんとかレストラン開業を許してもらえることになった。

その晩、俺は一人、ベッドを抜けて、いつかの夜、美奈がやっていたように全裸のまま窓辺に立ち、しばらく月を眺めた。

それが何か、自分でもわからない。わからないけれど、なぜか俺は凜子に重大な嘘をついてしまったような、そんな心持ちがしていた。

2019年 8月(二回目)

「さとちゃん、健康診断どうだったの?」

「いや、思ったよりよかったです。尿酸値が前回9だったのが7でした。これでまたビール飲めます」

「痛風ってどのくらいから発症するんだっけ」

「7です」

どっと笑い声があがった。里井さん通称さとちゃんは、誇らしげにハゲ頭をかいている。俺はSV用のパソコンでどうでもいい社内資料を見るともなしに見ながら、いつか凜子が話していたことを思い出す。

「よく飲み屋でどうしょうもないサラリーマンが肝臓の数値とか競い合ってるでしょ。あれって、ほかにもう何も自慢できるものがないからやってるの。金もない。仕事もダメ。ケンカとか腕っぷし方面もダメ。女にもモテない。そうなると男は不健康をひけらかしはじめる。俺はこんなにも自分の体をいじめちゃうすごい男なんだぜって。バッカみたい」

全くもってその通り。五十歳未婚でコールセンターの夜勤なんかやっている里井さんには、もう自慢できるものは不摂生しかない。でも俺は、それをバカにできない。

凜子は今頃、どうしているのだろう。

パソコンの画面から、壁に貼られた日勤者用の座席表に、ぼんやり視線を移す。

インフラ会社のコールセンターに再び出戻り、夜勤のSVになったことを、一週間前にLINEで知らせた。

今のところ、未読スルー。

「鶴丸さん、二時だよー」

もう一人のSVに声をかけられ、席を立つ。灯りの消えた食堂に行き、壁際に椅子を三つ並べて、横になる。五十分後にスマホのアラームを設定し、目を閉じた。誰かが食堂に入ってきて、同じように椅子を並べはじめる。一応、仮眠用の休憩室はあるにはあるけれど、契約社員の俺たちには、使用は許されていない。

なんで、こんなことになってしまったのか。

同棲をはじめたのが、2016年二月。翌年の2017年七月、ほぼ予定通りにレストラン開業にこぎつけた。

ここまで、自分で予想していた以上にスムーズだった。パートナーになってくれた智恵子の力が大きかったと思う。

彼女も元々はこのコールセンターで働いていた。同僚だった頃は、株や資産運用についての情報を交換する仲だった。年齢は二歳下で、当時の彼女はFXをメインにやっていた。智恵子がコールセンターをやめてからも、ときどきLINEで連絡を取り合っていた。いつだったか、金を貯めてカフェをオープンさせたいと話していたことを思い出し、一緒に店をやらないかと半分冗談で声をかけてみたら、トントン拍子で話が進んだ。

店は池袋駅近くにあるビルの一階の、もとは喫茶店だったところを居抜きで手に入れた。カウンターにテーブル席が五つ、それほど広くはない。

料理のジャンルはあえて決めないことにした。昼はキューバレストランで調理経験のある智恵子が得意とする、キューバサンドやスイーツ。夜は創作料理とワイン。昼も営業したい、というのは俺の強い希望だった。なぜなら、昼にタピオカドリンクを出し、いちはやく大儲けしたかったからだ。そのため、智恵子の反対を押し切って、テイクアウトできるシステムも作った。

タピオカドリンクもそうだけれど、意識したのは、いわゆる〝映え〟だった。

だから内装と料理の見た目にはかなり力を入れた。人気フラワーデザイナーに依頼して、店の外も中も植物で美しく飾り立てた。オープン前からフォロアー数の多いインスタグラマーやブロガーたちに積極的にコンタクトを取り、料金をサービスにするから宣伝してくれないかとオファーを出した。いわゆるステマというやつだ。

そういったもろもろの作戦が奏功し、そしてじわじわときていたタピオカブームにも後押しされ、オープン後の滑り出しは上々だった。二カ月目に有名テレビ番組に取り上げられると、大げさでなく人気爆発状態になった。予約を受けていない週末の昼は、五軒先まで行列ができ、近所からクレームがきたほどだ。

このやけに長い人生において、俺ははじめて〝嬉しい悲鳴〟というやつをあげた。本当にある晩、これまでに一億ガロンは飲んださまざまな味の苦汁がふいに思い出され、自然と口から「ぴゃーッ！」と悲鳴が漏れたのだ。

ついに俺の時代がきた、と俺は超大真面目で思った。

一方、凛子との生活は。

後から考えたら、レストラン開業を打ち明けた時点で、すでに暗雲が垂れ込めていたように思う。

凜子はなかなか妊娠しなかった。妊活界隈では半年間子作りしてもできなかったとき、不妊を疑うべしという言い伝えがあるそうだ。本当かどうかはわからない。本人的に子作りの期間より、四十歳がもう間近にせまっている、という焦りが強いようだった。

ちょうどレストランがオープンするかしないかの頃、凜子は通院していた産婦人科でなんらかの注射を定期的に打つようになった。すると、副作用のせいか精神が不安定になることが増えた。仕事が極めて順調なのは救いだった。昔、食品メーカーにいたときに注力していたものと同じような、女性社員の待遇に関するプロジェクトの一員に選ばれ、毎日いきいきと出社していく。

しかし、家にいるときは、いや俺と一緒のときは、まるで飢えたトラのように常にイライラしながら家中をうろつきまわった。夜、子作りの前にベッドの中で、俺が土日も店にいて休みをとらないことへの文句を延々言い続ける。

俺としては、なるべく夜の営業を智恵子と、脱サラしてうちの仕事を手伝ってくれるようになった彼女の夫の一志に任せてはやく帰るようにしているわけで、それなりの義務は果たしているつもりだった。子作りだってちゃんと協力している。

本当は少し、いやだいぶ面倒だったけれど。子供なんて俺はどうでもよかった。でも、子供なんていなくてもいいじゃないか、とは今さら言えなかった。

そんな中、二号店出店の話が舞い込んだ。同棲開始から約二年、最初の店のオープンからは半年後の、2018年はじめのことだ。

一志の従兄弟が、不動産仲介業をしていることは前から聞いていた。その男が、銀座にちょうどいい物件があるのでどうかと、一志を通して声をかけてきたのだ。

事業拡大は日頃から考えていたことだったし、タピオカドリンクで大儲けするなら今が勝負の時期だった。モタモタしているうちにブームが終わってしまう。俺が知っているのは2019年の秋まで。その先も続くかはわからない。

その男、畠山祥太郎とはじめて会ったのは、2018年の二月、場所は銀座のとあるホテルのラウンジだった。

俺と同い年で、国立大卒、外資系保険会社営業などを経て、今はフリーの不動産コンサルタントとして、いくつかの法人の不動産顧問をしているらしい。自己紹介代わりに彼が名前をあげた顧問先は、いずれも有名企業ばかりだった。絵に描いたような勝ち組男だった。

「一志から鶴丸さんのことを聞いて、一度ぜひ会いたいと思ったんです」祥太郎は言った。「鶴丸さんは目の付け所がすごいです。SNSの使い方もそうだし、タピオカドリンクをいちはやくはじめたのもそうだし。業界の先駆者ですよ。鶴丸さんの商才は目を見張るものがある。一店舗だけで終わらせるなんてもったいないです」

その後も彼は、俺がどれだけ商売上手で先見の明があるか、ほめたたえ続けた。けれど媚びるような雰囲気はなく、かといって上から目線というわけでもない。

彼は本当に、俺のことを商才のあるすごい男だと思っているのだ。嬉しかった。光栄という言葉はこの感情のためにあるのだとさえ思った。

それから週に一度、六本木や銀座で飲みながら、ビジネスの話をするようになった。祥太郎が一人でうちの店にふらっと遊びに来ることもあった。二号店の話が具体化してきたのは、二カ月ぐらいたった頃だろうか。祥太郎がよさそうな空き店舗をすでにいくつか見つけてくれていた。ところがあるときから、国内で店舗展開していくのではなく、海外出店を目指そうという話に変わっていった。

「国内だとショバ代だのなんだので高いコストを払っても、小さな店しか出すことができないし、続けていくのも一苦労。飲食店の半分が二年でつぶれるっていうのも、高いコストのせいなんだよ。その点、物価の安い東南アジアなら低コストで大きな商売ができる。もともと僕はタイとマレーシアに伝があって、前から向こうで飲食店をやらないかってオファーを受けてたんだ。でも、どんな店をやるかっていうアイディアが湧かなくて。俺ってそっち方面のセンスゼロだから。そこで鶴丸さんの出番だよ。鶴丸さんの類まれな才能があれば、グローバルに成功できる店を作れると思うんだ。ねえ、俺たち二人なら、絶対にうまくいくよ」

祥太郎にそう言われ、すぐに俺はその気になった。海外で店を出すなんて、一人じゃとてもできないけれど、彼と一緒なら成し遂げられると本気で思った。資金は二人で出し合うという話にも異論はなかった。その後、祥太郎のすすめもあり、資金捻出のために一号店を売却することになった。

売却先はすぐに見つかった。そしてタイのバンコクにあるビルのテナント契約を結んだのは、2018年の春。気がついたら、祥太郎と連絡が取れなくなっていた。金は全て持ち逃げされていた。

恥を忍んでマイケルに相談したのは、それから一カ月ぐらいした頃だろうか。

マイケルが紹介してくれた弁護士にも会いに行った。相手はいわゆる反社だから、これ以上関わるべきでないと諭されただけで終わった。そのとき、店の売却も相場に比べてかなり安い値で買い叩かれていたことを知った。俺は笑えるぐらい、あの男を信じ切っていた。

当然、店はもう戻ってこない。同じ場所で全く知らない誰かが、今流行りのタピオカドリンクを売って大儲けしている。智恵子と一志も姿を消した。

凜子には、二号店出店を考えていることだけ、話してあった。海外出店のことや店を売却したことは、なぜか言えなかった。

事の顚末を知ったら、凜子はどんな言葉を口にするだろうかと考えた。やっぱりつるちゃんには、コールセンターのSVがお似合いなんだよ。もし、そんなことを言われたら。死んだほうがマシだと思った。

しばらくの間、店に通うふりをしながら、あちこちぶらぶらしていた。毎月手渡していた生活費は、手をつけずにいた百万円ほどの銀行預金から切り崩した。しかし、さすがに何かがおかしいと気づいた彼女に問い詰められ、全て白状するに至ったのは、2018年の十二月。

凜子は最後まで黙って話を聞いた。怒るわけでも、泣くわけでもなかった。「借金がないんだったらそれでいい」と言った。

「わたしは別に、お金持ちになりたいわけじゃないから。失った分はわたしが頑張って稼ぐし。またさ、コールセンターのSVからやり直せばいいじゃない」

優しい、母親のような声で凜子は言った。

その後、俺は二週間ぐらいかけて準備をして、二人の部屋を出て、家賃四万円のアパートに入居した。そして凜子からの連絡を、一切無視した。

夜勤明けの雨空はきつい。夜がずっと続いているようで、一日の境目がどこにあるのか、わからなくなる。

コールセンターに出戻ったのは、一人になってすぐのことだった。

会社から最寄りの品川駅まで、徒歩十分。ふだんの帰りとは反対方向の電車に乗り、千葉の海沿いの街にある日菜子のアパートに着いたのは、午前十一時過ぎだった。

日菜子はスッピンに、いつものボロボロの部屋着姿だった。「何か食べる?」と聞く彼女を無視して、ベッドに押し倒した。

終わった後、やっぱり「何か食べる?」と聞く彼女をまたしても無視し、俺は少し寝ることにした。

日菜子は今、二十五歳。家の近所の酒屋でアルバイトしながら暮らしている。元々はうちのコールセンターで派遣社員として働いていた。俺が出戻るのとほぼ入れ違いでやめた。さすがに千葉からは遠すぎたらしい。一緒に働いていたほんの数日の間に連絡先を聞き出し、互いが休みの日に飲みに誘って、ホテルへいった。

一時間半ほどしか眠れなかった。日菜子がまた「何か食べる?」と聞くので「食べる」と答えると、きつねうどんを作ってくれた。

「あ、そうだ、ねえつるちゃん」

日菜子は台所でオレンジを切る手を止めて、とことこと俺の隣にやってくると、ちょこんと正座した。

イヤな予感。こういうときの自分の勘は、めったに外れない。

「あのさ、わたしたちってさ、付き合ってるってことでいいんだよね」

俺の鋭すぎる勘が憎い。

これまで何度、このセリフを言われただろうか。前の人生も含めると……わからない、考えたくもない。この先も繰り返していくのだろうか……いや、無理だろ。四十一歳。もうそろそろ、誰も相手にしてくれなくなって……だったら、ここでこの女に……。

「わたし、年の差のことは気にしないよ」日菜子は甘い声で言って、俺の左腕をつんつんとつついた。「だって、つるちゃんって若く見えるしさ。ねえ、もう何回もうちにきてるし、エッチもしてるし、わたしたち……」

「ごめん、俺たちは付き合ってない」

「え」と日菜子はまん丸の目で俺を見た。シミ一つない卵のような肌、血色のいい唇。こんないい子が、なぜ俺みたいなろくでもないおっさんに執着するのか。

他に、誰もいないから。

友達も、大事にしてくれる男もいない。そういう子だから。知っている。わかっていたのだ。俺は日菜子のその孤独の匂いをハイエナのようにかぎ取って、付け込んだ。美奈の劣等感を利用してだましたマリリンや、俺が必死で隠していた虚栄心を見抜いて金を奪い取った祥太郎と同じ。わかっている。自覚している。俺は最低な奴だ。最低な奴だって自覚さえしていれば何らかの罪から逃れられると思っている本当に最低なクソ野郎だ。

「ごめんね、俺たちは付き合ってない。日菜ちゃんはまだ若いし、もっといい人が……」

「みんなそう言うの、お前にはもっといい人がいるって。それって本当は自分が思ってるんでしょ？　俺にはもっといい女がいる、こんなブスと真剣に付き合うわけないだろって」

「ブスなんて……あっ」

何が起こったのか、よくわからなかった。事態を正しく把握するまで、数秒か、あるいは数分はすぎたような、そんな気もする。日菜子の持っていた果物ナイフが、俺の左の太ももに刺さっていた。

幸いジーンズをはいていたし、おそらく彼女は少しためらったから、そこまで深くは刺さらなかった。果物ナイフはあっけなく抜け、ころんと床に転がった。日菜子の顔は血の気がなく、そのうち全身ががくがく震え出した。

「うどん、ごちそうさま」

俺はそう言って、よろよろと立ち上がった。リュックを持ち、左足を引きずりながら彼女のアパートを出た。

あまり深くは刺さらなかったと思っていたのに、駅に着く頃には、左膝から上のジーンズの生地が、すっかり血で染まってしまった。

幸い、快速がすぐにきた。車内は空いていて、同じ車両には赤ちゃん連れの主婦と、大学生風カップル、六十歳前後の女性三人組、そして俺と同世代のサラリーマンが一人いるだけだった。

発車してしばらくすると、傷がじくじく痛み出した。そのせいか、意識がもうろうとしてきた。向かいの窓から見える午後の海が斜めになっていく……と思っていたら、上半身がシートに倒れ、そのまま起き上がれなくなった。

大学生カップルが笑っているのが聞こえる。すぐ横にいたシニア女性三人組が、そそくさと逃げるようにどこかへ移動した。しかし俺の目は、正面のシートに座り、窓の向こうの海をぼんやり眺めているサラリーマンの男にくぎ付けだった。

あれはもしかして、俺じゃないか？

かつて俺は同じ電車の下りに乗り、就職試験を受けにいったことがある。建設会社だった。あれは、あのサラリーマンは、あの建設会社に就職したほうの俺なんじゃないのか？

丸い顔、つまらなそうに突き出した下唇、俺そのものじゃないか。そう思うと、彼の人生が、日常が、手に取るように想像できた。

四十一歳、営業課の課長補佐。毎日遅くまで働いて、朝は定時より三十分はやく出社する。

結婚はしないつもりだったけれど、三十歳を境に少しずつ焦ってきて、結局三十三歳のときに、年下の女性とできちゃった結婚した。

二人目の妊娠をきっかけに、妻と妻の家族に押し切られるようにして家を買った。最寄り駅までバスで十分。バス停までは徒歩六分。建物面積１００平米ほどで、約三千万円。三十五年ローン。

周りには、何にもない。海と、似たような建売住宅以外には何もない。

一家の大黒柱として、週に五日、ときには六日、ほとんど有休もとらずに働いてきた。

そしてそういう日々が、六十歳か、あるいは六十五歳か、もしかするとその先まで延々と続いていく。

子供の顔を見ると、それなりに幸せな気持ちになる。でも、きっとあの俺は、あのサラリーマンの俺は、自分の選択肢の少なさに絶望しているんじゃないか。

就職したら結婚して、結婚したら家族のために働く。それしか男として結果を出す方法がない。それ以外の道へ進むのは大きな勇気と度胸と、何より人より抜きんでた才能がなければ成功しない。失敗したらもうやり直しはきかない。大きく道をそれたらもう戻れない。道なき道を一人で突き進んでいかなければならない。誇りに思えるものは一つもない。「あなたは何をやっている人ですか?」と問われて、何も答えられない。そういう人生。そんな恐ろしい目にはあいたくない。だから働き続ける。週に五日、あるいは六日働くという人生を受け入れる。

もし大学時代、就職氷河期でなければ、あの建設会社でなくても、どこかに就職できていただろう。

給料は建設会社より幾分マシかもしれない。こんな片田舎の建売住宅じゃなく、都内にマンションを買い、正社員の妻と家事育児を分担しながら、それなりに豊かな暮らしを営んでいく。けれど、週に五日、あるいは六日、場合によっては七日働くという人生からは抜け出せない。男として最低限の結果を出す、とはそういうことだからだ。定年まで職務を全うし、子供を希望の進路に進ませる。その先には何があるのだろう。六十歳か六十五歳か、あるいはもっと先に、いやもっとはやい段階で、会社から必要とされなくなって放り出される。気づいたら誰もいない、水もない緑もない何にもない砂漠に、一人で立っているんじゃないか？　そしてそのまま枯れはてて死ぬのか？

就職氷河期はある意味、限られた選択肢しかない人生から抜け出す、チャンスだったのだろうか。

それなのに結局俺は、誰かに見下されるのが死ぬよりも恐ろしく、負け組だとレッテルを貼られたくないあまりに、なんとかして就職に相応する結果を出そうともがいてきた。一度目の人生でも、二度目の人生でも。投資で金儲けしようとしたのもそうだ。店を出そうとしたのもそうだ。どうしても飲食店がやりたかったわけじゃない。やりたいことをやっと見つけた、なんて嘘っぱちだ。ただ凛子の前で、男として結果を出したいだけだった。彼女に養われ、彼女がいきいきと働く姿をただ横目で見ながら生きていくなんて、あまりにも屈辱的な結末だった。

その挙句、詐欺師の口車に乗って大金を失った。

これまでの人生で出会った多くの人たちも同じだ。誰もが結果を出そうともがいている。そして誰かは勝つ、誰かが負ける、誰かが誰かをだまし、だまされた誰かは泣き寝入りする。

そうだったんだ、と思えて笑いがこみあげる。就職しなくても結果を出せると証明したかったんだ、俺は。一体誰に？

そのためにただひたすら人を傷つけ、大事なものを失ってしまったじゃないか。何者かになりたくて。なんにもない自分でもよかったのかもしれない。「あなたは何をしている人ですか」と問われて、「何もしていません」で、それでよかったじゃないか。中身からっぽ人間のままでよかった。なぜ二度も人生を与えられたのに、結果を出そうともがく羽目になったのか。バカみたいだ。

どんな自分でも、傍にいてくれる人と俺は出会えたはずなのに。その人のそばにいて、気持ちを分かち合う。それでよかったじゃないか。

ふいに誰かに肩をゆすられる。向かいに座っていたサラリーマンだった。

俺とは全く違う顔の、別人だった。ただ疲れた顔をしているところはそっくりだ。

「ケガしてるんですか？　救急車呼びますか？」

俺はかろうじて手を振った。そのとき電車がどこかの駅についた。逃げるようにしてホームへ降り、行く当てもなく歩き出した。

2019年　9月（二回目）

スマホのアラームが鳴る五分前に、目が覚めた。緊張のせいか夜中に何度も覚醒し、意味不明な夢を三部作で見た。ぼんやりしたままベッドから足をおろす。

よし、とつぶやいて、無理やり自分に気合を入れる。

歯磨き、洗面、着替えを済ませ、家を出たのは午前十一時すぎ。宇宙まで透き通りそうな、秋晴れの空だった。これから雷雲がやってくるなんて、みじんも感じられない。息を吸い込むと乾いた空気の匂いがした。

地下鉄の駅を降り、目的地にあと少しまで近づいたところで、あの弁当屋はもうつぶれているかもしれないと思い至った。すると案の定、弁当屋はコインパーキングになっていた。仕方なく近くのセブンイレブンで、のり弁と三ツ矢サイダーを買った。タピオカドリンクも買っていこうかと思ったけれど、今となっては皮肉めいてしまうのでやめた。そもそもどこのドリンクスタンドも、近頃は行列がとてつもない。下手すると買うまで一時間以上かかる。

戻ってきたのだな、としみじみ、思う。二度目の2019年に。

そこから、なんとなく足が重くてゆっくりになってしまう。途中、意味もなく本屋に寄った。「一億円稼げる」「初心者でも儲かる」といったタイトルが並ぶ投資関連の棚にざっと目をやる。一緒に暮らしていた頃、この手の本が家にたくさんあった。

やがて観念して、わたしは歩をはやめて公園へ向かった。ちょうど正午。噴水のベンチまでいくと、仕事の昼休み中らしい若い女性が、さみしそうな顔でおにぎりを食べていた。

背後からちょんちょん、と肩をつつかれる。

つるちゃんだ、とわたしはとくに驚きもせず思った。

「よかった。俺だけだったらどうしようかと思った」

チェックのくたびれたシャツに、ダメージにさらにダメージを重ねたジーパン、足下はぼろぼろのスタンスミス。そして、疲れと寂しさがにじんだ顔。

あのときと、ほぼ同じだ。そう、前の人生で今日と全く同じ日。偶然、一緒に参加していた再就職セミナーの後、ここで顔を合わせたときと。

「凜ちゃんは、いろいろうまくやってるんだね」つるちゃんはわたしのつま先から頭まで眺めて言った。「だって、前にここで会ったときと比べると、だいぶ若々しいよ。服もおしゃれだし。前に会ったときはさ、とにかく全身から負のオーラがこれでもかと出

て て、顔には死相が浮かんでたもんね」そこまで言って、数秒黙る。再び、口を開く。

「本当に本当に、仕事、順調なんだね」

「うん、今、すごく楽しいよ」

そう言うと、つるちゃんの瞼がわずかに震えた。気のせいかもしれない。

「そうか、話、聞かせてよ。とりあえず、腹ごしらえだ。はい、これ」

つるちゃんはキャンパス地のトートバッグから、黄色のスカーフに包まれたものをとりだした。

お弁当だ。

「のり弁、作ってきたよ」

四角く平べったいタッパーの中にご飯が敷かれ、その上にかつおぶしと海苔、さらにその上に自家製タルタルを添えた白身魚フライと、十五センチはあるロング磯部揚げ。きんぴらは同棲中によく作ってくれた、ベーコンと一緒にいためて黒コショウをガリガリひいた洋風バージョン。漬け物もわたしの好物のガリ。

白身魚はどこの国からやってきたのかもわからない謎魚ではなく、タラらしい。冷めても衣がさっくりとして、卵が多めのまったりとしたタルタルとよく合う。箸休めにガりをつまむと、口がさっぱりした。

つるちゃんはわたしが買ってきたセブンののり弁を、ぼそぼそつまんでいる。あまり食欲がなさそうだった。

わたしはそんな彼に気づかないふりをして、自分の近況について話した。

この秋からわたしは労務企画チームの主任となり、さらに来年からはじまる女性社員活躍支援プログラムチームの二期目のリーダーにも選ばれた。一期目では副リーダーのわたしと、総務部所属のリーダー以外はメンバーを女性一般職に限り、総合職、一般職という枠組みにとらわれない働き方の導入をテーマに活動した。二期目は男性社員にも参加してもらう予定になっている。最大の課題はやはり、男性社員の育児休暇取得の普及だ。

「へえ、すごいね。これまでのことがちゃんと役に立ってるじゃん。本当に、本当にすごいよ、凛ちゃんは」

「でも、会社のこと以上に、実は嬉しいことがあったの」

それは、つい先月のこと。昼休憩中、社食でレバニラ定食を一人で食べていると、横から「あの、桜井さんですよね」と声をかけられ、顔をあげた。

三十代半ばぐらいの、妊娠中の女性だった。社員証のストラップの色が見慣れない黄色だった。派遣でも委託でもなさそうだった。

「わたしのこと覚えてますか？　林原です。大学時代に名古屋のインテリアショップでバイトしていた……」

「緑ちゃん！」

思わずわたしが声をあげると、彼女はぎこちなく笑った。

「やだ、ここで働いてたの？　どうぞどうぞ、座って」

わたしは空いている正面の席をすすめた。彼女は少し戸惑うような顔になりながら、おずおずと座った。

「いつからここで働いてるの？　今まで全然気づかなかった」

「もう八年です。わたしは前から桜井さんの存在に気づいてましたよ。実は来月から産休なんです」

「そうなんだ、おめでとうございます」

わたしは言った。自分のよくない感情が汚水のように漏れ出ていないかと、ドキドキしながら。

それからしばらく、緑ちゃんの仕事や夫の話をした。緑ちゃんは派遣でも委託でもなく、なんと産業保健師だった。普段は隣県の工場で働いていて、今日は月に一度のミーティングのために本社にきているらしい。夫は病院勤務のときに知り合った理学療法士だそうだ。

「あの頃は氷河期の終わり頃で、やっぱり就活してもいいところには入れなさそうだったから、仕方なく学校に入り直して資格をとったんです。回り道しました」

「そんな。たいしたものだよ。努力しなきゃ就けない仕事だよ」

「あのインテリアショップの正社員にも、なれませんでした」緑ちゃんはバツが悪そうに言った。「本当は、桜井さんの言う通りだったんです」

「何が？」

「あの、本社からきてたおじさん、名前も口にしたくないけど。あの人に『正社員になれるよう、かけあってあげる』って言われてたんです、本当は。あと少しで体の関係を持つところでした。でも、何かがおかしいなって気持ちが消えなくて、断り続けてたんです。そしたら、あるときから無視されるようになって、最後はバイトもクビになりました」

「えっ。ドイヒー……」

「でもわたし、この関係は恋愛というか、それに近いものなんだって思い込んでました。相手にもそう言われていたから。もし、桜井さんにセクハラだよって注意されていなければ、いつかホテルにいってたと思う。桜井さんは恩人なんですよ。それなのに、失礼な態度をとってすみませんでした」

自分でも驚いた。恥ずかしいことに、わたしは緑ちゃんの話を聞きながら、泣いてしまったのだ。

「へー、すごいね」黙って話を聞いていたつるちゃんは、少しさみしげに言った。「凜ちゃんは、人生をやり直したことの意味をちゃんと残してるってこと。すごいや」

「つるちゃん、わたしは別に、自慢話をするためにきたんじゃないの」

つるちゃんが買ってくれた三ツ矢サイダーを一口飲んで、空を見上げる。まだ、雨雲がやってくる気配はない。

「あのね、つるちゃん。わたし、人より二十年、余分に生きてきたの」と今更いちいち言うまでもないことを、わたしは言った。

「前の人生で手に入れられなかったものをたくさん手に入れて、いろんな人とかかわって、わたしにとっては二度目の二十年はとっても充実してた。イヤなこともたくさんあったし、二十年たっても変わらない世の中に腹の立つこともあるけどね。全くさ、昨今の医学部入試のあれは何よ？　女子学生差別のやつ。……まあ、それはともかく、わたしはね、キャリアを積んでいくことだけにとらわれないで、目の前のことにとにかく一生懸命取り組んでたら、こうして結果が見えてきた。誰かの役にも立てた。会社ではいつも、チームのメンバーたちと、どうしたらもっと生きやすい世の中になるだろうねって話してるの。キャリアを求めることだけが仕事じゃないし、女性でも結婚して子供を持つことだけが幸せじゃない。未婚でも既婚でも子なしでも子持ちでも、その人が望む生き方が選べるといいのにねって、いつもわたしは当たり前のようにべらべらしゃべってる」

そこまで言って、数秒黙った。また、三ツ矢サイダーを飲む。すでにぬるい。

「そんなふうにわたしは偉そうなことを口にしながら、でも心のどこかで、わたしは違うと思ってるの。わたしは、わたしだけは、選ぶ自由なんかいらない。わたしはやっぱり、結婚もして子供も持って、完璧な人生を築いていきたいの。その結婚も、ちゃんとした男性から見初められて、あなたがほしいと男らしくプロポーズされたいって、そういうバカバカしい幻想にいつまでもとらわれて抜け出せないの」

恥ずかしくて顔から火が出そうとはこのことだ、と思う。今、口にしたことは自分の恥部そのものだ。誰にも知られたくなかったこと。それをさらけだしている。でも、つるちゃんには聞いてほしかった。

「子供を望んだ理由も、結局それ。仕事も頑張って、結婚して、働くママになる。それがわたしのとっての完璧な人生だから」

つるちゃんを見る。子供みたいに唇を突き出している。

「自分の完璧な人生のために、つるちゃんを利用してたの。ごめんね」

つるちゃんはわたしのほうを見ようとしなかった。ますます唇が突き出てきて、ひょっとこのお面みたいだ。

「本当にごめん。わたしの一方的なわがままで……」

「いや、俺も同じだから」つるちゃんは言った。「凜ちゃんに負けたくなくて、男として結果を出そうともがいてたんだ。その結果が今だから、恥ずかしいよ、全く」

「あの、だから、つるちゃん、わたしね、つるちゃんに……」

「俺、思ったんだよ、それでも俺が、何もかも全て悪いわけでもねえなって。全責任を負わされるのは、やっぱりおかしいよなって」

わたしにはまだ言うべきことがあった。しかし、つるちゃんも何か話したいことがあるようなので、仕方なく聞き手にまわることにした。

「この社会、落とし穴だらけだよ、全く。勝った奴はなんでもやりたい放題で、負けて落とし穴に落ちた奴には何も言う資格はなし。凜ちゃん、落とし穴に落ちたとき、人がまず思うことは何？」

「え？　クイズ？　何だろ？　お尻が痛いなってこと？」

「落ちた自分が悪いってこと」

「……なるほど」

「落とし穴を見つけられなかった自分が悪い。回避するスキルを身につけてこなかった自分が悪い。社会のせいにしてはいけない。自己責任。自業自得」

「うん」

「なんでもそう。全て自分のせい。だって実際、落とし穴障害レースを勝ち抜いて結果を出してる人間がいるんだから。負けた人間はひたすら自分の努力不足を恥じ入りながら、反省し続けるしかない。でも、その一方でさ、いろんな自己啓発本とか、俺の元カノをだましたマルチの連中とかが、やたらと自己肯定感を高めろ、自信を持て、みたいなことを言うだろ？　失敗したら全て自分の責任にされる世の中で、どうやって自分に自信をもって生きろっていうわけ？」

「うん」

「凜ちゃん、うんしかいわない星人なの？」

「うん」

「社会が悪いんだよ」

つるちゃんがそう言った瞬間、わたしたちの足元に集っていたハトが一斉に飛び立った。まるで「その通り〜！」と言われているような気がして、ちょっと笑えた。

「社会が悪いって言うことって、どことなく恥ずかしくない？　俺はずっと恥ずかしくて、情けない気持ちだった」

「うん」

「努力や才能や賢さや、要領の良さや、その他いろいろなものが足りない自分の責任転嫁をしているようでさ。でも違う。社会が俺らに責任転嫁して、自己責任を押し付けてくるんだよ。俺は悪くない。社会が悪い！」

つるちゃんは突然立ち上がると、拳をつきあげた。

「俺は悪くない！」

「そうだ！」と同じようにわたしも立ち上がり、右の拳を真っ青な空に向かって突き上げた。

「そこからだよ。自分を肯定できるのは。ごく一部の勝者のために、たくさんの敗者が苦しむ世の中でいいはずがない。社会が悪い！　俺は悪くない！」

「わたしも悪くない！」

「俺も悪くない！」

「つるちゃん!」

わたしはひときわ大きな声で叫んだ。足元に残っていた数羽のハトも、残らず飛び立った。「がんばれ〜!」と言われているような気がした。

「な、なんだよ」

「つるちゃん! わたしと! 結婚してください!」

「へっ」とすっとんきょうな声を出すと、つるちゃんは目を見開いたまま停止した。多分、思考も一緒に停止してるんじゃないかと思う。

「わたしは、あなたがいいの。あなたと一緒に生きていきたいの。あなたのことを見初めたの。本当は最初に会ったときから好きだったの」

「いや、でも俺は凜ちゃんにいろいろ迷惑を……」

「好きなの。結婚してください!」

つるちゃんはしばらく呆けた顔でぼうっと突っ立っているだけだった。やがて何も言わないまま、ベンチにぺとんと座った。わたしも同じように座った。それから、二人とも無言で、時が過ぎるにただ身を任せた。

一分、あるいは三分、あるいは五分ほどたち、ようやくつるちゃんが「でも……」と口を開いた。

「でも?」

「もし、この後、雷雲がどこからともなくやってきて、また過去に戻されたら、そしたらどうするの?」

「そしたらね、今度こそ、わたしたち二人で、世の中を変える活動家になろう。わたしはね、今度はもっともっと真面目に勉強して、政治家になって、竹中平蔵をとっちめてやるよ!」

つるちゃんは驚いたようにわたしの顔を見ると、急にツボったのか大笑いしはじめた。

「腹いてえ、腹いてえ」と下腹部を抑えながらうめている。

「わたし、超真剣なんだけど」

「あー、ごめんごめん。じゃあさ。雷なんて落ちなかったら、そしたら俺たち、結婚しようか」

「ちょっと! つるちゃんがそれ言ったら、わたしのプロポーズが無意味になる!」

またつるちゃんは涙を流しながら大笑いした。それから、わたしたちはともに胸の前で手を組んで、空に祈った。そのまま数時間、ほとんど言葉も交わさずベンチにいた。やがて空が金魚色のおどろおどろしい夕焼けに染まり、そのあと静かに夜のとばりが降りて、周辺で秋の虫が鳴き出した。

「なーんにも起こらねえな」闇の中で、つるちゃんが言った。「じゃあ、帰るか」

「うん。あのね。わたしね、つるちゃん」

「うん、なんだよ」

「つるちゃんに言われてリーマンショックのあとにはじめた投資信託がうまくいってて、あと、ビットコインも運用開始してすぐ買った。それから結婚破談したときに買ったゴールドもだいぶ値上がりした。資産が三千万超えた」

「マジか。俺も昔買って放置してあるファストリとソフバンの株、結構ヤバい。やった！　俺ら、未来人のチート生かしたな！」

わたしたちはその場で万歳三唱をし、それから手をつないで歩き出した。つるちゃんが出ていったあとも一人で住み続けたアパートに一緒に帰る。すぐにつるちゃんがハンバーグを作ってくれた。


翌月、わたしたちは婚姻届を出した。

すぐに同居もはじめた。つるちゃんはコールセンターの夜勤から日勤に戻った。

二人で増やした資産を元手に、共同経営でお弁当屋を開こうという話も出ている。なぜお弁当屋なのかというと、つるちゃんが「これからは全てオンラインの時代がくる。

デートも仕事も全てオンライン。だから、飲食やるならテイクアウト一択だよ」と強弁に主張するからだ。「君には先見の明があると何人もの人に言われた、だから絶対にうまくいく」といつも鼻息荒く自慢しているけれど、それこそ未来からきたというチートのおかげだったのは明らかなわけで、でも、わたしは何にも言わないでいる。つるちゃんのお弁当が好きだから。

暮れの十二月三十一日は、はじめて深夜から二人で明治神宮に出かけた。二人にとって本物の未知である2020年を一緒に迎えた。

帰り道、つるちゃんが言った。

「なんだか、これからは何もかもうまくいく気がするよ。店も出すし、凜ちゃんももっと出世してさ。日本の景気もよくなっていくんじゃないかな。なんの根拠もないけど」

わたしは寒さに震えつつ、彼の手をぎゅっと握りながら、「そうかな？」と返した。

「わたしはなんだかすごくイヤな予感がする」

「どんな予感」

「わからない。天変地異がそろそろ起こるよ。巨大地震とか、戦争とか、未知の疫病流行とか、あ、宇宙人の侵略とか！」

「ないない、ないから。なんの心配もしないで、これからは楽しく生きよう、随分苦労したんだしさ、俺ら」

わたしは何も言わず、そっと下腹部に手を当てた。子供ができたかもしれない、ということは、まだつるちゃんには言っていない。

そうだよね、と心の中だけでつぶやく。これからはきっと、いいことしか起こらないよね。

本書はWebマガジンCOLORFULで
2020年8月から2021年4月に連載された
『氷河期つるりんこ世代－リターンズ－』を改題、加筆修正したものです。

双葉文庫

み-31-03

タイムスリップしたら、また就職氷《しゆうしよくひよう》河《が》期《き》でした

2021年10月17日　第1刷発行

【著者】
南綾《みなみあや》子《こ》

【発行者】
箕浦克史
【発行所】
株式会社双葉社
〒162-8540 東京都新宿区東五軒町3番28号
［電話］03-5261-4818（営業部）　03-5261-4831（編集部）
www.futabasha.co.jp（双葉社の書籍・コミックが買えます）
【印刷所】
大日本印刷株式会社
【製本所】
大日本印刷株式会社
【カバー印刷】
株式会社久栄社
【DTP】
株式会社ビーワークス

【フォーマット・デザイン】
日下潤一

ISBN978-4-575-52506-9 C0193
Printed in Japan